刊前語／既晴

閱讀《詭祕客》的朋友，你們好！

去年約莫此時，《詭祕客》在創刊後，我的心中便暗自發誓，這絕對不能是一本去年開張大吉、今年就後會有期的「孤島」期刊。為此，編務小組在去年剛完稿時即已戰戰兢兢，著手規劃次期內容。本期「台灣犯罪文學名場面13作」的主持人敘銘，早在去年七月就著手進行書榜徵選，只希望能有更多時間進行討論。其他單元也都各自隨後開始準備，讓策畫、撰稿工作盡速推展。事實上，關於刊物的內容，創刊以前就曾有過反覆討論，國際交流也好、創作者經驗分享也好、IP改編作品也好，務必以同一個架構來呈現，使集稿作業更有效率，讓各類資訊能涵蓋既有的面向。

不過，這樣的預先規劃，仍然出現了意外的

插曲。首先，是申請加入犯聯的新會員，人數出乎預期。記得當時決定要招收新會員時，我們還開玩笑說，這麼累的事情，有三、五個人願意加入就很值得慶賀了，沒想到人數遠遠超過。於是，我們立即在會務分工、企劃內容上進行調整，使《詭祕客》有更豐富的呈現。

在作家葉桑的引薦下，我到台南拜訪了林佛兒先生的遺孀李若鶯教授，席間談到一九八〇年代末曾經舉辦過四屆的「林佛兒推理小說獎」，乃是本土短篇創作發展初期的精神指標，當下商議後，李教授同意授權予犯聯接手復辦第五屆，並將獎名改為「林佛兒獎」，以表彰他對台灣犯罪文學的卓越貢獻。

再者，《詭祕客》創刊之初，原先就計畫接著要推出年度出版獎「完美犯罪讀這本！」，經過多次討論後，在齊安的努力下也終於如期完成。以往台灣側重於新人獎，以創作新秀的挖掘為主，另一方面，出版獎則著墨甚淺，讀者不易得知當年度作品的出版概況，尤其是本土現役作家的表現，只有宣傳期間的書訊，較缺乏年度綜括，這是非常可惜之處。此外，回顧過去數年，新人的出道不再以新人獎為主，存在著「得獎即引退」的現象，反而是直接出書出道的作家具備了更高的續航力。這並不是說新人獎的立意不佳，而是顯示僅以新人獎帶動本土創作發展的策略，目前已經漸生瓶頸，因此，我們希望「完美犯罪讀這本！」的舉辦，能更客觀地反映當年度本土創作的實況。

同時，由台灣推理推廣部的作家楓雨所主推的「台灣推理評論新星獎」，犯聯也擔任協辦的角色，提供作品評審的支援，希望能培育新一代的本土評論家。過去絕大多數的評論家，評論對象都是以海外作品為主，少部分即使談及台灣作品，也缺乏以台灣創作為主體的論述脈絡。很高興台灣推理推廣部願意投入這一塊較少人耕耘的區塊，本期《詭祕客》也很榮幸地刊登了這幾篇優秀的得獎作。

台灣創作的閱讀、賞析推廣方面，目前有線上定期活動「不在場會客室」，以及它的實體據點——花蓮檢察長宿舍的台灣創作常設展。此外，今年的上半年，犯聯也與高雄文學館合作，推出台灣犯罪文學的在地共創型讀書會社群「解謎相談室」。

這一連串令人目不暇給的活動，確實增加了不小的工作壓力，然而，我深信這也是外界對犯聯所抱持的高度期待。所幸，在犯聯會員們的努力下，都能夠逐一順利執行，為台灣犯罪文學的發展累積了有價值、得以永續傳承的寶貴經驗。

另一個國際焦點是「英國犯罪作家協會」主席馬克西姆・雅庫鮑斯基（Maxim Jakubowski）與「偵探作家俱樂部」主席馬丁・愛德華茲（Martin Edwards）的專訪。英國是全球犯罪小說的重鎮，兩位前輩作家，也是我在學生時代即聽聞其名、嚮往已久的大師。兩篇專訪都非常精采，讓我們能一窺英國犯罪文學的最新概況，也感謝作家提子墨的促成。

本期《詭祕客》尚有遊戲改編、台灣老電影、犯罪地景等專論，內容十分豐富；莫比烏斯環座談會，八千子、楓雨、海盜船上的花等作家們分享了實用的詭計創作經驗；而台灣與海外同類作品比較的主題，由於篇幅較長，將分為今明年上下兩期，也請各位朋友們耐心等待。

「台灣犯罪作家聯會」執行主席 既晴

CRIMYSTERY

2022

完美犯罪讀這本！2022

「完美犯罪讀這本！2022」獲獎作品評論

文／既晴、喬齊安、林庭毅

金獎（Gold Award）年度最佳長篇小說 四篇

《幸福森林》

作者：魏子千／出版：尖端出版

幸福森林一年四季都是晴天。真理亞是一隻九歲的兔寶寶，就讀幸福森林學園，和爸爸媽媽過著快樂的生活。這裡沒有暴力，每一位住民都必須定期上緊發條，被車子撞了也不會受傷，他們不時會被不知從何降臨而來的神明帶走——其實，在幸福森林之外的現實世界中，他們全是稱為「Sylvan's」的人工智慧玩偶。這些玩偶內建陪伴兒童成長的微型ＡＩ，是工程師劉的智慧結晶，然而，暗網中卻流傳著一部玩偶殺害兒童的影片，劉不得不前往英國坎布里亞郡的港口小鎮錫勒斯進行調查，尋找拍攝影片的嫌疑犯。

魏子千曾以八千子為筆名書寫「少女撿骨師」探案，這次以人工智慧已廣泛應用日常生活的近未來為時空背景，創作出這部充滿童話奇趣、科幻意涵的本格解謎作品。幸福森林制定的「生活公約五條」，構成了一個「絕對不可能發生命案」的世界。然而，本作在雙線敘事的架構下，情節在童趣與殘酷之間穿梭跳躍，發生了反差極大的顛覆，撞擊出宛如經典童話〈藍鬍子〉般的另類驚悚。

《滯留結界的無辜者》

作者：天地無限／出版：鏡文學

萊茵天廈社區發生一起殺人事件，保險業務員蘇慧旻與住戶郭志賢談保單簽約卻遭殺害。事發後，現場「鬼哭」現象不斷發生，經營「別仙樓顧問有限公司」的吳可翰吳P接受了委託，以獨創的「吳式除靈」手法破解盤據在鬧鬼地點的「結界」，順利地讓陰魂不散的死者重返輪迴系統。

然而，正當除魅作業接近尾聲之際，吳P團隊的趙薇芝來不及站回「陽道」，靈魂受困於原處，軀體卻被一名身分不明的幽魂X占據，吳P不得不率領團隊，設法查明X的真面目，並救出困在結界中的趙薇芝！

天地無限在本作中建立了人界與靈界之間如何溝通、出入的一套完整的「科學」設定，並善用這項世界觀，融合懸疑、動作、奇幻、驚悚等元素，有著台灣版《魔鬼剋星》的精巧敘事。故事推演不僅節奏明快流暢、情節峰迴路轉，也不時穿插了吳P的靈學講義、衛懷的單人脫口秀的講稿，藉著靈學、地獄梗等手法補充背景資訊，鮮活地表現了角色的不同形象，宛如一場大型的「追魂」實境秀。

《我所不存在的未來》

作者：楓雨／出版：要有光

一則無人傷亡的大學城特區火警吸引了談話性節目主持人林崁的目光。其可疑之處在於，起火點的樓層是一座密室，不可能有人能目睹起火過程，不可能有人能在放火後逃離現場，更不可能有人能精準地選擇報案時間，讓消防隊及時將火勢撲滅。案情的奇特性在口耳相傳下，愈演愈烈，人們相信那只可能是神蹟。

遽然，自稱「預言師」的匿名報案者賴文雄被捕。林崁採訪他，確認他真的有預言能力或只是瘋子。賴文雄告訴林崁，他無法阻止其弟林塹的自殺，有如讀心。接下來，賴文雄又精確地預言多起事件，終於被群眾視為神在人間的代理人……

楓雨長於書寫引出發人深省的社會現象，在本作中首度結合奇幻與犯罪，建構了一則大眾被預言操弄的瘋狂寓言。在楓雨的設想下，預言猶如一種「思想武器」，是對他人如布偶般任意進行擺布的道具，在命懸一線的你來我往後，最終成就了一場較量誰能洞穿未來的極限對決，這個社會的未來，卻淪為這場對決的犧牲品，令人不寒而慄。

《訪客》

作者：托比寶／出版：奇幻基地

經常出差的韓宇杰與父親關係冷淡，某日，他返家後卻發現父母及妹妹性格大變，對他百依百順，同時，他在網路上發現一則留言，提到所住的社區遭了小偷，但卻發現鄰居在深夜時分形跡鬼祟，似乎在門口草皮下埋屍。韓宇杰認出留言寫的就是自己的家。

韓宇杰向前女友梁睿昕探詢，她現在是父親實驗室的職員，確認父親正在進行一個重大研究。其後，妹妹莉婷坦承，他們三人來自另一個平行時空。那個時空的韓宇杰已死，他們對韓宇杰思念至極，偶然被帶到現在的時空來，發現這裡的自己被竊賊所殺，便決定代替他們與韓宇杰生活……

在原屬時空的缺憾，能否造訪另一個時空得到補償，或將成為另一個時空的「異類」？作者書寫科幻題材，並沒有過多的專業術語，淪為維基百科的小說版，而運用了「平行宇宙」的簡易概念，專注經營角色的塑造、情節的開展。本作洋溢著日常生活的寫意感，又能夠呈現出異度空間的詭譎氣氛，為犯罪小說創造了嶄新的閱讀趣味。

火獎(Fire Award)年度最佳短篇小說　一篇

〈緝毒犬與檢疫貓〉

作者：沙承橦・克狼／出版：要有光

曾獲得《野萃文學誌》第四屆徵文首獎。這篇作品是短篇集系列作的其中一篇，使用了特殊的「獸人」設定，亦即故事中的角色都不是人類，而是擬人化的動物。由於不同動物的生物屬性有所差異，因此可視為一種有別於人類的「超能力」。

本作描述了一名犬獸人由於擁有極靈敏的嗅覺，又能與狗交談，被招募到機場擔任緝毒工作。一日，犬獸人被上司獅獸人叫進辦公室，要他嗅聞房裡保險櫃的氣味，因為有人偷走了存放在櫃中的沒收品。構築在獨特而新奇的世界觀下，純粹透過氣味來進行偵查，使謎團充滿了本格趣味，形式極簡而巧妙，而角色的互動鮮活，令人期待在這種世界觀下的故事發展。

水獎（Aquatic Award）年度最佳翻譯小說 五篇

《那年雪深幾呎》

作者：布萊恩・弗利曼／出版：尖端出版

在生活平淡溫馨、居民彼此都是朋友的鄉村小鎮中發生了失蹤案，宛如一顆砸進水池中的隕石，炸出無數黑暗的、不為人知的祕密……小鎮懸疑是一種擴大版的「封閉空間」（Closed Circle Mysteries）設定，是歐美小說、影劇中常見套路，更能帶給讀者懸念與代入感。

作者布萊恩・弗里曼已發表超過二十部小說、也被欽點為「神鬼認證（傑森・包恩）系列」執筆作者，斬獲大小獎盃無數、風格洗鍊穩重。讓《那年雪深幾呎》在「小鎮懸疑」類型當中，演繹出截然不同的味道與新意。

本作設定看似典型，卻埋設眾多細微的伏筆，且一一融入小鎮居民的人物特質。作者成功讓大小事件與伏筆搭起緊密的串聯，讓微小的事件增添更多元的層次感。而穿插在書中的歌詞詩詞，更呼應了書名呈現出浪漫又無可奈何的詩意與鄉愁，是這部作品和同類型作品製造差異、也更加優秀之處。每一個本性善良的平凡人，都可能因為一點陰差陽錯，便淪為舉世畏懼厭惡的魔獸「厄蘇利納」。

《第13位陪審員》
作者：史蒂夫・卡瓦納／出版：馬可孛羅

律師艾迪・弗林系列的第四作，以一場引發社會重大關注的明星家庭命案為主軸，因凶手巧妙地潛入陪審團之中，為審判牽動出一連串的變數。承繼系列作多方元素融合的特質，讓焦點並不止於法庭內的攻防，經由雙方在檯面上與幕後的探索、算計、設局等過程，有節奏地引領著閱讀者的情緒，也讓作品因此凝聚出更具動感的懸疑調性。

採用主角與凶手雙視點敘事的手法雖然並不罕見，但是綜觀各式作品，凶手持續深入「敵陣」的鋪陳大多會讓閱讀者對作中正反立場的界線感知模糊化，因而在無意間萌生了對兩方的「期待感」，無疑是點燃閱讀興致的絕妙裝置。集理論、探索、動態等要素於一身，營造出富有層次的閱讀感受。

此外，艾迪在本作中同樣面臨了西方作品中主角經常得要面對的家庭問題考驗，採取的行動也不如前三作那麼辛辣，但也因此更加聚焦在他身為律師，以及作為一個人、一個丈夫與父親的那一面。在維持既有人物形塑的同時，也透過題材以及詮釋手法的轉換，挖掘出更深一層的角色情感。

《從前從前，某個地方有具屍體……》
作者：青柳碧人／出版：新經典文化

本作使用日本民間故事劇情重塑的惡趣味令人莞爾叫絕，黑色幽默風格讀來趣味性極高。但本作最厲害之處在於「奇想推理」的鑄成：原典裡獨特的場景、道具：〈白鶴報恩〉裡禁止偷看的房間、〈一寸法師〉裡的萬寶槌、〈桃太郎〉裡的鬼島眾鬼，都被青柳碧人賦予新的創意，成為破案解謎的重大線索。

如今村昌弘在本作解說所述，日本業界當紅的「設定系推理」必須非常清楚說明遊戲規則。只要設定複雜令讀者沒法完全理解就會失敗，「如何不妨礙可讀性將設定融入故事裡是很令作家頭疼的。」

而《從前從前，某個地方有具屍體……》善用了家喻戶曉的民間傳說，輕鬆地跨越了這個障礙。明明魔法道具在犯罪小說中理應成為ＢＵＧ，但〈開花爺爺〉灑出來的灰、〈白鶴報恩〉裡織成的布、〈一寸法師〉的萬寶槌，所有讀者都會有基礎的共識與理解，把它們設計為謎題的要素，便完全逆轉了「設定系推理」的先天劣勢，是成年人與孩童都能享受其中的「童話犯罪」上佳之選。

《正體》

作者：染井為人／出版：瑞昇文化

日本司法制度中，檢察官起訴的案件高達百分之九十九點八會被法官定罪，比例高達世界第一，「零容忍」政策讓日本塑造出治安良好的國家形象，卻也跟著埋葬了無辜良民的清白與血淚。冤罪問題也成為社會派犯罪小說常見主題。

橫溝正史賞出道作家染井為人在代表作《正體》著力探索了悲壯的冤罪之旅，更藉由主角慶一喬裝周遊各地與人們相遇的過程中，逐一揭發在歡慶東京奧運到來的和平表象下，跨入令和新時代那些依舊流竄在國家的罪惡與不公。

被「村八分」陋習排擠的青年、為奧運場館拚死趕工卻毫無職災保障的「做工的人」、為生活所困求助宗教卻落入詐騙集團陷阱的主婦……作者漂亮地捨棄長篇大論的說教或論理，將欲針砭的弊病力道適當融入於流暢精彩的故事與對白中，寫作技巧高明。震撼的結局後，作者沒有給出自己的結論，而是將資訊攤在陽光下，彷彿在對讀者拋出疑問：「你又是怎麼看的呢？」促使每個人找出自己內心的真正解答。讓本書的餘韻更加濃厚且深遠。

《我殺死的男人回來了》

作者：黃世鳶／出版社：高寶

韓國犯罪小說近年陸續引進不少，但整體表現與日本、歐美有較為明顯的落差。在這之中本作是讓評審大開眼界的優異傑作，真正突顯了類型轉化後作到接地氣的韓國文化與人性。以黑色喜劇設計的寫作風格鮮明、犯罪者視線為主的描寫，將只出現一具關鍵遺體的情節刻劃得相當生動。孤島謀殺、倒敘犯罪這些本格元素也絲毫不含糊。

無論是天真、愚蠢、粗鄙、貪念、執著，作品設定的鄉下村落、零犯罪村莊的獨特背景，恰到好處地讓每一個人物充分發揮特色，也一併帶出台灣讀者在韓劇主流世界觀中較少發覺的那些庶民真實面相。作者持續翻轉、顛覆先前推理的情節也十分精妙，更在流暢幽默之餘，達到針砭時弊的意涵。

韓國影視作品對政商、司法的控訴總是悲愴有力，同樣背負社會議題的《我殺死的男人回來了》，卻能在笑淚交織的閱讀體驗中，理解韓國庶民走過一九九七年亞洲金融風暴的堅毅歷史。

土獎（Earth Award）年度最佳非小說三篇

《造假新聞：他是新聞金童還是謊言專家？德國《明鏡周刊》的杜撰醜聞與危機！》

作者：胡安・莫雷諾／出版：臺灣商務

曾獲二〇一九年德國「年度記者獎」的胡安・莫雷諾（Juan Moreno）所撰寫的《造假新聞》，講述了現代社會人人迫切面對的問題：究竟我們日常接觸的新聞，是否為真相？還是基於某些特殊目的，刻意製造出的人造產物？

自由記者胡安・莫雷諾以第一手的角度，揭發四度獲得德國新聞界最高榮譽的王牌記者雷洛提烏斯一系列造假醜聞。作者相較雷洛提烏斯在新聞界的地位可謂天差地遠，其資源與知名度更是無法比擬，但透過胡安明快通暢的筆法，一步一步帶領讀者從弱勢不被信任的一方，抽絲剝繭，如同偵探辦案逐一揭穿假新聞背後極力隱藏的真相，替新聞業界帶來一記沉重又響亮的警鐘，全書讀來令人過癮，也敬佩作者維護新聞道德的勇氣。

《造假新聞》雖非傳統常見的刑事偵查類作品，卻是一本不折不扣的犯罪推理小說，在報章媒體充斥各種巧妙包裝的年代，真相是否眼見為真？身為一名現代社會的讀者，謹記抱持質疑的想法，其重要性恐怕更勝於過往人類任何一個時期。

《開膛手傑克刀下的五個女人：死於地獄，卻也生活在地獄！歷經130年，沉冤終得昭雪……》

作者：哈莉・盧賓霍德／出版：方言文化

若提起歐美文化裡知名度最高的凶殺案，發生在英國維多利亞時代的開膛手傑克，該名凶手恐怕占據社會大眾多數的記憶與目光，他戴著高帽與身披黑斗篷，手持利刃，遊走於陰暗城市角落，殘忍殺害那些被視為「娼妓」的壞女人，為讓開膛手傑克的概念持續存活，大眾目光刻意沒多看這五名被害者一眼。

《開膛手傑克刀下的五個女人》深知開膛手所代表的意義，為了還給受害者該有的樣貌，讓五名被害女性成為真正有血有肉的人類，以高超的寫作技巧與時代描繪顛覆既有印象，並搭配大量歷史文獻的回顧，全書讀來彷彿讓人重新造訪英國維多利亞時代的光景。

五位女性在各自篇章裡，讓百年之後的人們理解當年的生活樣貌，她們是各自家庭愛護的女兒、妻子、母親或姐妹，本書給予她們多年來被刻意忽視，卻理應擁有的尊嚴。同時也告訴大眾，無論她們是什麼樣的人，做什麼樣的工作，沒人有權利傷害這些女人，更別說殘忍奪取她們的生命。

《追逐怪物的人：韓國首位犯罪側寫師的連續殺人案追蹤紀實》

作者：權日勇、高納穆／出版：高寶

隨著時代演變，社會出現少見的隨機連續殺人案件，面對更為棘手的凶手，警方該如何讓犯罪者浮現，甚至在下一名被害者出現之前，提早阻止悲劇再次發生？在這樣的背景之下，犯罪側寫師利用心理學手法深入分析凶手的犯罪樣態，以及個人獨特跡證，大膽預測犯罪者的職業、動機，甚至是過往的心理創傷。這樣一個大眾十分陌生的角色，如心理學家般的警察執行逮捕犯罪的任務，靜靜站上了刑事偵查的舞臺。

《追逐怪物的人》的作者之一權日勇警官，正是韓國第一位犯罪側寫師，生涯偵辦韓國數起知名連續殺人凶案，包括柳永哲、鄭南奎、姜浩順等殺人案件，本書便是敘述權日勇如何從警界尚未接受犯罪側寫的價值前，克服一連串阻礙，並成立犯罪側寫小組的過程。透過傳記作家高納穆的撰寫，結合權日勇的實際辦案經歷，本書讀來頗有戲劇張力，像極了一部精采的犯罪懸疑小說，邏輯嚴謹，具備犯罪文學深度與內涵，強烈的閱讀沉浸感，讓人一窺犯罪側寫的獨特世界。

木獎（Tree Award）年度最佳海外華文小說　三篇

《喪鐘為你而鳴》

作者：王元／出版：皇冠文化

來自馬來西亞的王元，在第七屆島田莊司首獎作品《喪鐘為你而鳴》裡注入有別於過往參賽作品的溫柔與詩意，慘烈的命案描述亦以清爽感的文字除去不適血腥味。雖然作品刻意追求島田獎的簡潔格式，但從書名對海明威與原詩的援引，更將這個「鐘聲」的要素融合故事的關鍵詭計，顯現作者的文藝素養，足以豐富華文犯罪小說界現有的面貌。

同時，《喪鐘為你而鳴》亦久違符合島田獎「二十一世紀本格」定義，對腦科學、4D列印等新科技提供了有趣的情報。作者開頭以數位時代不利於犯罪的論點破題，再巧妙地以「數位排毒」的可信名目，帶讀者重返復古的暴風雨山莊，並藉由這項設定，成功營造真相揭曉時世界觀崩壞的驚愕，深諳本格「醍醐味」精華。當我們在尋尋覓覓可疑的機關時，便已經落入王元令人激賞的詭計陷阱了。英國詩人多恩：「不要問喪鐘為誰而鳴，它是為你而鳴。」的寓意被賦予了現代化的衍伸。故事裡莊嚴的鐘聲，或許正為人類注定擁抱科技走向悲傷的未來而敲響。

《藥師偵探事件簿：請保持社交的距離》

作者：牛小流／出版：要有光

本作《請保持社交的距離》是系列第二集，與前作《請聆聽藥盒的遺言》有時間軸的連貫，但收錄的三起案件，也可以獨立閱讀，同富樂趣。設計職人系謎團對作者來說是很大的考驗，要對專業領域有深入研究找出可用素材，更得小心不將解謎過程處理得太過艱澀，否則讀者會難以理解或欠缺參與感。牛小流以自身藥劑師的專業、鮮活逗趣的角色以及解謎的純粹感一一克服上述考驗。

無論是太平盛世裡咳嗽藥水突然人人搶購的日常之謎、密室裡被砒霜毒死的命案，甚至是新冠肺炎疫情爆發初期的口罩殺人疑雲，都創造出獨樹一幟、他人難以複製的精采謎題，並兼顧了易讀性。第一線迎戰病毒的藥師職人，結合專屬於「大疫年代」的詭計，由於COVID-19與歷史上幾次瘟疫具顯著差異，也造就我們時代特有的這本傑作。

「藥與毒的界線，自古以來都模糊不清。曾經的毒藥，如今卻是能夠救人一命的良藥。」貫穿故事的藥學核心，亦是與人性息息相關的哲理。

《香江神探福邇，字摩斯》

作者：莫里斯／出版：遠流

作為第一名偵探的仿作，本作不僅引人發噱地將「福邇，字摩斯；華笙，字籥瀚」的西洋姓名照本宣科搬到華人身上，還在收錄的六篇短篇裡，從篇名到重點劇情全盤致敬，仿得比ＢＢＣ《新世紀福爾摩斯》的改編還要徹底，著實是冒險的嘗試。

而本作最厲害的地方也正在於此，明明是暴雷就會破壞樂趣的犯罪小說，且熟悉道爾原作的讀者大致清楚接下來會怎麼發展與作結，卻仍會被故事裡浩瀚的時代史觀、濃厚韻味給深深吸引著——原典案件移植到同一年代的香港正是精華所在，讀者彷彿同遊於那個動盪又激情的年代，也勾勒起港人曾位居世界中心的思古幽情。

莫里斯對資料的深入考究，將真實融入虛構的高明手法值得創作者學習，如以吉士笠街俗稱「紅毛嬌街」的典故來發展〈紅髮聯盟〉，簡直拍案叫絕。即便《香江神探》在謎團、破案手法設計尚有進化空間，但論完成度與趣味性，以及如何以簡潔扼要的篇幅講好故事、刻劃人情，著實為香港犯罪小說史數一數二之作。

地獄新娘》（1965）

回首黑白膠卷中的浮光掠影，六〇年代為台灣犯罪電影開疆闢土的三大名作

文／喬齊安

第一期的《詭秘客》中為讀者們介紹了二〇〇〇年後的台灣犯罪電影十大精選片段。本期將時間倒轉回遙遠的一九六〇年代，以犯罪娛樂的視點，介紹經由文化部、國家電影及視聽文化中心專案近年完成修復的三部原產國片，畫質收音相當精美。各位讀者皆可以透過國家電影及視聽文化中心、CatchPlay、friDay影音等正版管道收看。

一九六〇年代有許多影史上的經典流傳至今，黑澤明《天國與地獄》呈現主角、警察與搶匪對決的綁架案，對日本社會的貧富差距與對立有著犀利刻劃；六〇至七〇年代更是松本清張影視改編的輝煌時期，野村芳太郎執導的《零的焦點》與《砂之器》，即使後人多次再度改拍也無法掩去其光芒。至於美國在一九六七年推出的黑馬作品《我倆沒有明天》，改編自鴛鴦大盜邦妮、克萊德真實故事。美化、浪漫化本應暴力的兩位主角的嬉皮文化，打中反戰青年的心聲，得到顛覆業界的迴響，為好萊塢電影下一個階段的革命奠定基礎。

那麼，在同一時間，政治型態上仍處戒嚴、但都會經濟已然蓬勃發展，得以追求現代化娛樂的寶島祖先們，在類型電影、小說的概念尚未普及的環境中所看見的犯罪電影會是何種模樣？且讓我們坐進播放著黑白膠卷的古典戲院，在爺爺奶奶最懷念的台語對白中走一趟時光隧道。

《天字第一號》（一九六四）

犯罪度：★★★

張英導演／杜雲之編劇

《天字第一號》（1964）

二戰是間諜的黃金年代，各國為求勝無所不用其極，也因此造就那些瞞天過海偷取、傳遞情報手法以最快速度成長進化。而以七七事變後爆發的中日戰爭為背景，具有臺灣史上第一部諜報片特殊意義的《天字第一號》，便上演了高潮迭起的諜對諜，劇情設計是出乎意料地純熟。

女主角翠英與父親來自被日軍侵占的北關東，身為難民只能靠江湖賣藝為生。與男主角周凌雲相識相愛，翠英卻突然不告而別銷聲匿跡。數年後留學歸國的凌雲加入抗日組織接近陳兆群身邊，伺機蒐集情報並尋找機會暗殺他。沒想到翠英卻以漢奸之妻的新身分再度現身，享受著榮華富貴……

本作中會看見許多有趣的暗殺手法，例如將手槍藏在餐廳烤鴨的肚內、將炸彈偽稱日本人寄來的賀禮送到陳家。利用特殊暗語來通風報信、確認彼此間諜身分，都是很通俗易懂的橋段。但最漂亮的布局，還是來自組織領導者・神龍見首不見尾「天字第一號」身分的意外爆點，以及他／她機智化解種種危機、懲凶除惡的一連串精采演出。光靠話術與演技就讓漢奸們自相殘殺，觀者大快人心。

或受六〇年代政治風氣影響，《天字第一號》後續連續再拍了五集，被影評人評價為台灣四、五年級生共同的回憶，可見當年風靡大街小巷的程度有多麼驚人。全球最知名的間諜：詹姆士・龐德的系列電影誕生於一九六二年，僅過短短兩年台灣就跟拍出了相當水準的諜報片，著實令後世敬佩。

《地獄新娘》（一九六五）

犯罪度：★★★

辛奇導演／張淵福編劇

以小說IP改編影劇是當今顯學，但或許跟筆者一樣，許多犯罪迷對接下來兩部電影都來自翻譯小說的改編感到稀奇。國片其實很早就走上小說的IP之路，曾獲金馬獎終身成就獎殊榮的台灣電影重要導演辛奇，集結當時當紅的雙生雙旦推出的《地獄新娘》在一九六五年上映頗為賣座，原典便來自英國羅曼史小說《米蘭夫人》（Mistress of Mellyn）。

《翻譯偵探事務所》作者賴慈芸教授指出，曾在台灣租書市場占據霸主地位的西洋羅曼史小說，女王級作家維多莉亞・荷特的第一部小說正是《米蘭夫人》。於一九六〇年譯進台灣，被中廣與警廣選為廣播劇播出。爾後更被辛奇將場景搬到台中梧棲翻拍，顯現原作在六〇年代有多暢銷。

《米蘭夫人》的特徵不僅在男女相戀的羅曼史，繼承十九世紀《簡・愛》故事的哥德氛圍被《地獄新娘》忠實地以台灣味呈現是辛奇一大妙筆，黑白片的畫面現今來看反而提升了驚悚效果。遊艇失事後消失無蹤的王妻屍體之謎、唱著淒厲的兒歌又信誓旦旦說著：「老闆娘還活著！」的落魄小女孩、來到王家的家庭教師瑞美又接連遭遇鬧鬼的怪事，甚至還出現了鬼魂託夢的異象，如果是喜歡恐怖片的觀眾應能感受懷舊的驚喜。

而本作最出色之處在於除了托夢外，仍以合乎科學的真相來解釋一連串謎團。將原作關鍵的密室地點從禮拜堂改為「佛堂」，從密室脫逃的女主角對真凶發出的宣言：「我就是從地獄回來的新娘！」都可看到改編後的巧思。差那麼一點真凶就能達成完全犯罪，竟是敗在女主角在擔任家庭教師期間以善心灌溉的那顆不起眼的種子上，很成功地以不說教的戲劇性反映出溫馨的「善有善報」意涵。

《六個嫌疑犯》（一九六五）

犯罪度：★★★★★

林摶秋導演／編劇

另一部來自翻譯小說的台語名片，甚至是國內嘗試「本格派」的刑偵劇先驅之作，就是與《地獄新娘》同年上映的《六個嫌疑犯》。這部作品改編自井上梅次導演的《第六個嫌疑犯》（一九六〇），至於電影版則又翻拍自南條範夫同年發表的同名小說。南條範夫是著名的時代、歷史小說家，目前著作在台灣只有引進《劍豪生死鬥》，《第六個嫌疑犯》則是這位直木賞作家生平罕見的犯罪小說。

雖然當年林摶秋拍完本片後對成果不滿意，送審通過後仍未將電影安排上映。但從《六個嫌疑犯》能欣賞到正統專業的警察辦案過程，對於六〇年代的觀眾來說確實是超越時代與想像的演出。敲詐者鄭光輝陳屍於瓦斯中毒的現場，故事如劇名一般由警方一一查訪五個嫌疑犯，他／她們都有看似不可靠卻有人證的不在場證明。如果不是利用特殊手法製造不在場證明，就是有被警方所忽略的第六個嫌疑犯逍遙法外。刑警組長好不容易找上門時，這個嫌犯卻也已經服下氫化鉀死去……

《六個嫌疑犯》（1965）

嫌犯人數眾多，故事的節奏緊鑼密鼓，有台灣電影中罕見的「從一群嫌疑犯中找出凶手」的古典解謎趣味，在「真凶翻轉」與動機的設計十分精采。敢在六〇年代挑戰一個台灣觀眾普遍還不理解、票房也很難樂觀的冷門題材，林摶秋導演的勇氣值得我們鼓掌致敬。伴隨刑警踏破鐵鞋的訪查過程中，米高樂音樂咖啡廳等年代風景也歷歷在眼前，電影中的台北一點都不老舊無趣，而是散發摩登都會的光采與韻味。

我們回顧《六個嫌疑犯》與《地獄新娘》獵奇殺人的背後殺機，皆來自於那些無論身分高低、年齡老少都為愛恨情仇所糾葛、被貪瞋痴三毒所困的墮落靈魂，不由得謂然長嘆：犯罪文學與影劇所探討與映照的，確是歷久不衰的人性命題。

「揭開事情的真相，同時撫慰人心——」

《回憶暫存事務所》影視改編高峰座談會

文／喬齊安

二〇二〇年末，犯聯成員八千子老師的《回憶暫存事務所》在文化內容策進院舉辦的「出版與影視媒合候選書單」中獲獎入選。更了不起的是從得獎書單中脫穎而出，成為全台灣最後十三本為影視公司欽點、正式投資劇本改編與製作開發的作品之一。電視劇預計在今年底正式開拍，以三年籌備期起跳的電視劇常態來看進度十分驚人。本書責任主編、影視顧問喬齊安邀請到買下這部ＩＰ的星樂傳媒有限公司監製暨導演林立昇（大崴）、浤象國際影業有限公司導演余建霖與編劇韓婷羽等主創團隊，與原作者八千子進行一場視訊對談，一同發掘紙本小說搬上銀幕的這趟奇幻旅程。

喬　今日很開心能與大家進行座談，對於八老師與我這對好夥伴來說，《回憶暫存事務所》（以下簡稱《回憶》）是一個重要的生涯里程碑。我認為這部小說充分展現出作者的寫作風格，在看似平淡甚至略帶冷漠的敘事口吻中，埋藏深厚細膩的情感、以及不時拋出的驚奇震撼。那麼首先請八千子老師與我們分享一下剛開始創作這本小說的想法，劇情簡介，以及對於影視化是否有什麼期許？

八　最開始是看了是枝裕和導演的《小偷家族》才有了這個以「虛假家庭」為概念的故事，另一方面也有一點被日本近來特別受輕小說關注的神待少女議題影響。不過我自己沒有能力在作品中處理太深刻的社會性問題，整部故事其實只是藉由不同的人物提出相同的疑問：**「如果你願意給自己一個被欺騙的機會，會如何面對過去留下的遺憾」**。

誠如喬編輯所說，我寫小說大多都只是為了自我滿足。這本書中有不少段落可能是取材自我或我身邊人的經驗，從構思到出版的過程我根本沒有考慮過影視化的可能，所以現在聽來一切還是宛如夢境般好不現實。

喬　那麼，接下來想請林導、余導分享您們當初是怎麼看中《回憶》可以影視改編的賣點？與您們過去曾經做過類似方向的作品有關嗎？

余　首先我覺得最重要的是，這是本好看的小說，讓我有慾望一口氣讀完它！主角三郎和他的事務所，在設計上很特別，我覺得很適合在視覺效果上發揮，讀小說的時候就有很多想像，也很期待可以用什麼樣的手法去做影視上的呈現。另外在故事軸線上，我覺得原著主要是探討親情為主，這些案例都很有意思，涉及層面也很豐富，例如故事中有同志之間的感情、兒子失去父親的感情、不受爸媽所愛的感情等，搭配三郎可以變身的設定，在這個架構下可以討論很豐富的家庭狀況。我們過去編導處理過很多類似的題材，包含親情、愛情、友情都有，只是過去常是一整部影片來處理一種情感，這次不同的是會在一部作品裡面去探索很多種情感。

余建霖／導演

林　親情的部分我都很認同，那我說下小說的愛情故事，讓我很有感觸。因為我以前很多作品是以男女主角的情感為主的，比如說電影《被偷走的那五年》，由張孝全和白百何來推動戲劇主線和故事進展。像這樣的故事比較善於處理單一化的劇情，而在《回憶》感覺是原著提出不同的親情觀點，再由編劇改編加入愛情主線來推展，和改編後設定追加整個「事務所」變成一個團隊，而也包含友情的支線，我覺得很豐富，也很期待主角的愛情故事。

余　所以林導也喜歡小真和三郎的這段有一點年齡差的情感設定嗎，對您來說是有趣的嗎？

林　人家常說愛情不分年齡，不分高低，其實這部在你們編劇處理上也沒有特別凸顯年齡差這塊，只是設計上讓我感覺很巧妙，就是三郎把感情寄託在小真身上，這也是為什麼三郎會這麼快的接受了這個翹家的女孩子，這是有投射的情感成分，這部分因為有點劇透，到時候請觀眾看戲劇時可以再體會。原著的賣點就是著重在親情上面，感情很豐富。

韓　故事個案多，相對來說就更多元，觸及的觀眾群面向也會比較廣。每一場戲、小故事、小單元裡面，因為看劇的人很多種，他投射進來的可能是其中某一個案子或情緒，可能就因此追劇下去。

喬　瞭解了您們喜歡《回憶》的點。台灣小說通常會面臨粉絲有限的情況，也會影響到影視公司買ＩＰ的意願。您們認為可以利用哪些做法強化改編增加賣點，來增加影集受眾的興趣？

余　我們策略上主要是增加男女主角的愛情線，台灣觀眾的喜好也是如此。所以我們除了原有案例故事，加強愛情戲軸讓觀眾有追劇的重點。結構上每一集除基本的委託故事外，也會漸進式帶入兩人愛情。因蘊含三郎對小真的情感辯證，於是與每一集的個案皆可產生連結性，讓故事線及核心主題更加明確。

林　而且很重要的一點是，故事主角三郎也有自己的問題、自己的缺陷。三郎在漂亮處理案例時都是賣點，可是，三郎本身的問題是怎麼解決的？是最能夠吸引觀眾的部分，因為人生往往最難面對的是自己的心。這一點同時也是小真和他發生的衝突點，將更有戲劇張力。

余　對，因為原著有描述三郎跟母親的問題，改編上我們把事件挖得更深，用合理情節與影視獨有的畫面感，來加重三郎跟母親親情間的矛盾故事，帶給觀眾代入感。

韓　改編策略上還把「回憶暫存事務所」的團隊設計出來，讓事務所平常運作更貼近現實跟趣味性。設計的新角色：包含三郎助手與好友文森、文森青梅竹馬也是情報偽裝車駕駛恬恬、還有因案件與三郎重逢的老同學怡文。事務所的角色擴充，事務所內部的故事也更加飽滿。從接下案子、如何籌備到完整執行的狀況，包含事務所的運作模式，相信都是好看的賣點。

余　還有在視覺效果上，我們特地打造出一間真實且科技感十足的事務所場景，也設計了三郎易容術的呈現方式、還有出任務時的情報車。這台情報車出任務時乍看下在賣美食，其實是一邊搜集情報且即時提供給現場的三郎或小真。林導之前也說這台情報偽裝車的概念很像是「變形金剛」！

八　站在作者的角度非常好奇，想瞭解您們在改編劇本時如果遇到困難，是如何克服的呢？以及您們希望在本劇傳達什麼樣的意涵？我寫小說時常常搞不清楚自己的市場定位，所以也想知道《回憶》影集預期的核心觀眾有那些族群呢？

林　小說是單一線、戲劇是複雜線，看小說的人可以憑空想像，但影像是透過戲劇內容所呈現的，所以改編的困難就是從單一到複雜這個過程，也就是我們要去想像各個階層的心理層面，如何做到讓從小到老每一位觀眾都能夠從戲的情節，演員的表演及成千上萬鏡頭的組合詮釋上得到滿足。

林立昇（大崴）
／監製 導演

韓　對的，也就是劇情改編不至於是難處，但如何將小說轉成戲劇文本與導演們後續拍攝的戲劇成品，這中間的轉化是最需要花氣力之處。

林　我們設身處地想像各個受眾看小說的感受，舉例像我經歷家人離去的感受，可能心理狀態就跟還沒有此經歷的觀眾不太一樣。所以我在看這個劇本的時候就會想：要是我至親還在的話會怎麼樣呢？如果真的有三郎存在，我就可以請三郎扮成我，去對至親說出我想說但說不出口的話。所以我們想拍出這部戲，就是希望透過三郎解決個案的過程，讓觀眾看著影片跟著嘗試，看是否能解決現代人愛情、親情、友情的問題。又像是我的初戀，那時候我們交往很久了，後來種種緣由兩人在沒有明說的情況下漸漸走遠，後來才輾轉聽到她結婚的消息。當我在看這個劇本時也想著如果當時，甚至是現在有三郎的話，我想請三郎扮成我去打聽她當時的想法。人生中各個階段都有「說不出或不願說出口」的困擾，真希望有三郎的出現來撫慰人心啊。

余　就像一開始說的優點也是這個困難點，因原著提到不少個案，編劇有時沒有這些親身經驗，也相對有些觀眾會有這類經驗，所以從劇本到拍片，是得花心思去揣摩、做田調，讓越多觀眾越能感同身受的。而最難的部分是甚至要超越他們所經歷，讓這部戲能夠去滿足、撫平這些過不去的坎。

林 「揭開事情的真相，同時撫慰人心！」我覺得《回憶》一戲想傳達的就是故事本身的一個價值：三郎如何去解決社會中的現象或問題，而且可能是每一個觀眾、每一個年齡層受眾都會面對的。

韓 雖然現實生活可能沒有三郎，但故事若觸動人心，說不定能讓觀眾去打電話也好、寫mail也好，決定讓自己去跟那個想說卻不敢面對的人，說出一些話，幫自己找到內心癥結的出口或宣洩，都是有可能的！

林 對的，所以編劇這邊改編上最大的困難，就是要找到不同層面的受眾，挖掘出他們各自問題的最大公約數。

余 另外有一點是我認為需要特別花心思的，因為三郎會變裝，那戲劇裡就不會是原本的主角來演出，但戲劇上觀影上其實是很仰賴主角的，主角不能消失太久，即使觀眾知道這個角色是主角扮的，但不是主角本人去「演」的，這影響我自己目前無法很精準去評估觀眾的接受度。當然我們會努力運用一些技巧，以及重視節奏，避免讓主角在畫面上消失太久。

韓 核心族群的話，我們覺得這部戲的目標受眾會很廣，因為劇情牽涉的主題很廣，像林導就認為幾乎可以全部包含，對嗎？

林 對，幾乎從青春期開始到老年人都可以，因為每一個人都有屬於自我的「回憶」，在乎的是這段回憶要「暫存」多久，所以本劇會是闔家觀賞的體裁。

韓 （笑）那我們編劇上可能最主要還是設定在18～40歲了。

韓婷羽／編劇

喬　如我們請作者參考劇集設定，繼續寫續集下去。以製作方來看會希望他可以創作什麼樣的故事？或者讓主角們有什麼不同的人生發展是您們期待的路線？

林　「人生，好過也是一天，不好過也是一日，都沒有問題，只是有解不開的結而已！」目前原著案例集中於親情，但其實還有千百種情感可以發展。人生有太多問題，年輕人的、老年人的、熟男熟女的太多了！這些問題也可能不是問題，是自己心裡解不開的結。所以或許人生不是問題，只是當你糾結在一個事情上面的時候，就成了解不開的結。所以我會期待作者延續這一版的調性，處理更多人生中的問題。

余　這部劇其實很適合發展續集，以個案來說，許多人生案例都還可以拿出來探討，只是說不論是原著或是目前的改編，結局上角色們已經處於一種完滿狀態。比較重要的是如何依著角色狀況合理發展續集，最重要是在第一季已經領悟的道理，不要在第二季又走回頭路，我比較不喜歡這樣的安排。如果想遠一點，我會覺得在寫《回憶》時，總會想到三郎這技術也很適合出現在犯罪、偵探等類型，將來嘗試個電影版也蠻酷的。

喬　如果還會有電影版就真的太棒了！最後，想請專業影視工作者的您們分享在這次文策院得獎作品裡挑選文本的喜好與口味，也給予有志創作者一些未來想與您們合作的話，寫作主題上的建議。

余　我還是會回歸到故事本身，看故事是否有強大的懸念讓我想看下去，然後也會去評估完整性，結構性等等。至於比較仰賴文字、偏向塑造氣氛、文學性的，我就會比較持觀望態度。重點還是會看故事本身的議題與衝突性等。另外補充一個觀點，我會看故事中有沒有「想像不到的」或「很貼近生活的」的內容。這兩個元素看似相反，但其實是可以共存的，想像不到的就是意外性、平常無法經歷到的，所以觀眾會好奇想看；很貼近生活的就是共鳴性，大家都曾面臨到、碰觸到的問題，就很容易讓有共同經驗的觀眾想看。《回憶》便是集大成之作：題材很貼近大眾，探討親情、愛情、友情的各種面向，容易引起共鳴，而如同易容術般的技術，又是很吸引人、讓人意想不到的亮點。

《沒有神的國度》——青春的道別

文／楓雨

在《沒有神的國度》後記中曾提到，這本小說創作背景，很大一部分是受到學生時代的影響。儘管我沒有親身參與過三一八學運，不過每次回家時所走過的道路，不可避免地會經過學運的幾個重要地標。包圍中正一分局的當晚，我甚至人還在現場，卻是一直到回到台中老家後才知道事件的起因。這本書的完成，也象徵著我對青春的道別，如同序章對楊曉薇所做的側寫：「正是在那一刻，楊曉薇才終於意識到，她的青春結束了。」

我從台大醫學院已經畢業快三年，最近一次因緣際會下，重回母校短期進修，出於一種懷舊的情感，同時也是通勤的必要，我再次走上了那段走過不下百回的路途。從男二舍開始出發，走上徐州路向西到底，遇到中山南路右轉，一直走到兒童醫院，而與兒童醫院遙遙相對的，正是立法院；接著在青島西路左轉，然後到中正一分局前，右轉到公園路，走一小段路，右手邊就會是不起眼的臺北車站八號出口，那也是我從台北通勤台中的入口。

雖然當時的我對政治感到冷漠，甚至還寫出了反諷的政治推理小說《伊卡洛斯的罪刑》：「把現在的行政長官換成一群笨蛋，社會也不會有太大的區別。」不過，處在當下的時空中，很難不接觸到相關的資訊，就連中午吃飯同學間閒聊的話題，也都離不開當時的學運。

要在很多年以後，當我看到傅榆導演的紀錄片《完美墜地》，在宣傳片末尾，陳為廷是這麼說的：「如果不要神的話，就試著不依靠神的力量，自生自滅吧！那就看看，如果沒有神，你們能達到什麼程度。」我便開始好奇，當時所處的時空中，究竟發生了什麼事情。

這當中最讓我感興趣的，不是學運的主現場，在查找資料的過程中，一段資料吸引了我的注意，那就是「賤民解放區」。那是在三一八學運中衍伸的次團體，起初是因為醫療通道的爭議所產生的，暴露了學運中管理階層與基層參與者的矛盾。學運本身是因為反抗政府高層的獨斷專行所產生，可是在學運運作的過程中，決策中心對大眾的疏離和不透明，卻不免也產生了黑箱作業的質疑，參與者似乎也成了「自己所討厭的大人」。

這正是《沒有神的國度》的核心主旨，以通俗點的話來說，就是「換了位置就換了腦袋」。我們過去所討厭的那些事，在我們轉換立場之後，是不是真的有辦法避免同樣的事情發生？因此我把「賤民解放區」化用到我的故事之中，成了「草民互助會」。

走過濟南路，已經看不出「賤民解放區」曾經存在的痕跡。雖然「賤民解放區」提出了一個很有趣的觀點，在當時也確實實行了他們的理念，但是有多少人還記得這群人？記得他們曾吶喊過什麼？爭辯過什麼？雖然鍾愛這樣獨特的視角，不過在書中，也透過呂俊生之口提出了質疑：「這或許是很棒的互動式講堂，不過就是一盤散沙。」在一個應該擁有強烈主張的學運中，我們能做到真正的去中心化嗎？

故事中，「賤民解放區」被置換成「草民互助會」，是因為我想探討的並不是醫療通道爭議的孰對孰錯，而是想跳脫議題，讓讀者更聚焦於去中心化的討論。同樣地，「立法院」也被置換成「國會」，在野黨代換成「人民光復行動聯盟」，議題從服貿變成較為單純的冤罪問題，這樣的設置也是為了製造與現實的疏離感，讓讀者暫時放下對議題和黨派的立場，專注於造神運動本身。

我不確定這樣改編是否能造成預期的效果，不過至少試著努力過了。我期望能對事不對人，更有甚者，是去探討事情背後的那個架構和背景。畢竟議題和人物都會隨著時代而更迭，但是像造神運動這類的事情，已經在人類數千年的歷史當中不斷上演。

而關於故事中的對錯，就要談到我很喜歡的一部電影《消失的子彈》，它同時也啟發了《伊卡洛斯的罪刑》，其中有一句台詞，是這麼說的：「這世界上沒有完美的犯罪，只有變壞的好人。」

這乍看之下有點不明所以的對白，其實隱含著一個重要的概念：那就是一個真正完美的犯罪，通常是由一個大家所公認的好人所犯下的。這在犯罪小說的寫作中，就是一個「意外的凶手」。也就是說，一起犯罪之所以能完美騙過大家，是大家沒意識到好人也是會變壞的。

《沒有神的國度》講的就是這麼一個故事，好人也可能會做壞事。而好人為什麼會變壞？歸根結柢，還是因為環境，個人只是這個龐大背景中的一塊小骨牌——所以這本書的主角不是其中任何一個人，而是這整座城市。

在思考如何建構這座城市的時候，我很自然地取材了我大學的校園，因為我在這裡生活了整整七個年頭。

除了台大男二舍到北車的這段路之外，《沒有神的國度》其實每個場景幾乎都對應到我學生時代所處的空間，開頭楊曉薇被野風社招募的那段路，原型就來自於台大校總區的舟山路，這條路上常有學生社團的活動，尤其是在鹿鳴堂前的廣場。而楊曉薇和戴佩芸哭訴的隱密空間，在校總區也能找到原型，在台大錯綜複雜的建築群中，有許多像這樣隱密的角落，在園藝系館背後的一角，就有這麼一塊人跡罕至的區域，不過設有長椅，很適合多愁善感的少男少女傾訴心事。

其他的，還有呂俊生所在男生宿舍，原型正是台大男一舍；貫穿全書的後巷殺人事件，場景所設定的後巷垃圾集中區，靈感來源是徐州路男二舍的車庫和垃

圾處理區；我前三部作品都有登場過的早餐店，其實是源自一家牛肉麵店，不過老闆是原創的，實際的牛肉麵店老闆並沒有那麼喜歡吐槽客人，為了避免店家困擾，這裡就不放上照片了。

《沒有神的國度》完成於大學畢業後的一年，在這之前的《伊卡洛斯的罪刑》、《棄子：城市黑幫往事》，雖然有著各自關注的社會議題，不過相同的是，主角都經歷了從學生蛻變到社會人的重要階段。表面上是著重議題的社會派小說，實際講的都是「青年危機」。尤其是《沒有神的國度》，透過社運的造神運動，對照青春的嚮往與幻滅，還有愛情的期待與失落，是故事主角所要面對的困境，也是我寫作當時真實的焦慮。

目前市面上已經有許多關於「中年危機」的作品，又或是中年作家以自己的視角回味青春的作品，有許多青春浪漫的愛情作品，也有較為陰暗「寫實」的作品，可是這樣的寫實通常圍繞的是墮胎、吸毒、拉結幫派，對於一般人來說又太過遙遠失真。我想寫的，是關於我們這一代人的青春小說，裡面會有社會議題，畢竟這就是時代的背景，不過不會有那種少年英雄出來拯救世界的劇情，更多的是竭盡全力後卻發現無能為力。相較於故事中的大人，主角的努力更像是一場遊戲。有點像是伊卡洛斯的故事，一群年輕人用大人的翅膀，玩著不屬於自己的遊戲。

就如同《沒有神的國度》中的那句話：「你們玩不起，這是大人才能玩的遊戲。」

最後，是青春題材中總會出現的愛情。呂俊生和楊曉薇，對應著葉世傑和蔡詩涵，沒有史詩般的愛情追逐，在兩個故事中，愛情都是突然發生的，也都結束得促不及防，就如同蔡詩涵說的：「或許是荷爾蒙作祟吧！」「愛從來都不需要理性。」對我來說，愛情的開始和結束，都不需要任何原因，就如同《戀夏500日》，最初的相愛和最後的相恨，可能都是基於同樣的理由，這時的理由就變得像藉口。並不是因為了解而在一起，也不是因為更了解而分離，至始至終不過就是荷爾蒙的作用而已。

或許，過幾年後我會有不同的體悟，但是無論有什麼體悟，那時的我都已經不再青春了，《沒有神的國度》就是這個當下我對青春的理解，也是對後青春時期的紀錄。這也是我寫下這個故事的原因，我們永遠無法踏進同一條河流兩次，不過至少可以記錄當下的感動。

充滿人情味的美食之旅——《團圓》街景

文／高傅丞

星期六下午，我搭公車到基隆市區，在舊火車站旁的公車總站下車的時候，外頭正好下起了雨來。馬路上等車的民眾，見狀紛紛退回公車亭裡；我則是在雨中打開隨身攜帶的摺疊傘，走到對面的舊火車站，再從裡頭的天橋穿越新火車站南站的大廳，來到後方的中山一路上。

基隆是倚著港灣發展起來的城市。中山一路就像條護城河一般，把基隆港和後方的山丘隔了開來——

《團圓》由志工阿芬搭乘公車到基隆的公車總站做為開場。透過阿芬短短幾句獨白，可以很清晰地勾勒出基隆新舊火車站、中山一路、港口，半山腰上的「KEELUNG」巨型英文字母……以及「下雨」。實際上來到現場，看著山坡上密密麻麻的房子（坡度超過45度!?），第一印象就是這裡真的曾經繁榮過呀。

位於愛三路上的仁愛市場，一樓是生鮮食物的販售區，二樓是美食街，外圍則多是一些賣雜貨的攤商。

而我跟在陳阿姨身旁走呀走的，忽然想起剛上小學的時候我也是這樣，假日就跟阿母到仁愛市場來，阿母在跟攤商討價還價的時候，我就在旁邊東張西望，有一次一時好奇，伸手摸了一旁水缸裡的活章魚，手指頭被纏住了，嚇得我大哭起來。

從山腳中山一路的馬路旁步行約十三分鐘路程，來到陳阿姨平日買菜的仁愛市場，她們就是在這裡遇到許平。這裡是一棟有

電扶梯的兩層樓傳統市場，裡面從美食小吃、五金百貨到美容按摩包羅萬象，私心推薦只有這裡吃得到的「鹹湯圓＋豬肝腸」。看著這裡熱絡不絕的人潮，老年人真的要顧好自己的錢包。

我小的時候，皇冠大樓這裡是一間叫做「大世界」的戲院，後來因為種種原因停業，最後在十多年前改建成現在的大樓。裡頭有商場、有餐廳、有電影院、還有商務旅館。

經過廟口夜市，走約五分鐘路程可以來到皇冠商業大樓，這裡是基隆市最高的摩天樓。許平和阿芬約在這裡看電影，卻與建設公司的人發生衝突。附帶一提信一路上還有一間我很常去的咖啡廳，上次就是在這裡接受網友採訪，講起我經手過的五起案件，殊不知結果……

咳，回歸正題。礙於時間這次只能安排圍繞海洋廣場走路半小時的行程，下次再來介紹我負責的基隆其他區的案件，多謝支持！

手機遊戲「偵查隊 Zero」製作人訪談

文／楓雨

當故事化為遊戲：G-Player One 現場側記

由於《詭祕客 2021》獲得廣泛好評，台灣犯罪作家聯會也獲得了許多合作機會，除了出版業和文字工作本身之外，也有許多異業合作的邀請。去年12月14日，正值《詭祕客 2021》出版不到三個月，台灣犯罪作家聯會便受邀參與 Google play 針對獨立遊戲（Indies）創作者的年度盛會「G-Player One」。

活動開始前，我們很榮幸能採訪到 Google Play 應用程式與遊戲業務發展經理 Rachel 張樂潮，Rachel 負責協助台灣開發者在 Google Play 上推出產品，其中包含從獨立遊戲和大型團隊，並優化他們在平台上的行動布局、獲利策略與使用者體驗。她向我們提到這個活動的緣起，是因為獨立遊戲的資源相對稀少，因此希望能透過這樣的媒合會，讓這些獨立遊戲的開發商能獲得更多資源。

這次 G-Player One 的活動目的？

這個活動又稱為「Indies 遊戲加速器」，每年都會舉辦，Google 過去本身雖然有許多資源，不過

主要都是針對大型團隊，小團隊在平台相對競爭的情況下，比五、六年前更難找到機會。於是我們想到，可以把Google許多與開發者相關的資源組合起來，在上架、制定策略和規劃商業模式的過程中，幫助小團隊能更加順利進行。台灣許多團隊有很強的技術、美術和構思，但是針對如何推廣的商業思惟方便比較弱，就是我們能夠幫助他們的部分。

製作方和投資方如何媒合？

在製作方的部分，這個企劃會進行五到六個月，前面主要是教學的部分，會找來Google本身的員工或者是業界的導師，與製作方進行交流，等產品比較成熟再引介至媒合活動。至於投資方，因為Google已經在遊戲界深耕多年，有許多認識的廠商，其中不乏對於獨立遊戲有興趣的上櫃公司，有些本身是以發行為主，但是也對遊戲開發十分有興趣，對於能夠幫助到台灣本土的小團隊也具備相當的熱忱。

疫情期間的應對？

在疫情之下，許多實體活動都縮小規模，於是我們也詢問了Rachel是否有受到影響。Rachel提到，過去很多線下的活動，有許多小團隊遇到的困境是類似的，如果給一個場地讓彼此互相交流認識，對日後開發的過程會有幫助，比如資源和技術上可以共享，心理上也比較不會覺得自己是在單打獨鬥。現在改為線上活動，有許多活動都要重新構想。比如過去有Brain Storming Day，會把各個小團隊拆散，和其他的團隊在一天內構思一個天馬行空的方案，讓他們突破平日思考的框架，但是這種作法在線上活動就非常難。

至於在參與人數上，製作方和投資方疫情下的數量差不多，只不過有些海外的投資方就要透過連線的方式交流，而連線設備現場都會提供支援。Google的政策是看當地的疫情狀況，有些國家就因為疫情嚴重所以停辦活動，不過台灣因為疫情相對穩定（去年12月14日新增人數僅10人），所以還能舉辦活動。海外投資方以中國為主，不過也有歐美的投資方參加，合作方式是以協助發行為主，不過去年也有廠商是提供自己的美術資源，讓製作方可以更專注在自己所擅長的領域。

今年有什麼值得關注的遊戲趨勢？

Rachel表示，從四、五年前觀察到現在，有些團隊仍繼續參加G-Player One的活動，有些則因為各種原因離開了，這些能堅持下來的都非常厲害，獨立團隊能撐過四、五年真的很不容易。在趨勢上來說，今年看到比較多的是不會侷限於單一平台，不是單純以手機遊戲上架，而是經營成一個IP，然後以跨平台的方式操作，比如說同時也在Steam上架。

在類型上，台灣團隊的表現十分多元，有硬核（hardcore）的策略性遊戲，也有一些比較輕度的、單手可操控、可用碎片時間遊玩的休閒遊戲，也有融合台灣元素的。獨立團隊通常製作的遊戲也都是他們喜歡玩的遊戲，不像大廠主要是經營容易營利的遊戲，所以獨立遊戲的玩法和畫風相對來說就會十分多元。

對犯罪解謎類遊戲的看法？

解謎類遊戲對於手遊平台的使用者比較沒有那麼習慣，因為這類遊戲比較偏向pay game（買斷制的遊戲），通常整個故事都已經架構完整，會一次推出兩到三個小時的遊戲內容，然後讓使用者一次性付費購買。而手機遊戲就比較不一樣，通常是免費下載的遊戲，以應用程式內購或是廣告獲利為主，而且會持續更新關卡或是道具等內容，因此手機遊戲在付費上比較不會偏向買斷制，跟其他平台比較不一樣。目前看到解謎類遊戲的呈現方式，是第一個章節先讓玩家免費試玩，後續的章節再讓玩家付費購買。

比如說有一個解謎類遊戲「人生畫廊」，是由學生團隊製作，二〇一九年獲得台灣最佳遊戲的殊榮。一開始是想以 pay game 形式發行，之後在 Google 團隊的建議下，將遊戲切割成五個部分，第一章設定成免費試玩，如此一來才能讓收益擴大。目前該遊戲已經獲得一百萬次以上的下載量，在一萬五千則評論下也獲得四點四顆星的高評價。

對於台灣開發團隊的協助

除了投資的媒合和商業模式的建議，台灣的遊戲有設立ＭＩＴ專區，蒐集了台灣開發的遊戲，如果有媒體的採訪認為主題是適合這些遊戲團隊的，又或者電玩展的實體攤位會有台灣專區，增加台灣團隊曝光的機會。另外，如同 YouTube 會針對訂閱數量到達一定門檻的創作者提供諮詢，Google Play 針對排行榜比較前面的團隊，也會持續有專業的諮詢和協助。

偵查隊 Zero

在採訪完 Rachel 之後，我們也進入了 G-Player One 當中。此次除了採訪之外，台灣犯罪作家聯會此次還有另一個身分，即是手機遊戲的主創。這次由 Looop 遊戲工作室、幻華創造及台灣犯罪作家聯會共同推出犯罪解謎手機遊戲「偵查隊 Zero」，並獲選 G-Player One 此屆「精選開發團隊媒合提案」，得以在活動中上台公開簡報。

遊戲介紹
偵查隊ZERO
專業編劇、新鮮玩法、全新火花
- 視覺化電子小說
- 推理、懸疑劇情
- 帶有童趣而不過於陰暗的美術風格
偵查隊
ZERO
開始遊戲

遊戲介紹 / 偵查隊ZERO
人物設計
鮮明的人物設定、卓越的多角色編劇能力
- 人物設定的豐富度，對於未來遊戲將有很好的延展性
- 「幻華娛樂」的夥伴對於多角色劇本處理的優秀能力

Looop 遊戲工作室（以下簡稱 Looop）雖然是一個小型團隊，不過每年度都有推出代表作，二〇一八年的「圈圈縮小啦」、二〇一九年的「胖子跳」、二〇二〇年的「水物語」，而今年度與幻華創造和台灣犯罪作家聯會合作，推出了「偵查隊 Zero」。既晴過去有過豐富的影視經驗，包含二〇一七年以《半尺之局》獲得電視節目劇本創作獎，同年也參與《實習醫生鬥格》的編劇，以及二〇二〇年改編既晴的短篇作品，製作了公視影劇《沉默之槍》。

有趣的是，既晴表示過去不曾玩過手機遊戲，而 Looop 的芒果表示過去很少接觸犯罪推理小說。這次的合作等同於兩個互不相了解的群體，試圖為了一個目標共同努力。在正式合作前，既晴老師也委託 Looop 進行田調。最後決定一改過去解謎類遊戲的陰暗風格，而是以明亮的色調、輕快的劇情作為基調，以類似圖像小說的形式呈現。不過和小說最大的不同是，故事走向可以根據玩家的選擇進行，並且有角色培養的設置，即使是重複閱讀，也能獲得新的樂趣。

三方合作的腦力激盪

這次主要是以 Looop 遊戲工作室、幻華創造、犯罪作家聯會三方合作，由幻華創造提供原案計畫和創作資金，犯罪作家聯會進行故事設計和劇本編寫，Looop 遊戲工作室進行遊戲製作和行銷宣傳，三者相輔相成、缺一不可。

在合作的過程中，發現遊戲創作者和犯罪推理小說作者有思維上的差異，手機遊戲一般以休閒類為主，即使是解謎遊戲，也會希望大部分的玩家能夠不花費太大的力氣，就能解開謎題。而犯罪推理小說作者則剛好相反，儘管會在解謎的過程當中提供公平的線索，不過目標是以不讓大部分讀者解開謎題為設想，因此在開發劇本和進行遊戲製作的過程中，芒果代表的製作方時常提出謎題太難的意見，而既晴代表的編劇方卻擔心著謎題太過簡單。

芒果也提到，自己很喜歡玩驚悚類的遊戲，而既晴過去也是以驚悚小說著稱，如果未來要繼續合作的話，可以考慮驚悚類的遊戲。

偵查隊ZERO官方連結

「深海下無盡的血腥輪迴，你能為眾人帶來救贖嗎？」

小鹿+陳善清+梁瓏

Interview ｜ 八千子

—不存在的第13節車廂—

湛藍牢籠

Rail of Möbius.

穿梭海底的列車，載滿歡度畢業旅行的學生，卻困在噩夢般的時間輪迴，無止盡地重複列車出軌意外發生的時刻……

喜歡列車的男高中生吾時，與好友、青梅竹馬及上百位同學，一同參加由大財團「銫」家千金主辦的海底列車豪華之旅。然而，出軌意外、隧道破裂、海水灌入導致的溺斃與謀殺……不時閃過腦海中的絕望畫面，將一步步帶領玩家解開關於這場旅行、以及這輛列車的殘酷真相

——

記得去年《詭秘客》出版後，有讀者表示希望能看到更多有美少女登場的犯罪懸疑作品。當時我心裡浮出的第一個念頭是「……這哪來的肥宅」，甚至懷疑是睡夢中的自己跑去填讀者回函。

但也多虧這位讀者，讓我能抓到機會實現從創刊就深埋至今的野心！談起美少女就會想到輕小說，談起輕小說就會想到小鹿老師有兩個妹妹，然後才想到小鹿老師。

這次很高興能邀請《湛藍牢籠》的作者小鹿老師以及製作團隊的梁瓏先生、陳善清先生，和我們分享從企劃發想到完成的點點滴滴。今天請三位多多指教了。

小鹿　大家好，我是小鹿，用學術一點的方式稱呼，就是小畜牲。

所有人　……

（為維持刊物嚴謹性，本次作者簡介欄中並未使用學名稱呼）

從故事靈感開始！

——雖然有點突然，不過明年就是小鹿老師出道十週年了。這些年來老師累積了相當多作品，也有數量龐大的粉絲支持。這讓人不禁好奇，當初從小說跨足遊戲的契機是什麼呢？

小鹿　因為出版業界能做的事太有限了，本想著說小說上若有一番成績，說不定之後可以跨足其他領域，讓自己的作品可以被更多人看到，但實際上在其中打滾多年後，發現這單純是自己的妄想。

小鹿

「一切的努力都是為了延續自己說故事的舞台，很感謝至今為止一直支持我的粉絲們，讓我到現在還留在這世上。」

於 2003 年以《當戀愛成為交易的時候》榮獲角川輕小說大賞出道，並陸續推出《山海相喰異話》《深表遺憾，我病起來連自己都怕》《推理要在殺人後》《天啊！這女高中生裙子底下有槍啊！》等系列作品。極具巧思的懸疑設定和廣受讀者歡迎的後記是小鹿作品的兩大特色。擁有兩個妹妹。

——從構思、撰稿到出版，的確隨著出版品增多，會越來越感受到這樣的ＳＯＰ反覆進行，後續的行銷宣傳感覺都不是作者一個人能控制的呢。

小鹿　因為作品出完之後，基本上就等於結束了，不會有後續的路可以走，既然如此，那不如自己跳出來弄個東西吧，所以有了做湛藍牢籠的想法。

——鹿老師製作《湛藍牢籠》，的確有種想要打破這個循環，尋求突破的感覺。這是一部以時空輪迴為主題的設定系ＳＦ懸疑作品。想知道鹿老師在構思這部故事時的靈感來源或是有從那些事物中獲得啟發呢？

小鹿　滿多作品給我啟發，其中也不乏著名的大作，例如命運石之門之類的，但其中影響我最深的應該是ＥＶＥＲ17（這邊的代理商將這款遊戲叫作時光的羈絆），讓我自此成了劇本家打越的粉絲。即使到現在都覺得這部遊戲是神作，永遠忘不了看到真相時的震撼，那款遊戲影響我至深，也有了之後有一天想要成為小說家的想法，可說是類似起點和原點的作品。

——提到打越老師，之前鹿老師也向我大力推薦過《ＡＩ：夢境檔案》呢。我自己接觸的第一款Galgame《秋之回憶》也是由打越老師擔綱劇本家的。因為《infinity》的關係，我擅自認定打越老師是ＡＶＧ世界的西澤保彥。

開始與腳本奮戰！

——從小說跨足劇本是很不

容易的事，許多寫小說的習慣沒辦法直接套用在劇本上。除此之外，鹿老師身為總召集人，過程中肯定碰到不少難關。其中最讓你傷腦筋的是什麼呢？

小鹿　最困難的部分應該是要找到一個可以長期合作的好繪師，因為有名的繪師通常不會有那麼長的檔期，而素人的話又要擔心實力或是經驗不足等等的問題，事實上，湛藍牢籠也曾在之中更換過一次畫家，浪費了很多製作的時間和無謂的成本。至於遊戲劇本和一般小說差異最大的部分，應該是為了演出，所以對話的比例必須遠多於敘述句，若是寫慣一般小說的人，在跨足遊戲劇本領域時應該會有所窒礙，但若是寫慣輕小說的人，應該是不至於會產生問題才對。

——因為輕小說就是以大量對白見長的嘛！

小鹿　還有繪師、繪師，以及繪師。

——呃……先撇除繪師的王之力不談，關於輕小說與懸疑推理的結合，可以說是鹿老師的絕活，這樣的風格也完美承襲至《湛藍牢籠》上。在老師撰寫的過程中，是如何平衡這兩種類型的特色呢？

小鹿　本身就喜歡看懸疑推理類的小說，當初為了在眾多日輕中脫穎而出，塑造自己的特色，所以強迫自己將推理懸疑要素納入到自己的作品中，但這幾年下來寫作的經驗，會勸大家盡量避免這樣的特色為好，雖然容易使劇情有張力，但懸疑要素會讓作品的架構膨脹（因為需要先經歷埋伏筆和嫌疑犯之類的步驟），而且若是最後真相的驚喜感不夠，這反而會成為扣分的要素。

——這種時候就要詢問團隊其他成員，同時也是專業編輯的兩人了。作為曾親自調教過鹿老師作品的人，請問梁瓏、善清是怎麼看待鹿老師的孩子們呢？

梁瓏　小鹿的作品，一直以來都帶有很強烈的個人風格，以輕小說讀者來說，可能大多在人物對話方面最有感覺。「小鹿式」的對白設計很接近漫才，也就是日式雙口相聲，強調密集的裝傻、吐槽來使節奏輕快，這點也反映在《湛藍牢籠》的對白上，但其實他在詭計與推理方面的寫作傾向也十分鮮明。

一般來說，輕小說礙於調性

及篇幅，不會去安排規模太大、相對依賴解說或鋪陳，甚至要用到多人視點才能填完的坑。但小鹿會在有所自覺的情況下，利用一些御都合主義描寫，犧牲部分對傳統推理小說而言至關重要的說服力，來換取整體娛樂性和意外程度的提升，且多數嘗試下的結果都是成功的。能在以文字為主的小說載體中做到這點，已經很不簡單，來到畫面及支線具備更多施力點的《湛藍牢籠》後，「鹿式腳本」目前得到的評價也都相當正面。

善清　小鹿的作品風格強烈，喜虐參半，我很喜歡他對故事轉折的控制，要惡搞時會突然正經，看似要走向ＨＥ時又可能逼哭你幾滴眼淚，卻永遠不會顯得突兀，總能合情合理地自圓其說。

不過當初會挖腳他去尖端——都不是因為上述原因——而是在社群上看到他的瘋、聽作者圈流傳著他的執著、在各方面看到他的勇於嘗試。我認為這是作家中難得的品質，小鹿很有勇氣跳脫舒適圈，這是我最為欽佩折服之處，也因此當他說要開遊戲案，我沒有多少猶豫就決定加入——因為我知道，他一定會把遊戲做完。

小鹿　兩位……嗚，可惜我已經是有家室的人，不然聽到這番話都想嫁了（泣）。

進入實作階段！

——之前聽另外兩位的說法，感覺梁瓏老師為《湛藍牢籠》賣掉了肝臟。其實以《湛藍牢籠》的完成度，很難相信主創

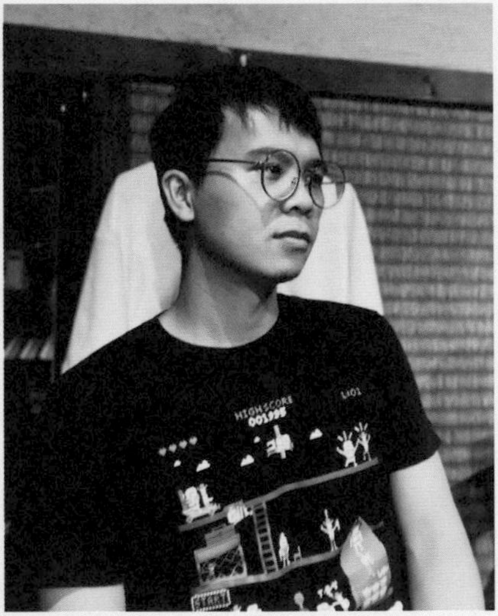

梁瓏

輔大日文系畢，前企劃主編，現為自由譯者、遊戲企劃／演出及Live2D動畫接案者。《湛藍牢籠》技術力擔當，肩負所有小鹿不會的工作。同時也負責《終端少女》《瀕臨絕種團》《記憶的怪物》等作品的部分程式及畫面演出，對每個春魚家Vtuber的粉絲而言，相當於岳父般的存在。

團隊竟然只有三人，讓人很好奇團隊三人當初湊在一起的原因。

小鹿　當初是我想要做遊戲，但因為無法吃下所有工作，所以特別拜託熟識的善清和梁瓏，兩位也不嫌棄的給我各種幫助，最後完成了這個專案。

——前面也有問過鹿老師類似的問題，但站在程式的角度上，實際製作肯定會碰到更多的障礙與難關。此外，作者的想像和程式能呈現的結果肯定也會有不小的分歧吧！

小鹿　組遊戲是一個團隊的事，所以要想辦法在眾人之間取得共識和平衡點，本來就不可能會跟製作人的腦中想像完全吻和，所以製作人要盡力維持團隊運作順遂，也要讓大家思維一致。

——除了內部統籌，對外行銷的重要性也不可忽視。近來市場上似乎有視覺小說市場式微的呼聲。梁瓏老師是怎麼看的呢？

梁瓏　這個類型從Galgame全盛期持續衰落到現在，跌幅已漸漸趨於平穩，我也曾看過一篇報導，大概是在說數位版遊戲和付費下載平台起來後，替傳統綁週邊賣實體的視覺小說市場開了一條新路，雖然不大，但確實有自己一群受眾在那。

——就像小說對吧？甚至「大眾小說」這個詞本身其實是一種小眾愛好。畢竟有閱讀習慣的人終究還是有限。所以會讀到這篇文章的人都是光榮的少數派。

梁瓏　因為被稱為視覺「小說」嘛（笑）。所以當然有許多策略是能夠和出版圈通用的（縱使遊戲和出版本就密不可分，AVG又尤為相近）。首先我認為一定要有主導者以外的「其他人」，甚至團隊外部人士認定夠好、夠特別的故事及美術，來避免陷入敝帚自珍的狀態悶著頭開發。接著就是嚴格——比其他類型遊戲更嚴格地控制時間及成本。

會需要追加花費或延長開發，很多時候是在開發過程中冒出「這樣會不會更好玩」、「這樣會不會顯得更厲害」的想法，這種靈感對遊戲團隊來說很重要，但其中多半是關於系統或規格面的改變。然而，與需要驗證遊戲性、平衡、操作手感的類別不同，視覺小說的劇情及美術，通常在非常前期就已經定案了，而這兩樣幾乎決定了作品成敗。因此除非有相當可靠的佐證，中途放大規模，對視覺小說而言風險很容易倍數攀升。

——相信讀者中一定也有未來想投入AVG製作的人，梁瓏老師想給新人什麼樣的建議呢？

梁瓏　我的建議是打磨好故事，慎選繪師，然後用設定的花費與時間做完，準時上架。能做到這樣應該就能收獲一定的成果。

把成果帶給玩家們！

——「如果沒有梁瓏就沒有我，如果有他那也算我一份。」經鹿老師轉述，這是團隊建立時善清告訴鹿老師的話。多虧這句話，其餘讀者什麼也不記得了。

如果我的理解沒錯，團隊的分工應該是：小鹿負責敲打鍵盤、梁瓏負責遊戲本體，而善清則包辦餘下所有外務事項，是嗎？

小鹿　是這樣沒錯。

——如何將作品呈現到消費者眼前總是最困難的。商品的行銷與宣傳也是現代作者必須自修的功課。想請問鹿老師，無論是以《湛藍牢籠》為例或是過去經手的作品都可以，有沒有什麼樣的推廣策略呢？

小鹿　行銷的話我也還在摸索，自己是覺得《湛藍》的宣傳還有努力空間，但在測試到銷售階段認識了許多實況主，多虧他們幫忙推廣，讓這款遊戲有機會被更多人看見。

陳善清

前企劃主編，將眾多文字作品推向大螢幕的幕後功臣。離開出版業後創立春魚工作室，現為台灣最具規模的虛擬偶像事務所，旗下擁有《終端少女》《瀕臨絕種團》《惡獸時代》等多位 Vtuber 活躍。於《湛藍牢籠》中主導宣傳行銷等外務，肩負起所有小鹿不懂的工作。

——在《湛藍牢籠》之外，善清老師擁有一個偶像事務所實不相瞞，我自己現在就耽溺於Vtuber中。強勢娛樂媒體的出現，導致輕小說市場似乎每年都有節節敗退的聲音出現，想請教過去曾是編輯的善清P，認為ACG產業中，文字需求是不是真的有日益式微的跡象出現呢？

善清 式微的是載體的轉變和娛樂的轉型，個人淺見，透過閱讀來獲得娛樂這件事確實式微，但透過吸收故事來獲得娛樂的市場卻是增加的。

確實數據顯示輕小說市場正在衰退，但對文字創作這類前端作品產出的需求卻未見減少。

無論文案、廣告、影視、遊戲，甚至是直播、Vtuber，都愈來愈注重故事性，內容行銷更是近年行銷的主流之一，所以我不認為文字需求在減少，而是文字或故事需求透過了某種媒介的轉換，才被讀者、觀眾、消費者吸收。

這也是我非常喜歡跟小鹿合作的原因，未來的文字市場，內容創意固然重要，但更缺的是對於跨界的想像力、勇於嘗試的實踐力，與心胸開拓的包容力。

事實上，上述講得好似胸有宏願，但我其實一直都很害怕，連新的APP都快學不會操作的我，衷心期許自己能一直跟上新的娛樂形式。

總覺得「內容為王」這口號有點喊到爛，但事實真是如此，只是前面還要加上四個字「樂於改變」。

《實習判官》是怎麼誕生的——

文／艾德嘉

小時候讀阿嘉莎・克莉絲蒂的作品，看到結局了解真相，總是會驚嘆書中的詭計設計太精妙太厲害了，到底要有什麼樣的腦袋，才能安排這樣的劇情發展？我試著想了幾種詭計，馬上就舉手投降，覺得自己的設計漏洞百出，不要說騙過偵探，連成功殺個人都很難。於是，我很快就放棄成為犯罪小說家，因為我自認為沒有這個才能。

沒想到，多年以後的我，竟然在靠寫犯罪賺錢，還聚集了一群朋友，一起書寫台灣本土的犯罪故事，製作成遊戲，向超過十二萬名玩家發起

智力的挑戰。這不就是當初我覺得自己一定做不到的事嗎？為什麼現在做得到呢？這一切，都要回溯到二〇一九年的中秋節假期。

雖然自認當不成犯罪小說家，不過我還是很喜歡（閱讀）犯罪。二〇一九年的秋天，我決定要開始寫作台灣與世界的真實犯罪故事與怪談奇聞，成立「黑色酒吧」網站，向更多人推廣真實犯罪的有趣之處。既然要架網站，那就要找工程師，於是我找上了朋友阿鋒。

要架網站對阿鋒來說是小case，更讓他感興趣的是，要怎麼讓更多人看到這些犯罪故事。剛好，他做了許多 Line 機器人的案子，產生了用 Line 機器人做遊戲的靈感。

「如果把艾德嘉你的故事寫成劇本，讓玩家來解謎怎麼樣？」

就這樣，我們開始了遊戲企劃。

事情很快就從朋友間的嘴砲，進化成認真召開定期會議、制定上線時程的遊戲製作小組，阿鋒找來了遊戲企劃烏拉拉、工程師Morrie，開始設計解謎系統，架設機器人。

而我負責的工作，就是為整個遊戲設計出一套有趣的世界觀和生動的角色，讓他們來帶領玩家解謎。個頭矮小的小閻王，立志要解決冥界的負能量汙染危機，所以帶著三個（後來加了第四個）個性古怪的判官，成立了「遺憾化解部」，找出亡魂的死因，化解他們心中的遺憾。這之中的關鍵人物，就是你——跟本遊戲同名的「實習判官」，你要幫助小閻王，負責找線索跟進行推理，拼湊出導致亡魂不幸身亡的幕後真相。

劇情框架制定好了，那麼要怎麼解謎呢？在挑戰玩家之前，我們得先挑戰自己：到底一個謎題要怎麼設計？我們一開始把解謎機制拆分成三個項目：關係人的證詞、證物、以及亡魂本身的記憶。前兩者可以說是所有推理故事的經典元素，玩家必須從遊戲提供的少數文本中，自行找到並輸入關鍵字，才能找到新的證人跟證物。透過證詞與證物的交叉比對，我們可以判斷出作者在其中埋設的線索，並從線索推論出隱藏的事實，進一步再找到更多線索。

「亡魂的記憶」則是專屬於《實習判官》世界觀的特殊線索，畢竟一般的犯罪推理故事，是不會讓你有機會直接跟受害人交談的。為了不讓這項目太過破壞平衡，我增加了一項世界觀設

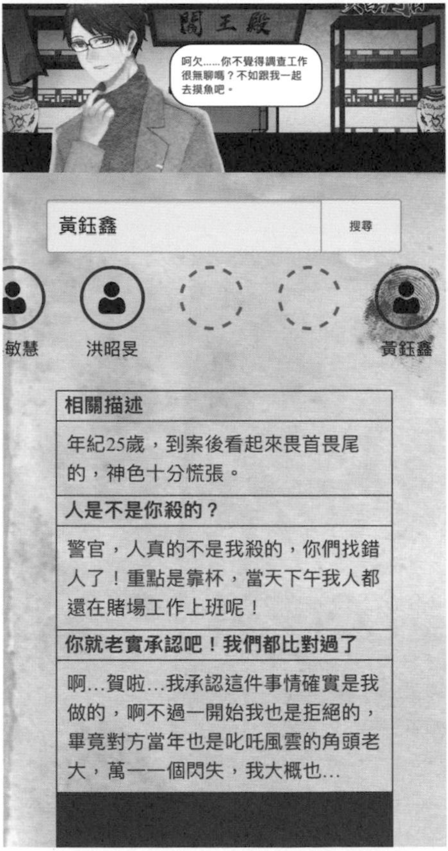

閻王殿
呵欠……你不覺得調查工作很無聊嗎？不如跟我一起去摸魚吧。
黃鈺鑫
搜尋
敏慧
洪昭旻
黃鈺鑫
相關描述
年紀25歲，到案後看起來畏首畏尾的，神色十分慌張。
人是不是你殺的？
警官，人真的不是我殺的，你們找錯人了！重點是靠杯，當天下午我人都還在賭場工作上班呢！
你就老實承認吧！我們都比對過了
啊…賀啦…我承認這件事情確實是我做的，啊不過一開始我也是拒絕的，畢竟對方當年也是叱吒風雲的角頭老大，萬一一個閃失，我大概也…

定：亡魂因為受到死亡衝擊，記憶破碎成片段，甚至不知道自己已經死亡。

遊戲實際上線之後，我們很快就得到大量玩家反饋，玩家們非常喜歡用關鍵字去搜尋證物這個設計，或許是因為能夠找到證物這件事，本身就有相當的成就感。證詞對說故事很有幫助，也受到玩家重視，不過，「亡魂的記憶」就不是非常受到歡迎，因為對解謎的實際幫助太小了。於是，我們就開始思考要如何調整這個機制。

在我撰寫新劇本時，我開始思考要怎麼在文本中埋入更多證物關鍵字，又讓玩家單從閱讀文字，就有「探索冒險」的感覺。我的作法是設下「地點」類的證物，讓玩家讀文本時有種進入不同空間找線索的感覺。正好，我們也要修改「亡魂的記憶」的呈現方式，遊戲企劃烏拉拉就在這之中想出了把「亡魂的記憶」變成「地點探索」的新機制，讓能夠讀取亡魂記憶的靈陽判官，進化成可以把亡魂記憶中的畫面具現化，同時也讓玩家可以扮演靈陽跟亡魂進行插科打諢的對話，增強互動感。

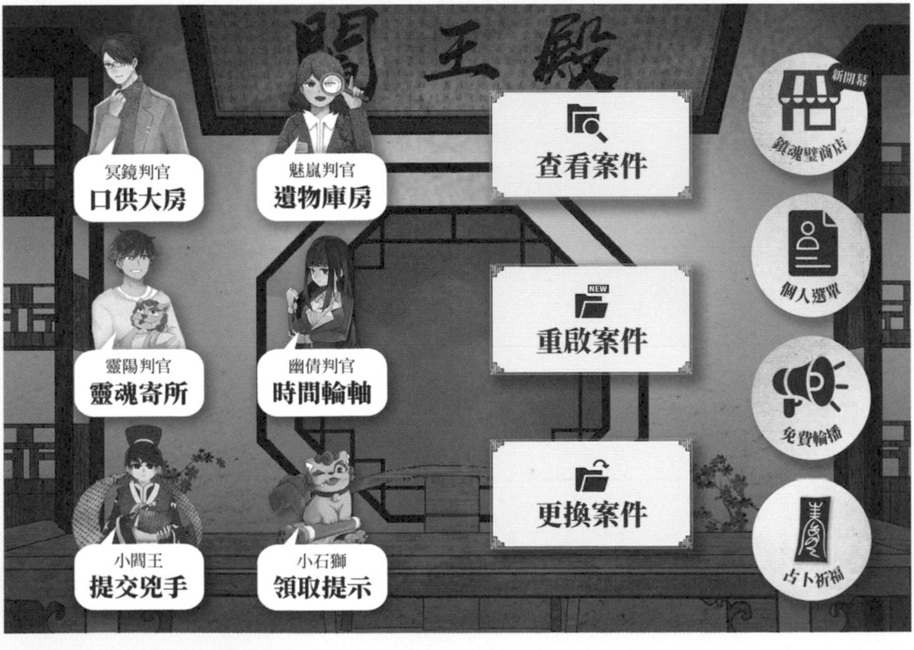

結果修改後的機制大受好評，也提升了劇本的難度跟可玩性，讓玩家更加喜歡《實習判官》，甚至在網路論壇 Dcard 上自行推廣。我們也在這個過程中，吸收到三位新成員：企劃阿友、行銷 Lulu 跟美術紅豆，讓我們在推廣、改良遊戲上有了更多的助力。

接著，我們開始意識到一個問題：玩家對解謎的胃口比我們預想的要大很多，他們不僅追求難度，也追求更多的內容。只有我一個編劇，實在無法滿足玩家。因此，我們需要招募更多的新血，加入我們的寫作陣容，強化案件的多元性和謎題的創意。與此同時，還要兼顧既有世界觀與人物設定的連續性，這項工作，其實並不簡單。

我們找了許多編劇和寫作人才，並以分潤的方式，和編劇共享販賣劇本後的收入。這個互利共生的方式，讓我們得以留下優秀的作者，讓他們願意與我們長期合作，不斷創作。許多作者在長期創作之後，也在《實習判官》的玩家社群中享有盛名，以創作精緻又難解的謎題出名。看到《實習判官》能夠從一個突發奇想的小品，變成眾多作者、玩家集結的大平台，做為總編只能說是十分感動。原來我們也能養成台灣的犯罪作家，雖然還稱不上能夠養活大家，但能先讓眾多創作者持續創作、持續被看見，已經是我一開始參與企劃時無法想像的成就了。

經過DNA檢驗比對，和現場遺留的菸蒂上所取得的DNA同為槍手所有。

使用Line機器人當成遊戲載體，是個非常有實驗性的挑戰。許多人曾經來問我們，為什麼不開發成APP，不加入華麗的美術跟音樂效果，而是用Line這種充滿視覺限制的通訊軟體呢？其實我們之所以決定不開發APP，正是因為開發Line機器人的成本小得多，對開發風險較有保障。此外，對玩家來說，下載跟開啟APP是一件費時費力的事，很多使用者都在這個過程中放棄遊玩遊戲。相對來說，Line幾乎是多數人每天都會察看的通訊軟體，跟機器人互動也無須下載或註冊帳號，只要加好友即可，真的比APP方便太多了。許多玩家也是因為我們將遊戲做在Line上，才有機會接觸到《實習判官》。

在《實習判官》的製作過程中，我們也積極在爭取其他企業的投資，然而，為《實習判官》找到一條穩定可行的商業模式，自給自足，其實才是我們最主要的目標。坦白說，這部分我們目前仍在摸索，我們已經有了一群固定的粉絲，但要怎麼讓粉絲的愛，化作支持創作者與開發團隊的金錢，還需要一些商業模式上的變革，單靠賣劇本、賣小道具，還不足以讓一個獨立遊戲生存。希望我們的經驗，能夠對未來有志開發推理遊戲的團隊有些幫助。

經歷過《實習判官》的開發經驗，在我回首來時路時，不禁會對往日的故步自封莞爾一笑。創作一個推理謎題，書寫一個犯罪故事，並不簡單，但也沒有我過去以為的那麼困難。想要讓人解謎的關鍵，就是先設好謎底，再去為謎底做包裝，安排作者與玩家得以公平競爭的線索。透過《實習判官》，我解開了這個過去讓我困擾已久的心結，也讓我知道，原來台灣還有許多人跟我一樣，喜歡犯罪故事、喜歡推理謎題，他們不只喜歡閱讀，也樂於創作。台灣的犯罪作者們，應該要更振奮一點，還有許多喜歡我們的人在那裏，等著我們去找到他們。《實習判官》的十二萬玩家，就是最好的證明。

總評——在評論以前，必須先做的評論式思考

對於類型文學的「評論」，向來是一件光是想像都感到困難的事。

先不論其他的，「類型文學」需不需要「評論」？已經是一個難題，因此，此屆的台推評論獎，我們必須先暫時擱置這個問題，先假設「評論」類型文學的必要。

「評論」始終是一個必須不斷平衡主觀與客觀條件的過程——正因為沒有所謂真正「客觀」的存在，人們才更需要透過一段較長的文字，在一個範疇／框架或空間中表述自己的主觀經驗，讓這樣的經驗存在一種被實踐、重述、應用或是再操作的可能。

也因此，在本屆的投稿中，較為可惜的是許多作品忽略了這樣的先決條件，它們確實地表達出閱讀這些故事文本後的主觀想法，但往往讓這樣的想法真的只停留在「主觀」的層次——而流於一種感受的抒發。

觀諸這些文字，不難發現許多作者都進行了某種一致卻不太理想的「預設」——「如果讀者也看完這本書的話」。如前所述，評論最重要的目的與目標，在於「經驗的再現」（或者更直白地說是一種重複），意即評論者不能被動地等待讀者閱讀完後，再來驗證或者認同；而是應該更為積極地在讀者閱讀故事之前，便提綱挈領地歸納或提煉出某些得以對應文類、文體發展或者時代、社會、世界觀的發現，因此與理論的對話、與其他相近的海內外作品的對讀，或者與自身成長經驗、台灣政經社會背景的連結等等，都能成為一條可以嘗試的道路與線索之一。

然而，評論者始終必須記得我們的「本分」，也就是作為「台灣推理小說」的「評論」，我們不能反客為主只談論外緣的、用以對應我們主觀經驗的材料，而忽視作為文體核心的推理性（情節）在這些情境下的作用；換言之，評論者應該在有限的文字裡，表現出不僅只是單一面向的讚賞、惋惜或者匱缺，而是必須更真切地探索這些好的或不足的內容中，究竟如何、為何能夠表現出作者／作品的世界觀，這也才會是得以積累成一種世代記憶、一種可被辨識的現象、一種觀察趨勢的起點與終點契機的基礎——也是類型文學仍然需要評論與被評論的理由。

第一屆

台灣推理評論新星獎

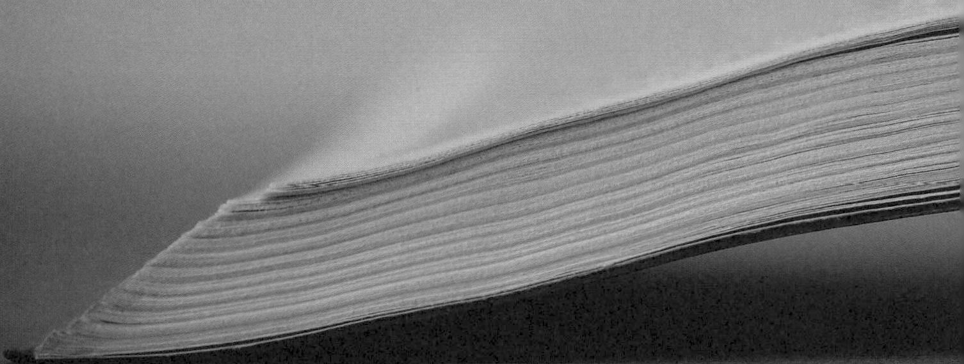

「誰想要的自由結局？」——試析《雙向誘拐》

文／易沁

《雙向誘拐》承繼了千晴先前作品《沉溺食人魚缸的愛》中角色壓抑卻具顛覆性的態度所營造出的氛圍，一再被複製的慣習日常裡觸及了異常而迸發，推動犯罪事件的產生。情節由精神科醫師柳奕勳、被綁架而成為共犯的女子小露、深具使命感的警員方崇誠與早已犯下數樁舊案的「繪畫殺人魔」所組成，柳奕勳在遭小露與其母繪畫殺人魔綁架並囚禁後，數度嘗試透過與小露的日常談話爭取存活與逃脫的機會，期間柳奕勳的故友方崇誠從未放棄搜尋其行蹤和救援，小露亦在與柳奕勳的對談當中建立起其對外界的全新理解與態度，小露的思考與行動同時也是決定柳奕勳是否生還的關鍵因素。

相較於設計謎團且側重於釐清犯人身分、抽絲剝繭的 whodunit 式小說〔1〕，《雙向誘拐》在敘事上則以探索柳奕勳如何另行「誘拐」為主軸，並和警員方崇誠與時間賽跑的搜查故事線數次交會取得資訊交換，採取當下行動與回憶再現的交錯書寫串連起情節的完整性，讀者可知的情報大多數由對話及記憶所組成，「記憶」則幾乎是來自於方崇誠的回憶片段，這樣的情報將多少帶有方崇誠視角的情緒色彩，當方崇誠警覺到柳奕勳可能失蹤時，回憶起自己與柳奕勳之間的同窗記憶：「跟柳奕勳說話，始終讓他覺得自己好像在照一面鏡子，他越來越了解自己的想法，卻越來越不懂柳奕勳的想法。」暗示了書中與柳奕勳構成最大部分對話的小露，將可能受到與柳奕勳對話的影響而看清屬於自己的事實，且同時強調角色也感知到柳奕勳用言語所建構的對話在產出前有所保留，造成讀者對柳奕勳個人特質理解上的片面性，有所保留下的空隙引向了具不穩定性的情節，而另一方面的記憶書寫源於小露的回想，此區塊則和小露的後續行為產生呼應，從「想著柳奕動看她的最後一眼……」到「棉被塞進大腿之間，用力夾緊……」小露在窺視媽媽「畫」男人後，「畫畫」與「性」被聯結在一起，呼應小露自身選擇畫畫的動機闡釋，角色的回憶行為與回憶的契機有助於讀者理解並自定義對角色的認識，甚至預測角色的未來行動。

於書寫技法的「對話」一端，有別於過去推理讀者自偵探、目擊者等人的對話得到有關案件的解釋，《雙向誘拐》中對話欲傳達的訊息卻有部分不在對話內容以內，更多時候被用於對角色的描寫，其為何說、如何說以至選擇說了甚麼，源自於個人特質所引導出的脈絡，於採用上述手法時，直面的敘寫停留在身體等較淺的層面，形成由外窺探的閱讀場域，與讀者間的資訊傳遞保留了更多空間使閱讀體驗得以擴張。在情節的表現上，於多次小露與柳奕動互動的切片中，無論是柳奕動自發性地在特定時間點上選擇沉默，或是他在被媽媽「畫畫」以後難以言語，小露經常僅以對柳奕動外在身體情態與細微動作的改變觀察出他想表達的意圖，如「小露緩緩轉開廁所的門把，即使她自己什麼聲音也沒聽見，仍然在門縫拉開的瞬間感受到馬桶上的男人渾身一緊，而當小露的身形出現在門口，雖然動也無法動，小露很確定知道，他滿布肌膚的累累傷痕都放鬆了。」在這段文字中並未出現任何言語的蹤跡，然而小露和柳奕動彼此卻仍然透過剩餘的感官各接收、發送出了存在於他們二人之間的語言、交換的訊息，讀者彷彿站在浴室外窺視著人物的舉動，可見的僅有活動著的身體，卻在直面並具畫面感的描寫下還原了類似的視覺感受，隨著感官資訊的還原與可知情報的累積，相較於表顯層次上多少經由人物情緒渲染，且往往因受到說者與聽者間營造的語境作用有所歧義而被傳達出的言說訊息，這些於文本中附帶在身體記憶等材料裡被給出的線索碎片，與聚焦在身體層次、具普遍性與客觀性的書寫，在讀者漸漸走向自行解讀一途時，將如何被一次次地嘗試揀取與探究，從這些身體記憶堆積而成的狀態，揀取對讀者而言存在可信度的線索，以及如何使用這些線索作為解讀的材料，對這些夾帶在身體記憶的線索施以打散或重組，導因於讀者的閱讀體驗與經驗狀態，閱讀體驗與經驗的個人差異性、文本敘述與解讀的落差，同時豐富了閱讀體驗自身的彈性，如讀者在已知柳奕動未被方崇誠營救後，卻望見「小露攬著他的肩膀，讓他側枕在自己腿上，他稍微挪動身子，視線依舊垂向地板。」時，即使確認了柳奕動未被營救的事實，卻未必存在具封閉性的解答藉以辨認其所遭遇的誘拐狀態是否仍在存續，而是自對身體層面描述的思索結合與作者共享的權力，構成讀者所能思及的結局。

Catherine Ross 曾於研究中探討讀者的選書行為與動機，並指出閱讀本身即是讀者基於自身經驗與對文學符碼的認識，透過與文本進行互動進而建構意義的行為〔2〕，千晴在此藉閱讀體驗的彈性將「自由」從誘拐情節裡「演」了出來，聯繫起二層誘拐的關聯，並討論「自由」受限於「知」、「想要」背後的支配慾望結合自由，同時建立銜接角色動機的接點：媽媽為兒時缺損而「畫」，小露的「畫」屬性意識的實現，而方崇誠對搜救故友的執著卻也源於對自我救贖的想望，方崇誠記憶中與柳奕動之間曾發生一次關於自由的答辯：「所以我們當下的選擇，跟我們至今為止的人生都有關，也跟影響我們人生的一切事物有關，只要我們還身在社會之內，就不可能是自由的。」除了為柳奕動在遭到囚禁的五日裡對小露施行的思想引導與數次的選擇下了註解，亦為小露身處「知」的不足狀態影響下所做的選擇建立起對照性，由於選擇與生活的高度相關性，一次次的選擇間亦相互建立起關聯，同時為先前已揀取對己具可信度線索的讀者，在閱讀的過程中亦能為自己所假設的可能找到驗證的機會與證據。

《雙向誘拐》全書中，除文本敘述層次裡可見角色間深受「自由」、「知」及「慾望」等要素而建立起一場具雙向性的交互引導與誘拐外，千晴在書寫之餘亦將真相的詮釋權力分享予讀者，構成了讀者所能思及處亦為其所擁有的事實——具雙向性的閱讀體驗。Ross 研究中的讀者於選書時深受「可信度」及熟悉程度等要素影響，選書行為中所接收的推薦等資訊，也必須來自具有一定程度的可信度資源方能使其確立對文本的選擇，當中具人際互動性的可信度評估行為，喚醒了讀者與文本中所能感知到的資訊間的互動性回應，而《雙向誘拐》的讀者們是否也在以被置於身體記憶內的線索為基礎的書寫，以及閱讀體驗彈性、結局開放性的作用下看見閱讀過程中屬於讀者自身的可信度，結合閱讀體驗的認識與態度，組織出「想要的自由結局」。

一直以來推理小說閱讀者在閱讀體驗中普遍獲得窺探未知的好奇感、解謎過程後真相大白的驚奇，或正義得以伸張的滿足，以上的體驗感受除了來自具封閉性的真相，更需要讀者一定程度地投身於文本中組織的謎團裡，《雙向誘拐》以時序因素讓問題停留在開放的狀態且不同於「多重解答」，讀者所感知的任何一種解答則因事件仍在繼續，僅能由已知的情節結合自身觀感做出預測性質的詮釋，有時更因交錯的時序而出現與特定角色分享視角的轉換，如方崇誠在找到柳奕勳後無從理解其行動而悵惘時，讀者先前暫時處於與小露公寓內的旁觀狀態，時序的演進上仍然生成一個因交錯時序的作用而被置於「小露－柳奕勳」與「柳奕勳－方崇誠」情境之間的「空隙」，並糅合身體記憶層面的書寫，營造交由讀者自行塑造閱讀體驗的場域，在真相的詮釋權力被分享予讀者時亦豐富了故事自身，走出了讀者與文本、作者間互動的新路徑。

1 whodunit : "Who (has) done it" 縮寫，意即「是誰作的」，推理小說核心要素之一。

2 引用自西安大略大學媒體資訊學院教授 Catherine Sheldrick Ross 於 1999 年著〈Finding without Seeking: The Information Encounter in the Context of Reading for Pleasure〉。

從《野球俱樂部事件》看歷史感的召喚與在地性實踐

文／易沁

綜觀第六屆島田莊司推理小說獎決選作品，從《無無明》、《強弱》於推理之餘探討加害者與受害者的關係結構，到《野球俱樂部事件》站在歷史脈絡的角度，融合了鐵路與棒球元素，還原日本殖民時代多元種族共處的社會風貌。《野球俱樂部事件》敘述一九三八年發生在台灣縱貫線與北鐵新店線列車上的兩起謀殺，兩起命案的死者本島人陳金水與內地人藤島慶三郎，同為野球俱樂部「球見會」的成員，十月三十一日深夜至十一月一日凌晨分別在北鐵新店線與縱貫線南下高雄的「五三」列車上遭到殺害，在台日民族存在階級差異的背景下，引導出角色間不為人知的過去。作為一具在地性實踐的推理作品，在書寫型態上選擇回歸過去，融會戰前確實存在於台灣的舊鐵路資源與標誌性歷史事件，加深情節與台灣地方場所的連結，帶領讀者一窺熟悉卻陌生的昔日台灣。

《野球俱樂部事件》在謎團書寫上平實且節奏均衡，隨著扮演偵探角色的本島人刑警李山海腳步蒐集線索，鎖定凶手身分的邏輯網路亦逐漸收窄，相較於將鐵路列車運用為密室的推理小說，此書則由藉鐵道路線與時刻表偽造不在場證明的詭計組成。推理作家有栖川有栖曾在《魔鏡》一書加述「不在場證明講義」，提出如「使推斷犯案時間出現錯誤」與「以特殊路線抵達犯案地點」等九項常用於偽造不在場證明的詭計，而書中凶手之所以得以採取以上手法偽造不在場證明，來自在地空間與時間要素的再現與形塑，陳金水所乘坐往返大坪公學校的北鐵新店線自一九二一年起營運，直至一九六五年停駛前，萬華站於鐵道史上一直作為轉乘縱貫線的交會車站，然而依據一九三六年台灣總督府交通局鐵道部發行的《列車時刻表》，藤島慶三郎乘坐駛往高雄的「五三」列車雖有停靠萬華站，驗證了陳金水的殺人嫌疑，但於陳金水一案中涉有重嫌的鹿沼雄介所乘的「急3」則是直接過站不停，形成李山海於偵查兩起案件關聯性過程中的癥結點，而情節中突破時刻表限制，使凶手得以抵達犯案地點的特殊手法之關鍵「滿洲朝鮮拓殖會社顧問團」的出現，亦屬一九三七年後中日開戰歷史背景影響之故。另一方面，李山海因在北鐵淡水線上因醉而眠得到「由『郡役所前』開往『萬華』的末班上行列車，其實就是由『萬華』發的前一班下行列車所改」的訊息，作為台北在地居民的刑警經由身體經驗的實踐，引導出當時傳統鐵道支線全線單線行駛特性的提示，破除起先對陳金水一案犯案時間推斷的謬誤，兩起案件偽造不在場證明詭計的要素，藉具在地性角色的腳步與鐵道史、路線的地理訊息產生連結，偵探的足跡透過確切且特定的時空標誌使地域空間的存在更顯清晰。

除以上具體的表徵外，推理情節中社會環境氛圍等因素與犯罪者心理動機的聯繫，同時建立起了本土推理的特殊性，為強化角色人生故事與案件、當代本土社會相應而生的現象，作者透過多時間軸插敘法讓讀者在閱讀中所能掌握的線索逐漸完整，於先前得知的新資訊可用性則在來自過去的人物陳述下得到驗證或被破除，隨著講述不同時間點章節之間的關聯性提升而接近真相，讀者更可能較偵探早一步領會真相的雛形，於解開謎團的同時也能理解角色的遭遇如何造成犯罪的結果。全書主要布下了二組「回憶」的追敘段落，數度與刑警的查案段交錯呈現，二組回憶的源頭來自看似與案件當事人尚無關聯的秀才之子陳春義，以及刑警李山海對清代捕頭父親的憶想，在訴予讀者過往標誌性歷史事件訊息的同時，串聯起昔日與當下之間的因果，倘若推理的過程選擇大幅聚焦在行為跡象及具體證據的蒐集，以達到確立疑點的目的，回憶敘寫的功能性將僅存再次驗證的用途，然而書中的回憶敘寫則另牽引了特定在地背景下「外部與在地」間的差距與對立，如內地人刑警對李山海的捕頭父親李福虎的講述：「當時我們內地警察剛來台灣，對於本島人的習性及犯罪模式完全不懂……我們對本島犯罪嫌疑人想像不到的行為、心態，他都瞭若指掌。」呈現出外部人對在地並不熟悉，衍生在地指證的關鍵性。情節上外部與在地之差亦不單存於內地人與本島人間，當李山海為驗證西來庵遺屬之子身分南下調查，以及高雄署刑警石上前往糖鐵嘉義站釐清嫌疑人時，分別由經歷過西來庵事件的新市居民之口，與每日乘坐糖鐵的竹圍菜販現身說法，這些來自在地居民的關鍵指證引領偵探與讀者揭發真相。

邁入偵辦後期時，藉由回憶敘寫要素，引出破案關鍵人物設定上對在地的認同以及存在這片土地上的宿命，進而做出具社會性的動機闡釋，從李山海因「本島人警察」的身分事實，產生「覺得台灣人很可憐，但有時候覺得裡外不是人的自己更可憐。」的認同感慨，到陳春義被捕後自述中的身分認同與掙扎：「為了不讓周遭的人發現我是台灣人，無論是語言能力、應對進退等，我都必須要比日本人更像日本人。」兩人同樣具有在異民族身分認同間徘徊的形象，因此「李山海對他有著無比的同情，由衷地替這名同源同種的嫌犯感到惋惜。」值得一提的是，由於偵辦後期物證的完備，即使李山海未親自進行逮捕，線索的包圍網也早已確認了凶手的身分，情節上卻仍然布下了逮捕的對話供其施以具在地認同的自白，反映出在地空間承載了角色經驗與記憶的現象。由作為在地居民的偵探、異民族共處的殖民時代、構成偽造不在場證明詭計的鐵道路線，為理解真相全貌，更需本島人在地色彩經驗的不可替代性，喚醒讀者關心人在當代本土社會氛圍的影響下為何犯罪。從日治時代的背景、一樁起義未果的舊案，到本島人與內地人間的種族階級意識和芥蒂，無一不糾扯著陳春義對家對己的認同，將其引向悲劇的結局，然而真相大白後的逮捕對其而言卻同時是一種救贖：「謝謝你帶我回家，提醒我自己是什麼人；謝謝你讓我重新拾回陳春義的名字，再做回秀才爺的兒子。」終於踏上一條「回家」的路。

在《野球俱樂部事件》中，作者於敘事上雖採取第三人稱書寫，讀者所見實際上卻仍主要來自李山海作為本島人角度的解讀，拼湊出真相的解謎過程中融合了偵探於台北、嘉義與台南等地所蒐集的在地指證，也經由角色對在地記憶的重述還原了身處殖民時代下心境的轉折與掙扎，推理情節緊密嵌合在本土特定的時空當中，另在推理進行之餘，藉由偵探身體的再現記憶重現地景標誌與當下的生活型態，如「李山海家住淡水，回程要到『雙連』站搭淡水線列車。為稍解一下酒氣，他不坐人力車，慢慢步行至鄰近大稻埕的『雙連』站。」的地方路線描寫，使讀者透過當下的地理資訊及歷史性敘寫重返並理解特定時空下的環境，營造讀者具在地性的閱讀與體驗，達成本土意涵凝聚於推理文學的實現。

喪鐘為你而鳴，推理因你而死

文／餅蛙

來自未來的載體

一群互不相識的參加者來到孤島，不攜帶任何數位產品，在主辦單位的帶領下，進行隔絕各種科技裝置的「數位排毒」一系列活動，並且藉角色之口，探討科技與人類的未來、身體與心靈的交錯。儘管看似是追求美好生命的美好活動，島上卻有驚人的惡意蔓延。

隨著故事進展，數名參加者接連在相當於密室的地點遭到殺害、島上僅存的聯外工具遭到破壞，眾人立刻陷於孤立，並且將和殺人凶手長時間共處，直到有人發現異狀，前往島上接走他們。本書第一視角也是主角的周云生積極思考、觀察、收集情報，試圖抽絲剝繭，找出多起事件的真相：包括凶手的身分和動機、數名死者間的關係，還有自己為何會身在此處。

主角有趣的設定，在他正式登場那刻就展現給讀者。在故事裡，周云生是無法被旁人察覺的「隱形人」，雖保有過去的記憶，但他不並明白為何會和這群「數位排毒」參加者出現在孤島，似乎是憑空出現到島上。他摸不著東西，也不能任意穿牆，於是他跟著劇中人物共同行動，直到連續凶殺案劃下句點，同時，也發現自這座島、參加者和主辦單位，都和他有某種關聯。

他當然不是鬼魂，從他不能來去自如一點可知。可能的答案有三種，第一，他是虛擬人物，被投影在孤島行動；第二、孤島是虛擬實境，主角在未知的情形下參與了某種ＶＲ測試；而真實答案則是第三種——前兩種答案的結合，有研究團隊在近未來，用電腦模擬主角思維，解開虛擬孤島一連串案件。

本書採用的第三種形式，是不多見且有發展潛力的獨特形式。在模擬主角思維的時候，還再將主角拆成兩位「自我」溝通，一步步解謎，可說是將具有哲學上意義的「與自我對話」用新科技呈現出來。這樣橋段無疑是大膽且新穎，兩位自我間的資訊、性格都有微妙的落差，對稱又不對稱的討論案情，對比常見的做法——偵探一口氣向所有關係人說明，同時具有新時代意義和新鮮感。

另外，在架構上除了故事的主幹，還將主角撰寫的作中作穿插在各個章節，提供讀者發掘、玩味。

本作將場景限定在孤島上，創造常見的「暴風雨山莊」，隔絕外界入侵，讓登場角色和手法單純化，也巧妙運用敘述和資訊的落差，隔絕年代和科技，製造驚喜感。

想像與科技的拉扯

本作是第七屆島田獎得獎作品，從架構和核心詭計來看，無論是精神上或是設計上，都承襲島田老師和玉田誠老師對推理作品的期望和詮釋——開拓屬於二十一世紀、屬於數位時代的推理作品，迎接時代的挑戰。

粗淺的理解，這樣挑戰通常和「新科技」脫不了關係，而本作特殊的地方，除了用新科技完善密室詭計，也利用新科技衍生的新型價值觀、文明病製造盲點，甚至是架設整個故事舞台和「載體」。

反思詭計的可能性，書中新科技可說是介於真實的近未來科技與「假設」的未來科技之間，半虛半實，說服力或許稍微弱了一點。例如其中一項核心詭計「聲控記憶插銷」，或許是相當有趣的設計，讀者卻對它的可行性一無所知。

本書最後一章推翻了聲控材料的推理，說明聲控材料僅為假想，此處，是經典的反推理橋段，若是換種方式包裝，在結局還能帶來反轉的驚喜，不過如前述，讀者原本就對該項科技理解不多，可行與否都是作者的單方面解釋，不得不有種失落、遭愚弄的感覺。

另外，因過度依賴科技，書中角色有的是喪失方向感，有的是失去使用「開關門」的能力。利用「新科技」衍生的文明病成立詭計，確實令人意想不到，不過究其實，此兩種「未來文明病」，本質上是相同的概念，劇情包裝方式也相似——角色做出「有多種解釋的某種行為」，最後提出文明病當答案，有重複使用的感覺。

反推理橋段更像是一種掩飾

所謂的「反推理」，便是種對「推理」的批評。「反推理」的橋段點名推理的不完善之處，諷刺推理為了追求「合理性」，硬是將登場人物所做所為套入解謎者的解答中，卻因此忽視現實性，使得作品裡的物理守則、科技像是架空世界的產物。

在本書的最後一章出現的反推理橋段，或許最有可能出現爭議。在該章節，真正的「觀察者」從現實世界否定了「偵探」的推理，而且，在「反推理」的同時，並沒有給予真實解答，這點實在是令人意外。

作品中若出現反推理的橋段，偶爾會推進劇情，用更好的推理取代遭糾正之處；偶爾則是將反推理的部分限定一些細節，用不完美的答案製造懸念。而本書並不屬於這兩者，先是一步步羅列偵探因資訊上的不足，接著再下重手，一口氣推翻所有推理。

如前面所述，由於讀者可能對科技不甚熟悉，凶手又可能使用未來科技犯案，整個情況會變成「作者說了算」，讀者只能被迫接受；其次，沒有給出解答這點，與其說是要留懸念給讀者思考，更像是作者挖了個大坑沒填，帶來不小的空虛感。

本書年代在近未來，偵探利用了這項特性推理出「詭計」，令人感到諷刺的是，近未來卻也成為推理的破綻。在這裡，又必須再提出疑問，為何推理者會以「新科技」作為詭計？對偵探，也就是主角而言，這究竟是「理想中」的解答，還是這是「合理」的解答？對讀者來說，在讀到最終章之前，得「暫時」跟隨主角的思維，進而認為這是「合理」的。

主角的想像凌駕於現實常識，這使得「反推理」並非單純只有指出推理的謬誤，還直接點出偵探的一連串推論是「不切實際」、「天馬行空」的。

縱然主角在推理時如同前述，是在和「另一個自我」對話，而非嚴謹的和事件相關人物對話、確認，以至於偵探的結論，近似於某種妥協——畢竟，他要在資訊不完整的克難情況下完善自己的推理。但就算是如此，竟離譜的拿「科幻」技術解謎，主角恐怕是「偵探失格」了。

龐大的實驗

本書帶入的「近未來科技想像」，和所謂島田獎尋求的「新科技」有些微妙的不同。雖然在精神和結構上的確符合島田想強調的，但筆者認為，在某些橋段裡混入了「幻想成分」，同時也具有實驗性質。

像是模擬主角的思維，將他的意識一分為二思考、對話，其技術的基礎，可以聯想到機器人學習技術；模擬島嶼等場景的技術，則和「元宇宙」相近。以上技術以現代科技來說，是否能夠重現並不明，作者大膽的加入這些元素，某種程度上有賴讀者的想像和知識，尤其是對數位時代的觀察、反思以及「心中抱持的遠景」。有趣的是，也許過了數年後，本書描繪的一切就不再只是實驗，精準地符合未來本格推理的樣貌，成為超時代的「先行之作」。

本書將「揭開時代」視為重要詭計，運用讀者和書中角色在此一資訊的落差，製造出驚喜感，不過在公布實際年份是二〇四〇前，書中所提及的社會現象和科技成癮問題，套用在2020年代也不會有違和感，會使讀者懷疑的細節也不多，造成正式揭露年份時，心境上感到「錯愕」的比例也許更勝感到「恍然大悟」。

發掘細節即發掘「偵探」

從閱讀的細節獲得回報，一直是推理小說的一大醍醐味之一，看懂事件的真相後，回去檢視書中埋藏的線索，也是種趣味。本書的諸多細節鋪陳，卻非前述，拼湊出的不是真相，而是「主角」。他是如何導出結論的？他得到了什麼情報？從他的筆下作品和思維、價值觀來看，他又是個怎樣的人？在最終章知道了所謂「主角」不過是虛擬的，他的推理也是透過科技編造而成，但依然Z符合讀者對他的理解。就算他的結論失真，從書中散落的資訊以及讀者對偵探的認識，可以知道他是怎麼被誤導到錯誤的推論上，以及這一段推論，為何「專屬主角」。

被裂解、重組的不只是殺人案件，也包括主角。

替下個時代指路

《喪鐘為你而鳴》帶來的體驗，有別於本格推理解謎的暢快感，最大的原因莫過於結尾處所有的推理被推翻，真相又再度埋藏在黑暗中，這並不常見。縱使知道了本書最想埋藏的祕密——「一切都是虛擬的」，但這並非筆者迫切想知道的，確實有種不知所措的失落感。另一方面，也發現若從「本書著重在模擬、建構主角的思維」該結論重新檢視，可以發現不少細節呼應這項結論，相當有趣。

在前述一再提及本書的多項特色，這些特色或多或少都有某種實驗性，在考驗讀者的接受度以及反饋。回顧本書，大部分的篇幅讀來和一般推理小說別無二致、穿插的「作中作」描述也算常見。除了倒數第二章的推理場面，是推理小說少見的特別場景，利用的「觀察者」與「被觀察者」對話，前承事件落幕、後接貫串全書的真相，讓最後的章節不那麼突兀，同時又保留給讀者的衝擊。

最後，以筆者角度來看，更偏好作者能再加強筆法上的「實驗性」，例如讓書中瑣碎的閒談夾雜「暗示一切是虛擬的線索」，或者出現 bug，讓讀者在回顧時有更多收穫。

本格推理今後怎麼發展？該如何更加符合「數位時代」？本書可以提供非常棒的案例。

紙上跨國論壇

文 / 提子墨

M.W.
Craven

Vaseem
Khan

Sherry
Thomas

Tymo
Lin

Wendy
Walker

Mitsuda
Shinzo

Crimystery

全球犯罪文壇盛宴，在疫情解除後回歸實體

二〇二二年入春後，歐美多個國家在疫苗接種率達標後，已經陸續解封與恢復正常生活。歷經兩年多的鎖國封城，許多國際知名的犯罪文學獎項，也回歸舉辦實體的頒獎典禮與晚宴。

英國犯罪作家協會（Crime Writers Association）的「CWA匕首獎」頒獎晚宴（Daggers Awards Gala Dinner）率先於六月二十九日，重回倫敦市古柏街上的里奧納多皇家酒店（The Leonardo City Hotel）盛大舉辦！今年的匕首獎首次採雙主持人制，除了往年擔綱的英國文壇名人貝瑞・佛沙（Barry Forshaw），還有犯罪側寫專家／美女作家維多利亞・塞爾曼（Victoria Selman）連袂搭檔。

雖然，我也收到CWA官方的晚宴邀請函，也終於有機會能和這兩年有通信，或專訪過的幾位英國犯罪作家與編輯們見面。但是，考慮到有些國家才剛剛解封，我實在不想當第一波出國的敢死隊，也只好忍痛將英倫行程順延到明年吧！

來自亞洲、歐洲與美洲的犯罪作家紙上大會師

這一期的「世界犯罪作家跨國論壇」中，我們為讀者邀請到兩位來自英國的犯罪作家：麥克・克拉文（M.W. Craven）與瓦希姆・汗（Vaseem Khan）、兩位來自美國的犯罪作家：雪麗・湯瑪斯（Sherry Thomas）與溫蒂・沃克（Wendy Walker）、以及兩位來自亞洲的作家：三津田信三（Shinzo Mitsuda）與提子墨（Tymo Lin）。在此也要感謝既晴老師協助訪問與翻譯三津田老師的部分，讓這個關於創作的跨國論壇更為多元化。

首先，就請來自各國的老師們，向台灣的讀者們介紹一下他們筆下的神探、所創作的探案系列，以及近期剛上市的新作品。

克拉文 我筆下的神探華盛頓・坡，是一位尖酸刻薄又脾氣暴躁的厭世者！他居住在英國湖區最荒涼山脈之一的夏普高地，在一座古老牧羊人小屋中過著如修士般的生活。只能靠步行或

自己的四輪摩托車，才能進出那個鳥不生蛋的地方。那裡只有一隻叫埃德加的史賓格獵犬陪他。

坡先生是一名非常出色的偵探，有著敏銳的直覺也非常頑強，在「華盛頓・坡警探系列」的第四部小說《死亡之地》中，有人如此形容——「他宛如無孔不入的水流」，如果遇上障礙物時，他會繞過它、越過它，或是從底下滲過去。如果那樣還是不行，他就會大打出手囉！那也意味著他不是那種會對上級言聽計從的人，因此當然很常遇上麻煩。

他還有一位叫緹莉・布雷蕭（Tilly Bradshaw）的傑出分析師搭檔，在第一部小說《歡迎觀賞殺人預告》中，他們兩個並不是看對方那麼順眼，不過經過多次的合作後，兩人如今稱得上是非常要好的夥伴。緹莉被形容為有著「千載難逢的金頭腦」，當坡交給她任何棘手任務執行時，她也總是義不容辭就接手。坡有了緹莉這個得力搭檔，而她也能與他相輔相成，這一對打擊犯罪的雙人組雖然有點奇怪，但是也非常相得益彰！

瓦希姆

「小象頭神調查局探案系列」是一套以現今印度的大城市孟買為背景，講述退休警探阿什溫・喬普拉（Ashwin Chopra）的犯罪小說。他的日常除了解決謀殺案之外，還要一邊探案一邊照顧一頭從長輩那繼承而來週歲左右的小象。

喬普拉是個性格嚴肅的男子，非常關心在印

麥可・克拉文
（M.W. Craven）

犯罪小說作家；英國犯罪作家協會會員。2019年以《歡迎觀賞殺人預告》勇奪「CWA金匕首獎」、2022年以《死亡之地》獲得由007系列作家伊恩・佛萊明冠名的「CWA鐵匕首獎」。

最廣為人知的系列作品為「華盛頓・坡警探系列」，首作《歡迎觀賞殺人預告》大獲好評，已於全球賣出二十五種語言版本，並由BBC One真實犯罪獲獎影集《三名女孩》（Three Girls）製作公司，取得電視影集的改編權。

官網：

www.mwcraven.com

度所見到的社會問題，雖然這一個系列被定位為「舒逸犯罪小說」（Cosy Crime），但是卻還是帶著點暗色調的凶險情節。小象頭神是我作品中最受讀者青睞的探案系列，該系列的第一本小說《喬普拉探長的意外遺產》（The Unexpected Inheritance of Inspector Chopra），也被星期日泰晤士報（The Sunday Times）評選為２０１５～２０２０年四十部最佳犯罪小說之一，目前也被譯為十六種語言在許多國家發行。

另一套「馬拉巴爾之樓系列」則是以一九五〇年代的孟買為背景的歷史犯罪小說。是一套以警督珀西絲・薇迪亞（Persis Wadia）為女主角的系列。正當印度社會仍是重男輕女的時代，珀西絲卻榮升為印度歷史上第一位女性警督。

在這一系列的首作《午夜的馬拉巴爾之樓》（Midnight at Malabar House）中，珀西絲在警察局初登場時，沒有人知道該如何處置這麼個燙手的女性警督，於是將她派遣到了孟買最小的警察局「馬拉巴爾之樓」，所有在警界不受歡迎或被拒絕的警務人員，全都會被發派到那個小警局！

《午夜的馬拉巴爾之樓》(2020)
瓦希姆·汗

《午夜的馬拉巴爾之樓》也為我贏得全球歷史犯罪小說最高榮譽——英國犯罪作家協會的「CWA歷史匕首獎」。

三津田　「刀城言耶系列」是以作家刀城言耶的學生時代（一九四〇年代後半）為主角，他以創作怪奇幻想小說出道的作家，也撰寫偵探小說，而且對民俗學、怪談充滿興趣。因此，從學生時代開始就持續地進行民俗訪查，蒐集日本各地的怪談。

然而，不知何故，他總在查訪各地時被捲入事件之中。他會遭遇到地方上涉及怪奇傳說、無法解釋的殺人事件，並在不自覺的情況下擔任業餘偵探的角色。而他最終解決了案件，逐漸被認定為一位名偵探。這個系列所寫的正是刀城言耶大展身手的活躍時期。

雪麗 我很高興得知「福爾摩斯小姐系列」在台灣有讀者群，也想藉此機會感謝提子墨慷慨地為該系列作書腰推薦人。該系列取材自福爾摩斯的經典，並以性別扭轉來演繹。許多讀者可能也知悉，長久以來除了亞瑟・柯南・道爾之外，還有其他作者改編過關於福爾摩斯的題材，我喜歡原著中的許多故事，也很欣賞那些優秀的福爾摩斯二創作品。

《福爾摩斯小姐》(2016)
雪麗·湯瑪斯

有一段時間，我曾考慮撰寫自己的福爾摩斯故事，但是從未認真看待這個潛在的冒險，直到意識到當時的市場尚未有人以性別扭轉手法，來處理這個標誌性的大偵探。但也形成一個值得探討的問題——「如果福爾摩斯生來就是女兒身，會怎麼樣？」。

在英格蘭的維多利亞時期，有那麼一位具有福爾摩斯思維與特質的女孩，會發生什麼事呢？她是否會被允許在倫敦與其他室友合租公寓？甚至開設自己的偵探諮詢事業？答案顯而易見當然是NO，在那個時代家境優渥的富家女孩，所追求的就是要嫁個好夫婿，人生僅此而已。

因此，這個系列的劇情起始於夏洛特・福爾摩斯（自導自演）的醜聞，進而讓她被上流社會放逐。然後，如何和醜聞有過之無不及的富有寡婦華生太太成為朋友，兩人共同打造「夏洛克・福爾摩斯」的神探招牌。夏洛特也成為自己虛構的那位夏洛克的妹妹，必須協助長年臥病在床的兄長接待委託人，並為不存在的兄長去收集案件線索與信息，最後謊稱兄長是在康復期的病床上破解了那些案件！

溫蒂　非常感謝台灣讀者對我前三本小說的愛護與支持，目前尚未在台灣發行中文版的小說還有《別來找我》（Don't Look for Me）和《美國女孩》（American Girl）。

在《別來找我》書中，身為人妻與人母的女主角莫莉・克拉克（Molly Clarke），於離家幾個小時的小路上失蹤了。許多人都相信莫莉逃離了自己的生活，或許在哪兒重頭開始了新的人生，可是她的女兒卻拒絕相信那些流言蜚語，不計一切代價回到了那個荒涼的小鎮尋找她的母親。這本小說以兩個時間軸與視角架構而成，一個是從莫莉失蹤的那一刻說起；另一個則是女兒一直沒有放棄尋找母親的心路歷程。

而《美國女孩》目前是以 Audible 有聲書先行首發，並包含了一些腳本場景。描寫一名賓夕法尼亞州的自閉症少女姹黎・哈德森（Charlie Hudson），在居住的鄉村小鎮目擊了打工的三明治店老闆被謀殺，店主在蕭條的社區卻是許多人尊敬和恐懼的人，他的死亡也令每位員工都成了嫌疑人。姹黎也發現在他們關係緊密相連的小鎮上存在的危險，她必須竭盡全力保護自己所深愛的人，避免他們受到傷害……

《別來找我》(2020)
溫蒂·沃克

提子墨　我寫過的偵探系列有「微笑藥師探案系列」與「U.N.D.E.R.」，兩位偵探角色阿哈努・索西與加貝爾公主雖然分屬兩個系列，卻是生活在同一個世界觀的角色，而兩位分處於加拿大與英國的偵探也互相認識，並且曾經同時飛往水怪湖追查相同的連續殺人案。

阿哈努所涉及的案子大多是和科技、地外文

明與未知物種有關，在解謎的過程中常出現以物理或機械原理的機關殺人，有時也會穿插破解古老詩詞或密碼文字。阿哈努曾經登上距離地球海拔三百六十公里的環球太空站，追查史上最高海拔的兩起密室殺人案；也曾深入建構於水平面兩百四十二米之下，研究湖中水怪的「水之眼」觀測站探案。

U.N.D.E.R. 則是由英國皇室的加貝爾公主，在易容後以艾兒・道爾的分身，在宮外帶領的謎案密調小組，專門接單英國與歐洲地區與古老傳說相關的謎案。新作《U.N.D.E.R.2：二十一宮》目前已接近完稿階段，時空與場景也會在現代的英國倫敦，和古老的蒙古帝國穿梭！

小說創作是一種「寫到老、學到老」的終生課題

小說的創作歷程有時也如人生的成長過程，許多讀者應該很好奇與會的作家們，從出道的第一本作品，到如今最新上市的小說，在寫作習慣上是否有什麼不同或改變？

克拉文　從我的處女作《生於壽衣之中》（Born in a Burial Gown）至今，我的寫作風格確實像被層層剝離了原狀，發生了極大的變化，文風甚至可說更趨於簡化。我自認較優秀的幾部作品，大多是花了許多時間在精煉用字遣詞上。

瓦希姆・汗
（Vaseem Khan）

犯罪小說作家；倫敦政治經濟學院畢、英國犯罪作家協會董事會成員。2017年「夏姆斯獎」最佳平裝初版小說獎得主、2018年「Eastern Eye ACTAs」文學獎項得主、2021年「CWA歷史匕首獎」得主。

兩大知名系列作品為，以現代孟買為背景的犯罪小說「小象頭神調查局探案系列」，以及時間線設在1950年代印度的歷史犯罪小說「馬拉巴爾之樓系列」。

官網：
www.vaseemkhan.com

《歡迎觀賞殺人預告》(2018)
麥克·克拉文

如今的我，每當著手編修已經完成的初稿時，通常會花更多的時間琢磨於「刪減與精簡」文字，反而比較少去「增添與繁衍」詞句了。我最近正在重編二〇一五年所寫的一本小說，當我在編輯時才意識到，原來自己的寫作風格有如此巨大的改變，連我也感到非常訝異。

瓦希姆　寫作是一種終生學習的課題，就像是打網球或吃熱狗那般——你越常去接觸也就越擅長。我留意到自己後期的小說，在謎團的設計上確實更為複雜，也同時採用了多條線的調查，直到結局收網時才將所有的支線匯集為一。

例如，馬拉巴爾之樓系列的第二部《垂死之日》（The Dying Day）就是採取雙線敘事，第一條故事線是一樁世界級寶藏的竊盜調查，一部流傳六百多年的但丁《神曲》抄本，在孟買的亞洲協會被盜走了，還留下了一系列複雜的謎語與多具屍體。書中的第二條故事線，則是一名白人婦女的謀殺疑雲，凶手將她惡意棄置於鐵軌上任由火車輾斷了她的雙腿……

但丁的《神曲》抄本確實被珍藏在孟買，墨索里尼還曾經出價一百萬美金想入手！《垂死之日》的場景充滿許多異國的文化色彩，不僅描寫當年英國與印度之間的互動，也包含了他們所留下的歷史印記。最令我難忘的是，收到來自世界各地讀者們的來信，其中只有一位讀者據稱破解了《垂死之日》中所有的謎語和密碼，也很高興那本小說被拿來與丹·布朗的《達文西密碼》相提並論。

三津田　我從出道以來的一貫風格，就是書寫「非理性的恐怖」與「理性的謎團」，也就是能將所謂的「水與油」兩種分野予以融合的作品。我想這是今後也不會改變的創作原則。

但是，如果說到其中的變化，應該是在謎團當中了。我想我以往將焦點放在「意外的犯人設定」或「異想天開的詭計」，而近幾年來則更重視「動機的意外性（異常性）」。

雪麗 我是寫羅曼史小說出道的，所寫的浪漫情節多半是以角色來主導故事，而非太沉重的劇情走向。那也是為什麼，我著手撰寫福爾摩斯小姐系列之前，按兵不動了好幾年，因為我曾經不是很確定，是否能勝任策畫出一些錯綜複雜的謎團。就在那時，我也撰寫了一套奇幻小說「元素三部曲」（已在台灣發行中文版），那三部小說剛好成為我摸索如何以劇情主導故事的訓練場。

三部曲中的第二集雖然是一場冒險情節，但是同樣也被認可是一部節奏緊湊的解謎小說。就是因為如此，讓我更有信心直接了當開始撰寫解謎小說。但是一套成功的解謎小說不僅要有優秀的推理謎團，在角色與情節上的心力投注也是等比的。因此，我在發想與撰寫初稿時，會專注在劇情上的推演，在隨後的二稿時就專注於角色與他們的動向發展。

溫蒂 身為一名處於競爭激烈與商業化領域的作家，我總是與時俱進調整著筆下故事的基調與架構。我的第一本與第二本小說中，在結局時總是專注在一個令人出乎意料的揭示，並且利用敘述性詭計來製造陰謀與懸念。但是後期的兩本小說，我則運用兩個拆分的敘事時間軸，與更緊湊的故事線，一邊說故事一邊穿插更多的暗示，企圖為讀者營造快節奏的翻頁體驗，卻仍不失心理層面的深度。

《元素三部曲1：燃燒的天空》(2013)
雪麗·湯瑪斯

《美國女孩》是一本非常不一樣的小說，因為最初的稿子是為有聲書而寫，因此非常著重以角色主導故事，讓聲音上的表演能賦予活生生的氣息。我最近剛好交出一本新小說的草稿提案，這次倒是融合了我以往寫過的多種風格——有兩種視角的旁白、結局有個反轉的揭示，以及不斷推動情節的重要成因，當然也有陷入黑暗、心理問題上的探討。

提子墨　我的處女作其實是在美國報章上，連載過的長篇言情小說，如果是正式在台灣出版的第一本小說，那麼應該是《熱層之密室》。我當時比較著迷於多個時間軸、多個敘事視角的劇情架構，對於航太或機械操作上的程序與專業用語，也會花時間深入去研究後，才試著以深入淺出的方式下筆。

但是，後期所寫的小說比較追求人物性格、人情世故，與肢體語言上的細膩刻劃。我希望筆下重要的主配角們，閱讀起來是個有信念、有執念、有血有肉的真實人物，那麼當他們在小說中被欺凌、被傷害、被謀殺時，讀者們的情緒也會跟著起伏，甚至會為他們流下眼淚。

而不是寫出幾位有名字卻沒有性格的角色，只是因應他們將會被連續殺人魔一個個殺掉。有一位前輩作家曾指導我——「信念與執念可以連結到情感，可以感動讀者！要記得你選的路線，最好能夠容納：智力、情感、犯罪、受眾人數四項元素。」

《幸福到站，叫醒我》
(2017)
提子墨

讓靈感萌芽的種子可來自任何地方

有些作家毫不諱言自己的小說是受到某一起

真實犯罪的啟發，也有許多作家以天馬行空的想像力，創造出了動人的小說情節，在座的作家們又是如何發想靈感呢？

克拉文　這個問題我常被問到，只因為我曾經是一名緩刑監督官。答案是，不！事實上，我從不使用現實生活中的事件來當小說題材。身為一名緩刑監督官所處理的事務，大多是一些令人不愉快的人，所做出許多令人不愉快的事，他們爭強鬥狠的對象通常也是那類令人不愉快的人。

其他的小說家確實都會寫一些根基於現實主義的小說，他們能夠寫出當日生活中所發生的一些問題，並且那些事件與自己作品中的議題貼合。我則不是，畢竟所寫的都是不太平凡的事件，舉如連環殺手或是足智多謀的大反派，與他們獨樹一格的犯案手法。

其實，讓靈感萌芽的種子絕對可來自任何地方，例如我撰寫華盛頓・坡第六部小說《慈悲之椅》（The Mercy Chair）的靈感，是來自看到鄰居正在擴建中的房舍後，經我一番評頭論足，竟然啟發寫出那本自己非常滿意的十多萬字小說。

瓦希姆　就我而言，是的。我大部分的小說中都包含一些真實的元素，就像我二十三歲首次到印度時，就有了要創作第一本小說《喬普拉探長的意外遺產》的想法。我在英國出生長大，我

提子墨
（Tymo Lin）

犯罪小說作家、書評人與翻譯。英國犯罪作家協會、加拿大犯罪作家協會、台灣犯罪作家聯會會員。2018年以《幸福到站，叫醒我》參展德國「法蘭克福書展」台灣主題館、第四屆「島田莊司推理小說獎」決選。

筆下系列作品有「微笑藥師探案系列」，與加貝爾公主「U. N. D. E. R.」探案系列。目前為《詭祕客 Crimystery》簽約作家。

官網：www.TymoLin.com

的父母則來自印度次大陸，當我抵達印度的第一天，正坐在開往下榻酒店的計程車上。

車子在紅燈的路口停下時，我目睹著那一片混亂——汽車、卡車、腳踏車、摩托車、人力車——也看到一頭巨大的印度象沿著街道走著！那一幅令我難以置信的景象一直伴隨著我，並且成為我為什麼會在第一本小說中，讓主角喬普拉探長繼承了一頭小象！

三津田　我的靈感大多來自閱讀或電影。不過並不是閱讀小說，幾乎絕大多數都是受到參考文獻或資料書的影響。

至於受到實際事件啟發而寫成的作品，目前應該是《如山魔嗤笑之物》這本吧。那部長篇是將「瑪麗・賽勒斯特號事件」（Mary Celeste Mystery），變更為深山中的一座屋宅，並把這座山的整體類比於一座密室的謎團。

雪麗　我不常撰寫因現實生活中的事件而啟發的劇情。福爾摩斯小姐系列的創意來自各種地方，該系列的第一部小說是對福爾摩斯的《血字的研究》（A Study in Scarlet）致敬，因為那同樣是一起對幾十年前的不法犯罪行為，所進行的一場報復行動。

至於該系列後續作品的故事靈感，通常啟發自小說中的幾個常駐角色所面臨的生活與窘境，有時則是因為我想寫某個特定類型的題材，譬如第四部小說《沃德洛堡拍賣會》，是我一直技癢想寫的劫案題材。或者是即將上市的第七本小說，則是架構在一艘船上的謎團，也是我過往讀完阿嘉莎・克莉絲蒂的《尼羅河謀殺案》，一直想嘗試的題材。

《如山魔嗤笑之物》
(2008)
三津田信三

溫蒂　沒錯，我有時候會取材真實事件。《最好別想起》的靈感，來自幾年前讀過一篇關於記憶科學與PTSD的報紙文章。《世上只有媽媽好》是被發生在美國的一起真實犯罪所啟發，三名被綁架並監禁十年的女子，獲救回歸家庭後的訪談中給了我一些點子。《當他不愛我》則是時下常發生的網路約會恐怖事件，所帶給我的點子。

《別來找我》的靈感，則是我在離家有點遠的一個加油站，所遭遇過的一起真實事件。最後，《美國女孩》實際上是受到湯姆・佩蒂（Tom Petty）的同名歌曲所啟發，那首歌喚起我這名中年婦女的一些情感，令我緬懷剛成年時生活中所經歷過的許多冒險。我的靈感來自許多地方，身為一名作家常會試著記下令我覺得新奇的事物，看看日後能否將它們轉化成什麼！

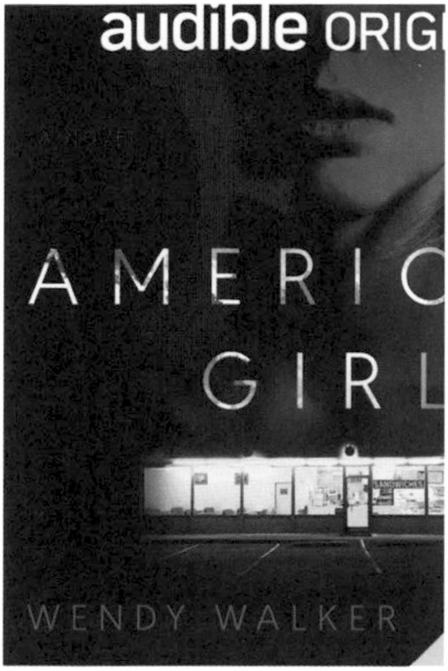

《美國女孩》
(2021)
溫蒂·沃克

提子墨　我個人比較追求原創性的娛樂效果，總認為是否能寫出一些真實世界尚未發生過的懸案？其他人尚未去挖掘的人事物？那也就是為什麼《熱層之密室》的密室謀殺案是發生在環球太空站，《水眼》的連續殺人案是發生在水下觀測所。最常啟發我創作靈感的應該是FBI官網上釋出的解密檔案，我從那裡下載了許多未解事件的PDF檔，也閱讀過許多已公開的上世紀謎團，因此讀者也會透過我的小說得知當年美國的藍皮書計畫（Project Blue Book）、賽伯計劃（Project Serpo）或水晶騎士行動的解密情節。

有時也會引用古老的經典延伸劇情支線，諸如中世紀威爾斯的《馬比諾吉昂》、柏拉圖的《會飲篇》或《聖經》中的〈啟示錄〉，這個部分也只是因為我從小學低年級開始到成年，曾經有十多年是在浸信會教堂的查經班與詩班中成長。因此在捕抓靈感上，算是個喜歡信手捻來的作者。

創作犯罪小說與筆下的凶手時，如何去解讀他們的思維

克拉文　我的小說總是以犯案為起頭，一向以來都是。或許是血液中緩刑監督官的成份使然，但是我每每會先去解讀的是「為什麼」而非「什麼」，為什麼會有人做出這樣的事情？他的動機是為什麼？當我瞭解「為什麼」之後，才會去探討「什麼」，他們做了什麼事情？他們犯了什麼案件？當我解讀完關於凶手的「為什麼」與「什麼」後，才會將探案的坡和緹莉加入其中，讓他們去破解那一樁懸案。

瓦希姆　我幹過那麼多樁謀殺案（笑），因此也自認是一名非常合格的罪犯了！幸運的是，我所犯下的那些罪案都只存在於小說中。我認為要寫出一名令人信服的殺手最大的祕訣就是，瞭解到他們只是一名犯下非比尋常謀殺案的「普通人」，訣竅就在於挖掘出他們犯下那些暴力行為的原因，一但你知道凶手內心的原委後，你就能為一部犯罪小說制定出強而有力的故事情節。我同時也在歐洲頂尖的大學之一「倫敦大學學院」（University College London）的犯罪與安全研究所（Crime and Security Research Institute）工作，那份工作也對身為犯罪作家的我助益良多！

三津田　我的作品並不是倒敘推理（以犯人的視點為主的故事）。因此關於犯人的心理描寫，我想應該是幾乎沒有的。即使有的話，那應該是在「死相學偵探」系列的其中一部作品，有描寫犯人獨白的場面。

若是短篇小說的話倒是有一篇作品，收錄在《作者不詳》裡的〈娛樂殺人〉。一名學生受到夢野久作的獵奇歌所啟發，「以完全沒有動機」為動機將自己的好友加以殺害的故事。我把自己當成那名犯人的學生一樣來撰寫這篇小說。此外，我撰寫本作原型的短篇，也是在學生時代。

未來，我也許會想以刀城言耶系列的長篇，來撰寫倒敘推理。

雪麗　我比較喜歡解謎方面的推理情節，而不是犯罪行為方面的解析，因此並沒有太深入探索犯罪者的心態。我認為那只是人性的另一個面向，人們可以如何不擇手段，去獲得他們想要的東西或珍視的事物？總會有人願意去撒謊、詐騙、偷竊與殺人，世風日下總是如此。

溫蒂　我對自己每本小說中犯罪者的心理，在起筆前會先進行大量的研究，然後嘗試根據那些心理因素寫出他們的想法與行為。譬如《世上只有媽媽好》一書中，是涉及一位有自戀型人格疾患的母親，因此她對女兒的行為，與她當下的言行舉止，都是源於她所罹患的心理疾病，以及自戀型人格保護潛於內心脆弱之處的方式。

提子墨　我會試著進入那名犯罪者的腦中，就有一點像在演戲，你必須入戲成為那一名犯罪者，進入他們的腦袋與思維之中！我曾在訪問泰絲・格里森（Tess Gerritsen）時得知，她也有那樣的創作模式。她提到：「我試著透過殺人犯的眼睛去看世界！但有時那是一種令人毛骨悚然的體驗！」

因為，許多殺人犯眼中所看到的世界，其實

三津田信三

（Shinzo Mitsuda）

日本奈良縣出身，曾任出版社編輯，籌畫過一系列懸疑、驚悚、怪奇風格的叢書。2001年以《忌館：恐怖小說家的棲息之處》正式出道；2010年以《如水魑沉沒之物》榮獲第10屆本格推理大賞。筆下作品眾多，亦分支出多個系列，其中以「刀城言耶」為主角的系列最具代表性。

除此之外，另有包含出道作在內的「作家系列」、「死相學偵探系列」、「物理波矢多系列」等，多個系列的作品。

推特：www.twitter.com/shinsangenya

與我們截然不同——「他們認為自己是掠食者，而我們其餘的全都是獵物」。

小說創作就像你心底層的一條蛇，你是 Plotter 還是 Pantser

許多讀者對犯罪小說作家的工作，有著不同的好奇與憧憬，諸如他們是按部就班你定劇情的 Plotter？還是隨心所欲發揮或不按牌理出牌的 Pantser？是否有什麼每日工作進度表？又是如何收集參考資料或實地考察？

克拉文　我是兩者兼具，在動筆寫一本小說時，通常已對結局有粗略的構想了，並且知道有哪幾個想寫的關鍵場景，因此很清楚哪個角色做了什麼事，以及為什麼要那麼做（非常 Plotter）。其他未釐清的各種細節，就讓它船到橋頭自然直（也很 Pantser）。

我的寫作日程是星期一到星期五，每天早上十點到下午六點鐘，午餐時間大概花個一個小時左右。我會盡量將週末空下來，不去寫作。關於收集參考資料，我會去造訪將寫入書中的事物與場景，讓它們盡量精準貼近現實。在我的第三本小說《策展者》（The Curator）中，我不得不去創造一個虛構的島嶼，因為在真實世界中並沒有一座島嶼，符合劇情中的場設。

但除此之外，我大部分的小說都力求人事物上的精準，而且在收集參考資料時，也常意外發現一些「絕對」要寫到書中的新鮮事物。在收集《死亡之地》的參考資料時，我學到了有些犯罪集團退房時，會刻意將手機充電器遺留在酒店房內，讓那些剛好忘了帶充電器的下一個房客拾獲，甚至順手帶了回家。其實，那只充電器內建了惡意軟體，在你充電時就會竊取手機上的所有數據。這個意外學到的知識，也就被我寫入小說中了。

瓦希姆　我堅信，如果你不事前擬定劇情，就像是在夜裡不開大燈開車，儘管隨心所欲或許非常有趣，但是遲早還是會精神崩潰。我一向會去規劃小說中的每一幕，這個前置作業通常耗費三個月，當然那些設定撰寫時還是會有改動。小說創作就像你心底層的一條蛇，如果你的劇情有按部就班的前置規劃，那一條隨笛起舞的蛇，就在你的控制之中，而不會轉身咬你一口！

我通常會在一大清早起床寫作，那時我的思路最為清晰，並且是在我的妻子尚未起床，還沒開始差遣我幫忙做一些家務之前。我每天大概寫個一千多字，通常是在書桌上，但有時也會在我打板球（Cricket）的場地寫作——板球是一種很英式的運動，比賽進行時投手與打擊手有滿多等待出場的空閒時間。

我的馬拉巴爾之樓系列是歷史犯罪小說，背景設定在一九五〇年代的孟買，顧名思義我需要做大量的參考資料研究，還要在消化後去蕪存菁。我收到來自世界各地的電郵，有時讀者會指出我所犯的錯誤，讀者們良性的建議，確實也能協助作者與作品更完美。

當然，也有很多參考資料的研究來自親身的第一手經驗，小象頭神調查局探案系列背景的現代城市孟買，是我大約居住過十年的城市，我在那裡所見聞的種種社會問題都移植到了小說之中。大家都認為印度幾乎是個正冉冉上升的超級大國，可事實卻是它仍然存在嚴重的貧困、種姓偏見、宗教之間互不容忍與尊重的大問題。

三津田　我在創作前不會製作大綱。在想出作品核心的構想後，就會立即思考相對應的主題及故事舞台。接著，開始收集必要的相關參考文獻開始閱讀。做完這些預先準備後，就會立刻開始正式撰稿。故事裡大部分的內容，其實都是一邊寫一邊思考的。以這種做法而言，應該可以說是更重視直覺吧。

我幾乎不會進行實地取材。都是透過參考文獻。如同前面所言，核心構想出現後，開始思考相關的關鍵字，以這個為基礎，到書店、圖書館或網路上蒐集參考文件。接著反覆閱讀，直到徹底瞭解為止。

另外，與作品撰稿無關，我平常也會購買一些可能能夠變成資料的書籍。這樣的心態，在撰

《黑面之狐》
(2016)
三津田信三

寫小說時非常有用。閱讀參考文獻所需的天數，雖然因作品不同而有所差異，但平均大約耗時兩週。當時間拉得太長，令人感到厭倦時，我就會開始迅速動筆。

雪麗　我無法提前勾勒出劇情的大綱，但嚴格來說也不是個憑直覺寫作的Pantser。我在動筆之前並不知道會發生什麼事件，即使在寫作的當下，可能也不知道需要發生什麼事件，但是我對何時應該發生何事倒是相當敏銳。所以，我只需要弄清楚應該發生怎麼樣的事件，好讓讀者們的腎上腺飆升。

我並沒有一個例行的寫作日程，只要是醒著的時候就會工作幾個小時，不過也是取決於距離截稿日還有多久。關於收集參考資料上，我會根據需要來進行研究，我對英國維多利亞時期的日常生活，與當時一般的社交規範，有相當程度的認識與把握。畢竟，我整個寫小說的生涯，已經寫過一系列那個時期的作品。

然後，我會根據每一本小說的劇情所需，去收集與研究我所不知道的事物。福爾摩斯小姐系列第三部的故事背景，設定在一座大型的英國鄉村莊園，我學習到許多關於冰屋（一個囤積冰塊以供溫暖季節使用的房舍）以及溫室如何加熱的知識，因為小說中需要出現這些場景與如何加熱的橋段。

我手邊還在修潤的第七部小說，故事背景是一艘從英國南安普敦航往印度的客運輪船，為此我必須非常努力去挖掘，所有關於在一八八〇年代所設計的蒸汽式輪船資訊。那還真是一件苦差事，畢竟八〇年代算是船業的一個過渡時期，就在短短幾年後的九〇年代，真正的豪華遠洋班輪就橫空出世。因此，目前可以收集到許多九〇年代的遠洋班輪資料，但是八〇年代蒸汽輪船的資料就少之又少了！

溫蒂　我是個 Plotter！如果沒有將所有篇章的情節都計畫完畢，我是無法動筆開始寫一本小說，隨著每個角色的逐漸形成和新點子的激發，劇情肯定會發生一些變化，但是我的小說有很大程度仰賴於真相的揭示，與沿途放置各種線索。我一向不希望讀者們閱讀完我的作品後，會覺得自己被欺騙或愚弄了，因此劇情每一個部分必須像拼圖那般，能合理地拼湊在一起，如果少了詳盡規劃的劇情大綱，我就無法做到這一點。

至於收集參考資料，要取決於所寫的小說。我對心理問題的成因有充足的學術研究，倒是不需要閱讀什麼書籍就可下筆，但大多數還是會先上網確認一下，然後詢問這些年來認識的幾位心理學、法醫學與執法單位的專家，他們可解答我提出的特殊案例，甚至在專業用語上給予提點。最讓我頭痛的是涉及刑警或警探的橋段，他們之間所說的一些行話與警方的辦案程序，其實都要遵循很具體的一些步驟，而且還很難在網上輕易查到！

提子墨　我在寫有機關詭計的解謎小說時，會是個對劇情布局與前置作業很重視的 Plotter，

溫蒂・沃克
（Wendy Walker）

律師，現為專職作家。出道作《最好別想起》描寫遭強暴的創傷症候群，佐以不可信任的敘述者技巧，在書市一鳴驚人。次年立刻推出《世上只有媽媽好》，以自戀人格障礙描寫母女姊妹間糾纏複雜、令人窒息的羈絆。
而在約會軟體盛行、社群互動氾濫的網路世代，她再以強大的議題連結寫出《當他不愛我》。溫蒂・沃克以其細緻筆法與獨特風格在女性懸疑作家占有一席之地。

官網：
www.wendywalkerbooks.com

"從靈異、鬼怪、外星人、祕密結社、FBI 解密檔案、冷門的歐洲中世紀典籍……我都會去咀嚼吸收，誰知道哪天或許可成為某本小說的靈感。我也不將自己侷限於單一的類型小說創作，因為我喜新厭舊，什麼都想去嘗試看看，畢竟你就活這一次，何不多采多姿一下？"

—提子墨

甚至還會動手做實驗。例如，我撰寫微笑藥師探案系列第二本小說《水眼》時，就親手將書中的殺人機關與結繩方式，用紙板做出個小模型，測試腦中所想像的那些物理或機械原理，是否可成立。

我每日至少寫作十二個小時，從晚飯之後寫到第二天早上九點才倒頭睡覺，週末則是家庭與家務的時間。我是資料雜食動物，隨時隨地都在收集參考資料與觀賞各類紀錄片，從靈異、鬼怪、外星人、祕密結社、FBI解密檔案、冷門的歐洲中世紀典籍……我都會去咀嚼吸收，誰知道哪天或許可成為某本小說的靈感。我也不將自己侷限於單一的類型小說創作，因為我喜新厭舊，什麼都想去嘗試看看，畢竟你就活這一次，何不多采多姿一下？

創作小說時，有任何特定的步驟或遵循的模式嗎？

克拉文　我總是在十二月一日開始寫新小

說，在聖誕假期前寫個幾千字後，就可停下來過節休息一下，也剛好可以思索該如何寫下去。在元旦後就會重啟寫作模式，通常都可以在夏天來臨前完成書稿，比截稿日提前好幾星期完成。

至於寫作模式，就是按照閱讀順序來寫，我知道有許多作家在不同的時段寫不同的章節，最後再將它們串連在一起，那種模式我還真學不來。在輸入 The End 之前，我從來不回頭去編修初稿。直到完成初稿後，才會去檢視之前隨手記下的筆記，開始潤飾與修改，逐字校稿每一句話。當書稿完成後，我會先列印出來並且大聲朗讀，通常也才會發現許多自認為很好的語句，唸出來後其實並不盡人意。

瓦希姆 我總是先從構想謀殺案開始，然後決定誰是凶手與其他潛在的嫌疑人。如此，我才能從結局倒推回來架構情節。我還會為那一本小說設定一個關鍵的探討主題，我認為犯罪作家可透過突顯他們關心的社會議題，做為提升自己小說主題的格局。就如馬拉巴爾之樓系列以印度第一位女警官為主角，是讓我可談論女性地位在印度社會中的作用，尤其是在上個世紀的九十年代。

三津田 如同前述的回答，會先想出作品的核心構想、思考相對應的主題、故事的舞台。接著閱讀參考文件，在腦中思考各種可能性。然後，就像是之前提及的步驟。不過，像《如幽女怨對之物》、《黑面之狐》、《白魔之塔》這樣的作品，是先決定好想寫的故事舞台，再開始思考核心構想。在這當中，特別是《白魔之塔》在還沒有想出關鍵構想時就開始撰寫了。這是一部自始至終都在進行探索的稀有作品。

雪麗 我的劇情進行是採逆向工程的寫法，而且書稿必須經過許多次的初稿階段，因為我並不確定小說中將會發生什麼事件，直到別無選擇後才會去做最終的定奪。一本小說的撰寫有時候順風順水，有時候走到了死胡同，回頭一看才發現：「啊，我明白了！原來前面劇情的某個點，應該往另一個方向走！」。

因此，有了前車之鑑所領悟到的劇情發展，我會重新起一個初稿將情節往那個方向發揮，然後暗自興奮道：「啊哈，所以我早該這麼寫了！」每次這樣的初稿折騰，我都會在劇情設計上更進一步。直到我寫完結局後，才會回過頭重新閱讀，因為這一次就是要完善打磨每個角色的發展性與我的文采。

溫蒂　我每一本小說的模式都不盡然相同，但我總試圖在小說中加入必要的劇情反轉與揭示，每個角色與他們的處境將成為情節的催化劑，然後我必須決定要如何說這個故事——單一視角觀點還是多重？第一人稱或第三人稱？

之後，我會開始規劃劇情大綱與標示出章節，一旦我有了大綱就會開始努力寫作，每天（至少）完成一個篇章，並且一邊修潤琢磨。大約寫到一百頁左右時，我會停下來仔細閱讀以確保劇情沒有走偏，約莫兩百多頁後，還會再次執行相同的評估，然後進行調整、修潤並確保有良好的閱讀效果，最後就一路寫到結局。

提子墨　如果是解謎類的犯罪小說，我也是會先構想謀殺模式、殺人凶手與嫌疑犯。我的小說通常不會只有單一的命案與死者，因此更要提前設想不同的幾起謀殺機關。我也和瓦希姆一樣，有了前述的設定後就用時間回推的方式撰寫劇情大綱。

只要每個篇章要寫的內容都定案後，我就是克拉文所說的那種——可在不同時段寫不同篇章的作者，有時還會跳到當天靈感比較多的某個章節先寫，甚至同一個時期撰寫三本書稿。只因為我動筆前就已完成嚴謹的劇情大綱與命案模擬草圖，因此也就省去了一邊想靈感、一邊撰寫的煎熬。

給有志創作小說的亞洲讀者們的建議

克拉文　新手作家們切記要先把初稿全部寫完，而且先不需要寫到完美無瑕，那些都是後續才需要進行的修潤工作，如果連個初稿都沒有，總不可能去修潤空白頁吧？喔，去買一本史蒂芬・金的寫作工具書，如果我當年沒有讀過那一本書，今天就不可能成為作家了。

瓦希姆 我認為顧及自己的讀者群，才是每位作家最首要的職責。許多新生代作家有時會忘記這一點，反而花太多時間思考自己的遠景與抱負。我總是問自己，讀者想從我的小說中得到什麼？答案是，實在有太多原因了！所以，我希望讀者能在我的每一本作品中，體驗到一起起令他們滿意的犯罪謎團，就算有些讀者只是想與喜愛的角色共度休閒時光。

我的小說還帶領讀者前往那個名為印度的不可思議所在，讓他們宛若真實走在孟買的市街……然後，最重要的是，小說中的冒險行動還搭配層層交織的歷史人文作為背景。隨著時間的推移，我意識到讀者們非常喜歡這些元素，一種充滿細節的平衡組合，也希望我達到了讀者們的所求！因此，我鼓勵每一位新的作家去思考看看，如何將你所擅長的類似元素組合在一起。

三津田 身為一位作家，發表優秀的作品、並且持之以恆的關鍵是——你自己究竟與「故事」曾經有過多少接觸的如是體驗。童年時從祖父母口中聽到的老故事、小時候讀過的書、少年

雪麗・湯瑪斯
（Sherry Thomas）

成長於啤酒之鄉青島，幼時嗜讀武俠小說，十三歲從中國移民到美國，藉由大量閱讀羅曼史和科幻小說學習英文。開始寫作後，雪麗憑著處女作《私房蜜約》一舉躍上羅曼史市場，自此廣受矚目與好評，不僅屢次獲得《出版人週刊》、《圖書館期刊》、《書單》等雜誌的星級評論，也時常登上年度最佳小說榜，更兩度獲頒美國羅曼史作家協會的RITA獎。

官網：www.sherrythomas.com

時代沉迷的特定作家、作品。總之，與許多「故事」接觸的經驗，將會化為作家的血肉。而這並不僅限於書籍，電影和戲劇也是如此，只要能接觸愈多的「故事」，就有可能成為一名成功的作家。無論如何，渴望地「吸收故事」是最重要的事。

雪麗　去閱讀你所屬的類型流派中，最優秀的那些作品，那些足以令你大吃一驚的小說，然後渴望自己變得同樣的出色。再去讀一些你非常推崇的小說的「差評」，這樣你就會理解無論你多麼鍾愛某一本小說，總還是會有其他人要嘛很厭惡它、要嘛就很無動於衷。有一天，你的書也會遇上相同的情況。

溫蒂　如果你的目標是想謀生，那麼寫作可能是一段漫長的旅程。因此，寫你喜愛與盡興的題材，但也要以智慧來追求你的期望。這年頭，即使有大賣一本或多本出版品，也很少有作家能確定自己的職業生涯可源遠流長。

出版商在決定要預付給你多少版稅時，通常會考量你上一本小說的銷量，甚至會考量是否還想讓你成為他們的作者。這終歸是一門生意，因此請繼續寫作，嘗試在市場上找到一個可讓你的作品有觀眾的地方，並且盡可能朝著那個方向努力，記得保持高度的敏銳感，不斷調整自己與時俱進的市場地位。

提子墨　閱讀，大量去閱讀你想涉及的類型文學作品，是精進自身對文字敏銳度的不二法則，閱讀不只可提升文筆上的用字遣詞，在口條上也會有潛移默化的進步。練筆，善用各種方式將心情轉化為優美的文字，無論是以社群貼文或雲端日記來撰寫，少轉貼「內容農場」的貼文，多發些自己生活點滴的隨筆。持之以恆！持之以恆！

幾位作家後續的小說出版計畫

未來幾年讀者們是否可期待各位老師們更多的犯罪小說？能否在不暴雷的情況下透露一些消息？

克拉文　我已經寫完華盛頓・坡警探系列的第六部小說《慈悲之椅》，目前正在撰寫一個全新的系列，但是仍在保密階段暫無法奉告。在此之後，我就會起筆撰寫華盛頓・坡的第七部小說，書名應該會叫《第三道光》（The Third Light）。

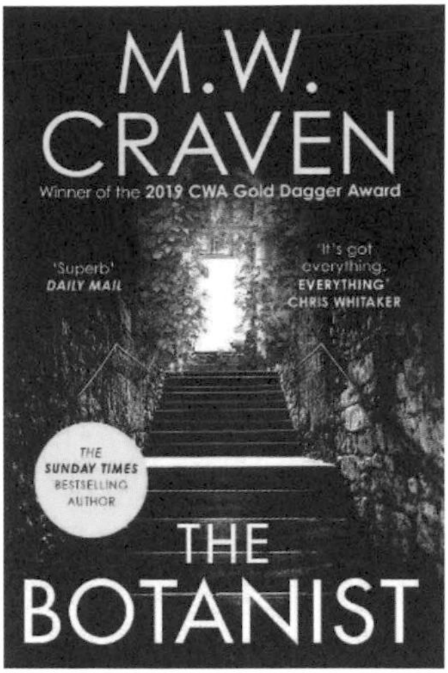

《植物學家》
(2022)
麥克·克拉文

華盛頓·坡警探系列

《孟買迷途者》(2022)
瓦希姆·汗

瓦希姆　我的新小說是馬拉巴爾之樓系列的第三部《孟買迷途者》（The Lost Man of Bombay），今年八月已在英國上市然後是海外地區。我非常興奮！坦白說，如果我是讀者，會沖著書封那幅令人驚嘆的眼鏡蛇而入手！內容是關於一名在喜馬拉雅山腳的洞穴中被凍死的白種男子，他蜷伏在那裡好幾年了，由於臉部已變形身分因而成謎。當此案的檔案落在女警督珀西絲的桌上時，她發現凍屍的身上有一本筆記本，記錄著一連串耐人尋味的線索。她與搭檔更深入調查後，驚覺孟買開始發生更多起謀殺案，難道城內正有一名連環殺手逍遙法外……

三津田　我在角川書店的《小說野性時代》月刊正發表短篇連作集《怪民研》的連載。這個書名是「怪異民俗學研究室」的簡稱，該研究室位於京都的大學，主持人是刀城言耶。不過，他在故事裡完全不會登場，主角是這所大學的女大學生，以及負責照管的研究生。內容可能類似於刀城言耶系列的短篇小說。

另外也預定發表長篇新作《竊聽之耳》，故事有點像是《窺伺之眼》的姊妹作，但並不是系列續作。我想半開玩笑地做一個「五感系列」，《窺伺之眼》是視覺、《竊聽之耳》當然就是聽覺了。不過接下來還剩下觸覺、嗅覺和味覺，我想恐怕不會再寫了。就算真的要寫，剩下來的三作應該也會是中短篇吧。

雪麗　正如我前面提過的，目前正在修潤福爾摩斯小姐系列的第七部小說，我相信在不久的將來繁體中文版也會在台灣發行。如果可以的話，我想這個系列應該還可以持續再寫一段時間！

溫蒂　是的！我的下一本小說將在二〇二三年六月於美國上市，講述一名下了勤務的警察意外解救了一名男子的性命，但是在接下來的幾個星期，他卻被那名男子折磨與跟蹤。這本小說有另一個視角的敘事者，他也是書中的一個謎團，結局還有一個劇情反轉！

提子墨　這一、兩年較忙於「台灣犯罪作家聯會」的成立與會務，大多數的時間也花在培育台灣新作家的長篇與短篇小說徵獎案上。因此，在小說創作的速度上遠不如前幾年緊湊，今年底或明年初加貝爾公主的第二部小說《U.N.D.E.R.2：二十一宮》將會上市，緊跟在後的是已接近完成的中短篇懸疑小說合集《極光下的藍背鮭》，敬請期待！

再次感謝來自英美日台的犯罪作家們，給予「台灣犯罪作家聯會」與「尖端出版」此次彌足珍貴的紙上跨國論壇，不但帶給亞洲華文讀者們不一樣的犯罪文學研討，也讓我們學習到各位作家們在創作小說上的心法！

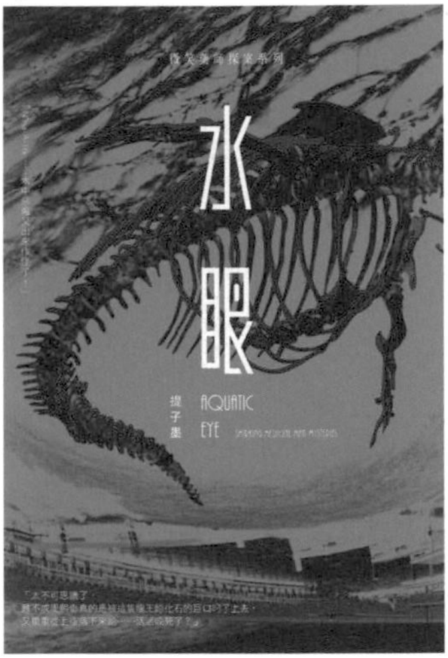

《水眼：微笑藥師探案2》
(2017)
提子墨

「他山之石」人物專訪

會經的「謀殺一號」書店創辦人
如今的犯罪文壇領導者——

「英國犯罪作家協會」主席 馬克西姆·雅庫鮑斯基專訪

文／提子墨

從圖書出版主編到查令十字街上的書店經營者

《詭祕客》在上一期的「他山之石」人物專訪中，訪問了「加拿大犯罪作家協會」的主席茱蒂・潘茲・夏盧克（Judy Penz Sheluk）女士。這一期也為讀者們越洋專訪到歷史更為悠久的犯罪作家組織，也就是一九五三年成立於倫敦的「英國犯罪作家協會」現任主席馬克西姆・雅庫鮑斯基先生（Maxim Jakubowski）！

雅庫鮑斯基是出生於倫敦的俄裔英國人，由於從小就在法國長大與受教育，因此對流行文化非常著迷。他曾撰寫與主編過的出版品遍及各個領域，從科幻、奇幻、驚悚、犯罪與

雅庫鮑斯基創立的「謀殺一號」書店

情色文學……都有所涉獵。

雅庫鮑斯基最為人知的事蹟，就是曾在一九八八年的倫敦查令十字街，創辦了享譽二十多年的「謀殺一號」書店，直至二○○九年起才由其助手接班轉型為網路書店。

二○二○年，雅庫鮑斯基擔任《Factory》電視影集的執行製片人，該劇改編自他的已故好友德瑞克・雷蒙（Derek Raymond）的同名系列小說。

全球擁有十八個區域分會 國際犯罪作家組織的領頭羊

首先感謝雅庫鮑斯基主席，因為他只花了不到一小時就回覆了我的邀約，願意接受《詭祕客Crimystery》的人物專訪。他也娓娓道來這個在歐洲充滿歷史背景，長年推動犯罪文學，並成為當代國際犯罪作家指標的文學組織。

英國犯罪作家協會成立於一九五三年，是目前全球最活耀的犯罪作家組織之一，該會的附屬社團還有「英國犯罪讀者協會」（The Crime Readers' Association），每年也舉辦國際知名的「CWA匕首獎」（The CWA Daggers）與頒獎酒會，以及在英國推動「國際犯罪文學閱讀月」（National Crime Reading Month）年度活動。

來自全球的會員們，可收到會員限定的《紅鯡魚》（Red Herrings）月刊，也在網上發行了提供給讀者的時事快訊，那份快訊目前已有全球一萬兩千多人的訂閱數。

「我在三十五年前正式加入協會，初期在委員會工作了十二年，並擔任了三年副主席，目前是該會的主席。『英國犯罪作家協會』與『美國推理作家協會』的不同之處在於，我們只招收已出版作品的作家會員，或與犯罪文學領域相關的專業人才，諸如：文學經紀人、出版商、書商。儘管入會審核的條件嚴苛，但是近五年以來會員人數卻成長了近一倍。」

他也說明了該會在體制上的運作。雖然協會有聘請管理公司與專任祕書，來處理公共關係與行政管理上的事宜，但絕大多部分的委員會與監事成員，都是無酬的志工職務。英國犯罪作家協會一共有十八個地區的分會，每個分會都有各種促進創作與閱讀犯罪文學的活動，並於每一年招開全球AGM會員年會。

雅庫鮑斯基也細數除了他之外，曾經任職該會主席的國際知名作家們還有：創始人約翰・克瑞希（John Creasey）、林賽・戴維斯（Lindsey Davis）、馬丁・愛德華茲（Martin Edwards）、彼得・詹姆士（Peter James）、L・C・泰勒（L. C. Tyler）、艾莉森・約瑟夫（Alison Joseph）、伊恩・蘭金（Ian Rankin）、朱利安・西蒙斯（Julian Symons）、約瑟芬・鐵伊（Josephine Tey）、H・R・F・基廷（H. R. F. Keating）、約翰・賓漢姆（John Bingham）、克莉絲汀娜・布蘭德（Christianna Brand）、迪克・弗朗西斯（Dick Francis）、安東尼亞・弗雷瑟（Antonia Fraser）、彼得・拉佛西（Peter Lovesey）……與許多傑出的英國犯罪作家前輩們。

將自己的角色定位在整合和擴張協會的版圖

對亞洲的讀者而言，「台灣犯罪作家聯會」是近兩年開始，致力於將歐美甚或國際間對「犯罪文學」或「犯罪小說」行之有年的分類與名稱，推廣並引進台灣市場甚至整個亞洲文壇，讓曾經模糊不明與容易造成混淆的文學類別，得以與時俱進跟得上國際標準。

我向雅庫鮑斯基請教，他在任英國犯罪作家協會主席的這幾年，對引領犯罪文壇的計畫是否有新的期許與方向？我相信這對在台灣或亞洲的同類型文學組織，將會有所啟發與受用。

雅庫鮑斯基回答：「英國犯罪作家協會是一個非營利組織，也礙於英國法律上的限制，並不是一個可接受大量資金捐贈的慈善機構。因此，我的首要任務之一，就是要在組織營運不虧損的情況下，確保能以有限的經費達到最高的效能，盡可能提供給會員與讀者們更多元的服務。雖然，我一輩子都在寫作，但慶幸曾經有過商業方面的實務經驗，也有出版業任職與經營自己公司的優勢，因此非常熟悉如何以公司模式來運作這個組織。」

儘管雅庫鮑斯基在財政方面謹慎控管，仍不間斷擴大協會的人才與活動，尤其在去年的幾次會議中，通過了一項重大的決定，也就是接納那些表現極為優異與專業的「自費出版作家」，申請成為作家會員。他指出，在過去十多年來印刷技術與出版生態的物換星移與突飛猛進，現今作者們的創作與成書模式早已不可同日而語。

「儘管有一些思想較保守與傳統的資深作家們曾強力反對，但是那一項作家會員門檻的改革決議，卻成功為我們吸收到許多犯罪文壇的新血成員與創作能量。」

「我希望在擔任主席的兩年任期結束前，將可衝破一千名會員的指標數字！憑藉著近年來『CWA匕首獎』與『國際犯罪文學閱讀月』的聲望高漲，英國犯罪作家協會的知名度也在國際圖書出版行業迅速提升。因此，我將自己在任期間的角色，定位在『整合』和『擴張』協會的版圖。」

編輯與作家的合作關係其實有點像婚姻

誠如前述雅庫鮑斯基的經歷，他同時專注於寫作與主編職務，也非常成功在兩條跑道上都有亮眼的成就。我好奇詢問他一個比較不太尋常的問題──「當你身為主編時，是否有特定性格或特質的作家，你覺得合作起來非常愉快？反之，當你身為作者時，是否有任何特定性格或特質的主編與編輯，你認為合作起來很難搞？」

他提及一直以來就很享受同時身為作家與主編兩種身分，就像是平行宇宙中的兩種職業生涯，也坦言以主編角色而言，無論是在出版業工作時或是現在的接案型態，他喜歡與知名作家們合作，也樂於挖掘有潛力的新作家。

當然，與這兩類截然不同的作者共事時，也各會遇上愉快或難搞的磨合經驗。不過，對編輯來說這就是學習如何與不同作家合作的機會。

「我不會指名道姓是哪些作家，但在我過往合作的經驗中，有些德高望重的高知名度作家反而最平易近人，配合度也非常的高。我曾經為一位諾貝爾文學獎的得主，編輯他的出版品，那一次的編書經驗也是我生涯中最愉快的一次體驗！」

同樣的情況套用在當他是作家身分時，與合作的主編或編輯的關係上。他覺得一旦發現對方在思維上的「波長」與他完全不搭嘎時，就會立刻決定中止合作。但是，那個決定並不意味對方是一位不優秀的編輯或作者，而是作者與編輯（甚至是作者與經紀人）之間沒有默契與共識而已。

他打了個比方：「其實，就有點像婚姻關係，同樣一名伴侶和某些人配對後，或許可成為佳偶，但和其他人結婚後，卻可能成了避之唯恐不及的怨偶。這就是人生啦！」

在環遊世界的海上旅行完成小說書稿

據我所知，雅庫鮑斯基所撰寫的出版品中，有獨立的長篇小說也有短篇小說。我問他，在創作小說時是否有什麼習慣的特定步驟或模式？他的長篇和短篇小說的創作，是套用相同的步驟或模式嗎？

他直言，其實每一部作品都不盡然相同。有些在發想時就已理出完整的前因後果，有些則必須從頭到尾架構，甚至顧慮到極小的細節。他比較喜愛撰寫短篇小說，只因為創作長篇小說比較有難度，而且宛若一場漫漫的長跑；而短篇小說在靈感上比較有爆發力，撰寫的過程也像是一場短跑衝刺。

「我是個在前置作業上比較省略的作者，寧願在撰寫的過程中才去探索劇情與反轉點，那算是有點風險又信手拈來的創作過程，不過撰寫時點子卻常會文思泉湧源源不絕。」

當他起筆寫小說時，一定會先為小說取一個響亮的書名或篇名，而且心中通常已經知道故事的開頭與結局，但是不見得知道在中間會發生什麼劇情。

「我通常會利用早上的時間寫作，而且習慣將音樂開得很大聲，然後下午的時間就會留給閱讀與觀賞電影。」他得意洋洋地說道：「其實，這些習慣的日程或模式也不是什麼鐵的紀律。我經常旅行，有一次還是在環遊世界的途中，寫完了大半本的小說，而且還是在航行於海洋的遊輪上呢！」

當我們聊到寫小說時撰寫與重寫的步驟，他覺得哪一個過程比較如魚得水？雅庫鮑斯基毫不諱言自己是那種——覺得寫作還滿麻煩的可悲作家，他更享受的是終於寫完後的成就感，而不是充滿煎熬的寫作過程。

他風趣地回答：「你會認為，都已經寫小說寫了那麼多年，應該早已很得心應手了呀？其實不然，每天早上寫作時，都覺得像是在面對白紙上的惡靈，進入電腦時代後則是Word程式上的惡靈，依然是會心驚肉跳。只能坐在那裡絞盡腦汁，試著再一次成功征服那隻白紙惡靈。」

談到作家的「瓶頸」（Writer's Block）時，他也言之鑿鑿並不認為有瓶頸這回事。儘管，偶有他前述的白紙惡靈的小困擾，但是還不至於會讓他停下筆躊躇。至少，他從未因瓶頸而錯過截止日，無論是有合約的稿子或是邀稿，都會給自己壓力去完成。總之，哪怕趕稿的過程是汗流浹背或有偷工減料，他也不曾以瓶頸為藉口拖過稿。

有驚世駭俗的勇氣卻仍保持低調與謹慎

我問雅庫鮑斯基是否有哪位作家，啟發了他開始寫小說，無論是犯罪、懸疑或其他類型的作家？或是曾經有哪一本書籍，對他的人生乃至寫作之路有過深遠的影響？

「有很多耶！真不知要從哪一位開始說起。」

雅庫鮑斯基作品

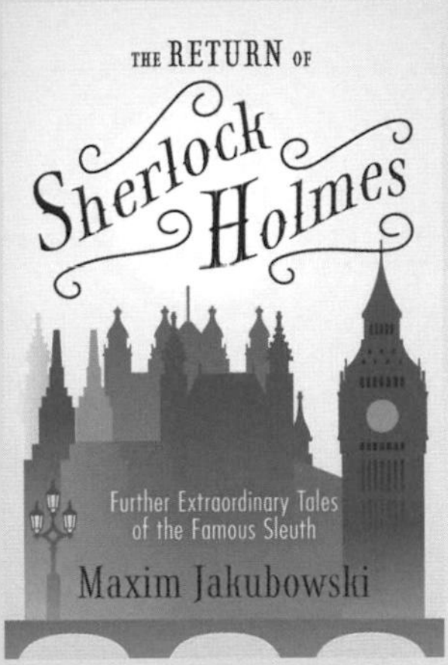

《夏洛克．福爾摩斯回歸》

《吹笛人之舞》

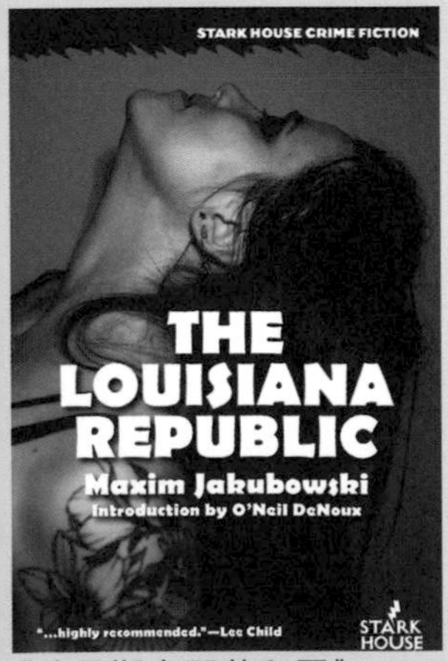

《路易斯安那共和國》

他說，打從小時候算起，剛開始是法國小說家朱爾・凡爾納（Jules Verne），然後對寫作上有長遠影響的則有英國作家J・G・巴拉德（J. G. Ballard）、別名William Irish的作家康奈爾・伍里奇（Cornell Woolrich）、美國小說家約翰・歐文（John Irving）、馬克・貝姆（Marc Behm）、詹姆斯・凱恩（James M. Cain），與解謎小說作家約翰・狄克森・卡爾（John Dickson Carr），還有他的好友加拿大犯罪作家艾米麗・聖約翰・曼德爾（Emily St. John Mandel）。

他認為這幾位從古到今不同時期的作家，在他喜愛的書籍清單上都有著重要的影響力。

「其實，電影和音樂也對我有極大的影響，我因此參與過許多電影節，並且為倫敦的國家電影劇院（BFI Southbank / The National Film Theatre））策劃了好幾季的活動。對我來說這輩子最大的遺憾，就是從未有機會學習演奏樂器，或是懂得如何去閱讀樂譜，因此在音樂上只是一個粉絲。」

雅庫鮑斯基提到，他也是一位小有名氣的情色文學作家，所出版過的情色小說銷售量，遠遠比他的犯罪小說高出「五十多倍」！當然，那個情色暢銷作家的身分，所使用的是另一個筆名，那個「分身」將他腦中想像的情色世界，與他在現實生活中真實的人生，區隔出一層分野面紗。他說，在驚世駭俗的勇氣之下，當然還是要保持低調與謹慎！

撰寫短篇小說是醞釀長篇小說的墊腳石

當我們談到了他的下一本小說，或者近期是否有任何出版的計畫？他的回答則充滿了許多不確定性。

「我的妻子在過去兩年之中，出現了嚴重的健康問題，因此我一直無法集中精神在我的下一部小說上。目前頂多有個暫時的書名《鄉愁的海灘》（The Coast of Nostalgia）之類的，但至今仍不確定是否會是一部犯罪小說，也尚未有任何劇情上的細節。」

他提及過往在兩本長篇小說之間的醞釀期，會傾向先撰寫一些短篇小說，對他來說撰寫短篇小說的期間，就是著手醞釀長篇小說前的一個墊腳石。

雅庫鮑斯基主編作品

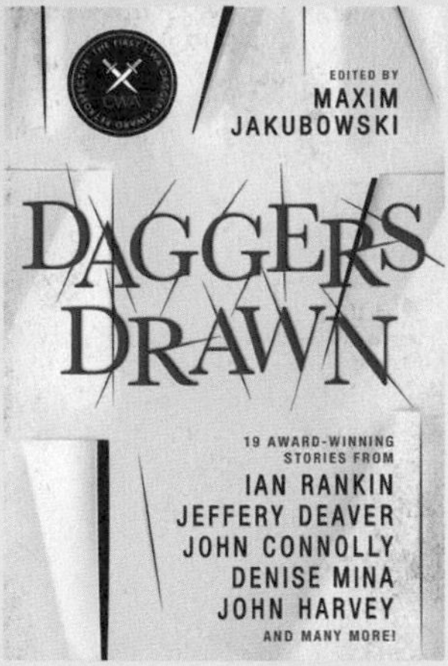

《匕首獎得主短篇合集》

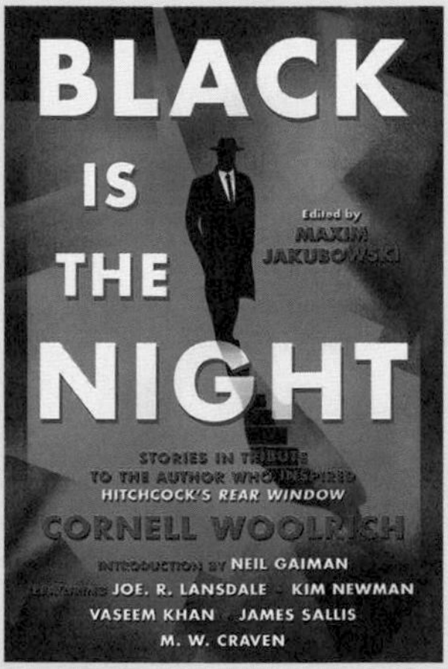

《黑是夜》

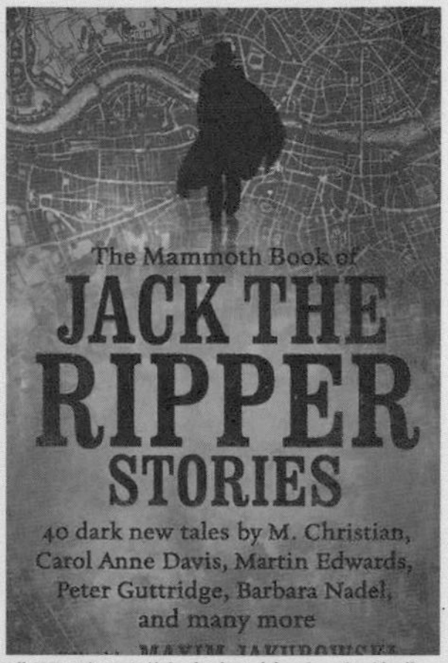

《開膛手傑克短篇大合集》

雅庫鮑斯基介紹了近幾年所出版過的作品，他的上一部小說是二〇二一年七月在英國上市的《吹笛人之舞》，雖然並未定位為犯罪小說，上市時是以奇幻／魔法的現實主義小說來包裝，但故事講述在中世紀時期，那些被吹笛人哈梅爾所帶走的小孩子，背後所不為人知的遭遇，在結局時還出現了一大群美人魚與許多解謎元素。

他在二〇一九年出版的《路易斯安那共和國》，則是向雷蒙德・錢德勒（Raymond Chandler）冷硬派致敬的小說，故事是以一場大災難後，美國的反烏托邦逐漸陷入野蠻狀態，從一名意圖不明的末世私家偵探，尋找一名神祕的女子做為開場……

在這一場越洋的訪談即將結束前，我當然沒忘記詢問雅庫鮑斯基，是否有任何寫小說的建議，可提供給對創作犯罪小說有抱負的亞洲讀者們？

「好的！給在台灣或在亞洲任何國家，那些有志創作小說的朋友們！如果你的腦中閃過一個不錯的靈感，那麼就盡快把它寫出來，不要去在意編輯們會怎麼說，或是出版業如今的潮流是什麼，直管以你的真心誠意去撰寫那些你想寫出來的題材。

我一直堅信，只要是一本好書，有一天終究會找到能夠出版的道路，即使在出版前會遇上許多挫折障礙，但是請相信自己，永不放棄！我在十七歲時，就出版了人生中的第一本作品！不過卻又花了十四年，才終於發行了第二本出版品，那段空窗期讓我有機會更正確去評估自身的問題，需要遵循的創作軌跡，最終才總算迎刃而解。」

五位在世或已故的文壇嘉賓 一場異度空間的晚宴聚會

最後一題，是本單元專訪的標誌性提問，希望藉由受訪者們豐富的想像力，窺探更多他們心儀的知名作家！——假如，有一個晚宴聚會，他可以邀請五位作家貴賓出席，無論仍在世或已故都可以，那麼雅庫鮑斯基會邀請哪幾位？

首先，他想邀請的是二十世紀最偉大的美國作家之一，《大亨小傳》的作者法蘭西斯・史考特・基・費茲傑羅（F. Scott Key Fitzgerald）與康奈爾・伍里奇。

他笑道：「這兩位好像都滿寡言的？不過誰知道這種異度空間的晚宴，大家會不會擦出什麼火花呢！」

他還想邀請曾經演過《齊瓦哥醫生》的英國女演員茱莉・克莉絲蒂（Julie Christie），她應該算是與文學名著有些關聯的藝術家。還有，他最近剛認識的英國作家，《太陽帝國》的作者J・G・巴拉德。以及已是六十年好友的英國科幻小說作家邁克爾・摩考克（Michael Moorcock）。另一位嘉賓，儘管他的小說充滿黑暗，但卻是有他就有笑聲的美國犯罪作家唐・溫斯洛（Don Winslow）！

雅庫鮑斯基算了算剛才點過名的嘉賓：「咦，我發現好像已經超出五位晚宴嘉賓了！要是還有名額的話，我還真希望再多邀請一位美麗又妙語如珠的女性作家。」（笑）

再次感謝馬克西姆・雅庫鮑斯基主席，給《詭祕客Crimystery》這一場珍貴的越洋獨家專訪，讓我們認識了這位來自英倫犯罪作家組織的領導者，風趣幽默又直言坦率的一面。更希望在不久的將來，有機會在倫敦的「匕首獎」頒獎晚宴，或是在台北的國際書展，能夠親自見到這位犯罪文壇的傳奇人物！

馬克西姆·雅庫鮑斯基

英國犯罪、科幻、奇幻、情色文學作家與書評人，搖滾音樂作者與樂評人，曾任主編、翻譯、出版人與「謀殺一號」書店（Murder One）創始人。「英國犯罪作家協會」（The Crime Writers' Association）現任主席，與該會CWA七首獎評委。《Time Out》雜誌與《衛報》（The Guardian）專欄作家，曾被《時代雜誌》（Times）譽為「情色驚悚小說之王」。

近期作品：
《虛左以待》（I Was Waiting for You / 2010）；《葉卡捷琳娜與那一夜》（Ekaterina and The Night / 2011）；《吹笛人之舞》（The Piper's Dance / 2018）；《路易斯安那共和國》（The Louisiana Republic / 2021）。

獲獎紀錄：
1992年「安東尼獎／非小說類-年度最佳評論獎」
2019年「CWA 紅鯡魚獎／終身成就獎」
2019年「卡雷爾獎／歐洲科幻文學貢獻獎」

官網：www.maximjakubowski.co.uk

「與大師對話」人物專訪

黃金時代的哥德式謎團
鑽石匕首得主登陸台灣

「偵探作家俱樂部」主席
馬丁·愛德華茲專訪

文／提子墨

當英國偵探作家俱樂部與台灣犯罪作家聯會相遇

馬丁・愛德華茲（Martin Edwards）先生與我同為「英國犯罪作家協會」的作家會員，他也曾是該會任職年數最長的主席，並在卸任後又於二〇一五年被英國「偵探作家俱樂部」推選為第八屆主席。

台灣犯罪作家聯會主席既晴老師，在大學時期也是他的原文小說忠實書迷。當我草擬這一期的《詭祕客 Crimystery》將邀請多位英國犯罪作家時，既晴非常堅持要列上他欣賞的愛德華茲。

那個契機促使我和這位國際知名的作家與編輯搭上線，兩人也開始了頻繁書信往來，更在此次訪談的機緣下，愛德華茲委託我介紹值得信賴的台灣出版社，開展他新系列小說的華文市場。

如此的因緣際會下，犯聯、既晴與我，竟有幸成為馬丁・愛德華茲「黃金時代之謎」進入台灣市場的牽線人，更在尖端出版呂尚燁總編的鼎力支持與提案下，確定了今年起將會陸續在台灣推出愛德華茲新系列小說！除此之外，尖端也與我引薦的多位歐美犯罪作家簽下了出版合約！

傳說中歷史名人出沒的偵探作家俱樂部

偵探作家俱樂部是由安東尼・伯克萊・考克斯（Anthony Berkeley Cox）於一九三〇年所創立，他最為人知的是以安東尼・伯克萊，與法蘭西斯・艾爾斯（Francis Iles）兩個筆名，發表過許多犯罪文學作品。打從一九二八年起，他就在瓦特福（Watford）的居所不定期舉辦晚宴，邀請當時首屈一指的犯罪作家們共聚一堂。

在那個沒有社群媒體、沒有網際網路的時代，英國作家們私底下往往互不相識，那幾年的多場晚宴當然非常受歡迎。伯克萊決定要創立一個獨特的晚宴俱樂部，藉此將這個聚會正式化。他邀請G・K・卻斯特頓（G. K. Chesterton）擔任第一屆的主席，截至一九三二年底已有二十八位俱樂部會員，以及正式的會員規範與章程。其目的就是要藉此提升偵探小說的文學標準，並且嚴格規定會員的入會資格限制，必須為「公認優秀」（Admitted Merit）的作家。

會員們透過合力寫作的方式籌措資金，偵探作家俱樂部的十四名初代會員，也於一九三一年出版了第一本偵探小說合集《漂浮的海軍上將》（The Floating Admiral），這麼多年以來仍持續這個共寫的傳統。該俱樂部最近的合集為《HOWDUNIT》，是由愛德華茲擔任主編所完成的傑作，它是一部匯集了從古到今90名俱樂部會員，所撰寫的犯罪小說寫作心法工具書。

這個歷史悠久的偵探作家俱樂部，在卻斯特頓擔任第一屆主席後，繼任的主席分別有E・C・班特萊（E.C. Bentley）、桃樂絲・L・塞耶斯（Dorothy L. Sayers）、阿嘉莎・克莉絲蒂（Agatha Christie）、朱利安・西

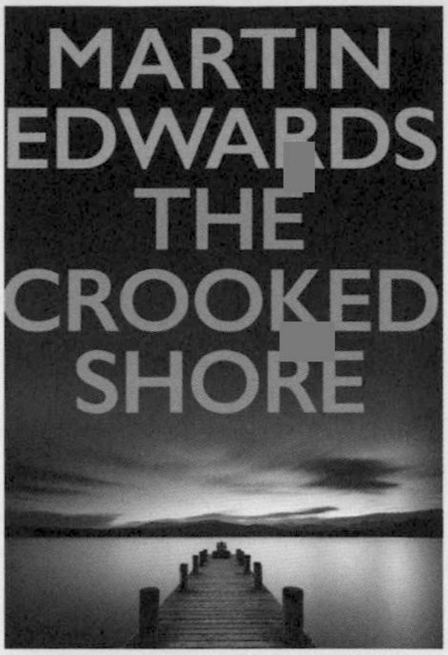

《彎之岸》

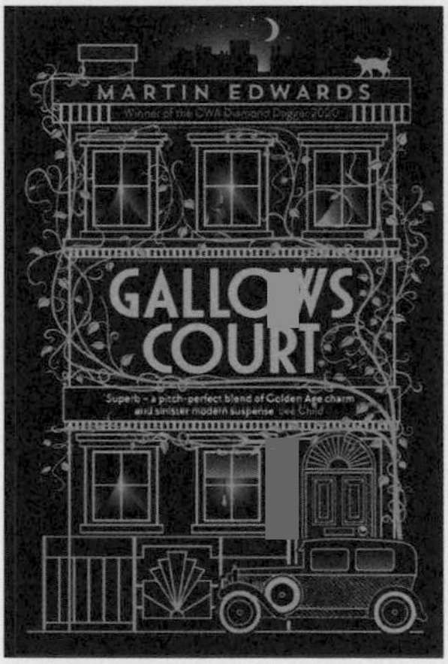

《絞刑之庭》

蒙斯（Julian Symons）、H・R・F・基亭（H. R. F. Keating）、西門・布雷特（Simon Brett），以及現任的主席愛德華茲。

從利物浦律師寫到英倫黃金時代女神探

愛德華茲的「英格蘭湖區探案」系列，去年才在歐美推出第八部《彎之岸》（The Crooked Shore）。今年馬上又要上市「瑞秋・薩弗納克——黃金時代之謎」系列的第三部《黑石之崗》（Blackstone Fell）。

透過犯聯與尖端的引進後，黃金時代之謎系列的第一集《絞刑之庭》（Gallows Court），與第二集《永恆之園》（Mortmain Hall）也將陸續在台灣推出！我們就請愛德華茲以作者的角度，來為我們介紹他筆下三大系列的犯罪小說吧！

「我所撰寫的第一個系列是以利物浦為背景，男主角哈利・德夫林是一名律師，私底下也是業餘偵探。該系列的概念，我嘗試將堅韌感、都市化的當代環境，與黃金時代文風中傳統的複雜情節融合在一起。」這個以哈利為探案主角的系列，目前共有八部長篇小說與多篇短篇作品。

「再來就是『英格蘭湖區探案』系列，劇情環繞在湖區所發生的『冷案』謎團，這一系列的主角是在坎布里亞郡（Cumbria）任職冷案小組偵緝總督察的漢娜・思嘉麗（Hannah Scarlett），以及歷史學家丹尼爾・凱德（Daniel Kind）。目前已出版八集了，隨著劇情的進展漢娜與丹尼爾之間，也發展出微妙的合作關係。該系列的第一集《棺材小徑》（The Coffin Trail），曾經入圍西克斯頓獎（Theakston's Old Peculier Award）年度最佳犯罪小說決選。」

愛德華茲接著道：「第三個系列，則是即將在台灣上市的瑞秋・薩弗納克——黃金時代之謎系列，探案角色是超有錢富家女瑞秋，與她的記者老友雅各布・弗林特（Jacob Flint）。我將這個系列的時間線設於一九三〇年間，企圖借鑒黃金時代的修辭與手法呈現整體風貌，但是每一篇的劇情卻不是傳統式謎案的大雜燴，而是更為複雜、黑暗與充滿反轉的情節，在風格上也是非常哥德式的謎團。」

該系列的第一部小說《絞刑之庭》，曾入圍英國犯罪作家協會的「CWA歷史匕首獎」，與CRIMEFEST所舉辦的eDunnit「年度最佳犯罪類電子書獎」。

從未如此享受犯罪文學所引領的新潮流

我對每一位作家一舉成名前，到成為知名暢銷作家之後，整個寫作路上的種種轉變非常有興趣。因此，也詢問了愛德華茲在寫作技法、人物設定、劇情開發與寫作風格上，是否有什麼改變？

「當然，我最顯著的轉變就是對黃金時代的小說風格，那些複雜曲折的反轉情節越來越感興趣！」

愛德華茲大約是在九〇年代初期出版第一部小說，那個時期的讀者對充滿詭計的情節，並不如現代的讀者這般興致盎然。他們只關注角色性格的魅力，與故事背景的吸引力。但對他來說，角色、背景乃至詭計情節，全都是構成一本優秀解謎小說的重要組成部分。

「我非常幸運，犯罪文學所引領的潮流轉變，總算來到與我的小說理念極為契合的新時代。坦白說，我從沒比現在更享受自己的寫作生涯！近期所寫的瑞秋・薩弗納克系列，也反映出我對精心的布局架構，與獨創的詭計情節（還有人設和背景設定）有著強大的興趣，並企圖做全新的嘗試，例如將犯罪小說與有英雄特質的角色，做一些完美的結合。」

「你寫過那麼多本長篇或短篇小說，是否或多或少取材自現實生活中的所見所聞？如果不是，那麼你通常都是如何發想小說的靈感？」我問。

「總的說，不太是。因為，我

馬汀愛德華茲獲 2020 年「CWA 鑽石匕首獎」與安.克利夫斯 (Ann Cleeves) 合照

愛德華茲獲 2008 年「CWA 短篇匕首獎」

愛德華茲與「偵探俱樂部」前主席西門.布雷特 (Simon Brett)

THE DETECTION CLUB and HarperCollins Publishers are delighted to invite you to the launch of

THE SINKING ADMIRAL

Wednesday 15th June

6 – 7pm

Goldsboro Books

23-25 Cecil Ct, London
WC2N 4EZ

2016 年「偵探作家俱樂部」餐宴邀請函

2019 年「偵探作家俱樂部」在牛津的午餐聚會

愛德華茲獲 2015 年「阿嘉莎與白羅獎」

馬丁．愛德華茲

英國犯罪小說作家、犯罪文學歷史研究
與評論家。英國「偵探作家俱樂部」（T
Detection Club）現任主席、「英國犯罪作家
會」（The Crime Writers' Association）前任
席。

作品：「哈利．德夫林」系列（Harry Dev
Series）、「英格蘭湖區探案」系列（La
District Mystery Series）、「瑞秋．薩弗納
｜黃金時代之謎」系列（Rachel Saverna
Golden Age Mysteries），以及六十多篇短
小說、多本獨立故事小說，與非小說類出
品。

獲獎紀錄：

2008年「CWA短篇小說匕首獎」

2011年「CWA 紅鯡魚獎／終身成就獎」

2014年「CWA瑪格莉．阿林漢短篇小說獎」

2018年「CWA圖書館匕首獎」

2020年被授予英國犯罪文壇最高榮譽「CV
鑽石匕首獎」

官網：www.martinedwardsbooks.com

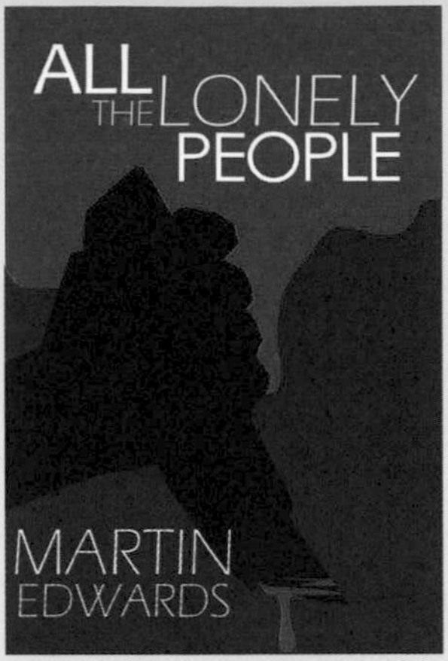

馬丁.愛德華茲處女作
《所有孤獨的人》

《為絞刑手舞蹈》

是個喜歡無拘無束逃離現實世界，進入自己想像空間的作者。但是，也曾有過一些例外的情況，我在二〇〇八年寫過一部獨立故事的小說《為絞刑手舞蹈》（Dancing for the Hangman），就是發想自上世紀知名的『克里彭案』。」

「是霍利・哈維・克里彭（Hawley Harvey Crippen）的殺妻案嗎？」我問。

「沒錯！那本小說雖然並不如我的系列作品那般有名，但創作的過程至今仍引以為傲！」

「在瑞秋・薩弗納克—黃金時代之謎系列的第一集《永恆之園》中，我也有穿插兩起英國著名的謀殺案『華倫殺妻案』（William Herbert Wallace）與『勞斯燒屍案』（Alfred Rouse／The Blazing Car Murderer）的虛構情節。這個部分，台灣的讀者應該很快就能閱讀到中文版了。」

逐漸轉變的創作模式與旅遊時不寫作的原則

每位作家各有自己創作小說的方式，有些人是心思縝密的計畫者，有些人則是跟著感覺走的即興者。我很好奇身兼數職還要顧及小說創作的愛德華茲，到底是屬於哪一種類型？

「我的作品大多是劇情非常複雜的小說。」他提及在撰寫哈利・德夫林系列小說時，還會在撰寫前精心計畫大綱與細節。

到了創作「英格蘭湖區探案」系列，開始越來越有信心，只會先設定好一個「有趣的謀殺動機」——如此，他知道是誰殺了誰，又是為了什麼樣的原因，但並不知道那一起謎團將會如何破解，也尚未清楚支線情節可如何發展。

直到創作瑞秋・薩弗納克的

《絞刑之庭》時，他又改變了之前的發想模式。畢竟，那是自己寫作技巧的一本實驗作品，他只先從瑞秋這個角色開始構想，一位充滿神祕色彩、非常富裕，又冷酷無情的年輕女子，卻成為涉嫌一系列怪誕謀殺案的謎樣人物。瑞秋的人設概念激發了他動筆的興趣，只不過這一次，他並沒有在下筆前去寫任何劇情大綱。

「結果，我花了三年時間才寫完《絞刑之庭》，而且是在沒有簽合約或出版社邀約的情況下，那簡直就是一場賭注！幸運的是，它卻是我迄今為止最成功的一部小說。」他的語句中帶著滿滿的自豪。

愛德華茲更詳細說明這一系列的風格。即將在台灣出版的《絞刑之庭》，是一本充滿反轉又反轉的驚悚小說，偵探小說的色彩稍微沒那麼濃。續作《永恆之園》才更接近偵探小說風格（儘管待解謎團的確切性，並非那麼顯而易見），今年將在歐美上市的第三部《黑石之崗》亦是使用相同的創作手法。

「我開始動筆撰寫瑞秋系列的第四本小說《安息之街》（Sepulchre Street）了，在下筆前又比前三部作品的步驟更為省略，也還是沒去寫任何大綱或細節。」

關於寫作日程，他坦言自己從來不會去訂寫作計畫或排程，但是只要一抓到機會就會埋首創作。不過，倒是有一個原則，就是在度假或旅遊時絕對不寫作，但很常在假期中捕抓到下一本小說的靈感。

就像這一場越洋的訪談，他事前就叮嚀我，最好能在他出門旅遊前，盡快寄出我的英文訪綱，與修潤兩人之間的來回對談稿！不然，他只要出遠門後，就不寫東西了。

不得不進入他們的腦袋與視角講述故事

我好奇地問，那麼在撰寫犯罪小說時，又是如何去模擬犯罪者或凶手？

「不只是犯罪者與凶手，無論我寫的任何角色，都會盡我所能去融進他們的思想中，並且透過他們的眼睛來看事物。當然，這往往需要極大的想像力。」

在他早期的小說中，一切都

是透過筆下的男主角哈利・德夫林的眼睛觀察事物，因為愛德華茲與德夫林有相同的背景——都是一名男性律師，也都在利物浦工作。儘管德夫林的生活、工作與人生經歷，在許多方面不盡然與他相同，但是隨著小說創作的經驗越來越豐富，對於「以陌生人的視角來書寫」就更得心應手了。

愛德華茲打了個比方，在撰寫《砒霜迷宮》（The Arsenic Labyrinth）時，他必須模擬角色中一名叫蓋伊的思維，那是個言行不太可靠的年輕男子。但是，嘗試進入對方天馬行空的腦袋後，卻讓愛德華茲覺得非常奇妙！在《為絞刑手舞蹈》中的克里彭博士，愛德華茲也試圖去理解他在殺妻案中，做過許多令犯罪學者們無法洞悉的詭異行為。他不得不進入對方的腦袋中，以凶手的視角講述故事，但試圖保持既定的真實案情，只在感情的層面上去理解他們。

對於犯罪作家而言，動筆寫小說前的參考資料收集，是前置作業非常重要的一環，尤其是內容牽涉到歷史、地理、科技或專業領域的作品。愛德華茲說：「我會為小說做很詳細的參考資料收集，儘管很多並不見得會出現在小說中！」

因此，他很常造訪英格蘭的湖區，距離他家只有大約一個小時車程，由於英格蘭湖區探案系列的每一本小說，都是發生在湖區的不同地域，因此他會去探索每一處可成為下一本小說背景的地點。

當然，他也會親自走訪瑞秋・薩弗納克系列中，可能出現的許多場景，他曾經下榻於懸崖邊的一間古老旅館，而崖上的一景一物也成為《永恆之園》中虛構的那座古老莊園。近期也造訪過東薩塞克斯郡（East Sussex）的萊伊鎮（Rye），在新書《安息之街》將會有一些劇情發生在那個以陶瓷聞名的小鎮。

虛構的小說仍要達到令讀者感同身受的印象

「儘管，我寫的是虛構小說，卻希望我筆下的這些作品予人真實的印象，也盡我所能將可能會發生的錯誤，降到最低。」他坦言，雖然這並不是一件容易的事，還好有許多熱心人士會給予專業的建議，有時甚至協助他校對書稿中的相關篇章，確保專業知識上的準確度。

我也好奇地詢問他，在規劃一本小說之際，是否會像其他作家那樣，有什麼特殊的寫作步驟或習慣依循的創作模式？

愛德華茲回答地非常肯定：「我不遵循任何標準模式或公式，事實上我還會竭盡全力避免有這類的情況，尤其是在撰寫系列作品時，如果小說的產生流於公式化，每一本的內容就會變得大同小異，對我而言就完全少了創作的吸引力。」

他認為自己還算幸運，至少有一份律師的正職，所以寫小說並不是為了錢，而是因為喜歡寫作、熱愛犯罪小說，不但是書迷也是作者。這些年來除了幸運還是幸運，他自認雖然花了很長的時間在文壇打滾，但是一向很堅持自我原則——要寫有信念的小說，持續發揮著正面能量，讓他覺得倍感激勵。

他也謙虛地認為，例如這一次的訪談，能夠與來自台灣的犯罪文學愛好者有所交流，對一名作家而言這些連結帶給雙方許多良性的益處，令他更有衝勁與動力，更鼓舞著他能夠有長足的進步。

說到了是書迷也是作者，相信很多人也想知道愛德華茲是哪些作家的書迷，在創作上是否曾受到哪些作家的影響？或是有任何一本特定的書籍，曾經帶給他的創作或人生有所啟發？

他不假思索答道：「我一直很欣賞阿嘉莎・克莉絲蒂！我最喜歡的犯罪小說也是她的《一個都不留》。」

在當代作家中，他則受到露絲・倫德爾（Ruth Rendell）和雷金納德・希爾（Reginald Hill）的影響頗多，儘管自己的風格與他們截然不同。他也毫不諱言自己其實還是許多作家的小書迷，只不過前述三位的寫作心法，的確是他創作小說時會銘記於心的典範。事實上，每一位作家還是要在摸索之中，尋找到屬於自己的風格與路線。

最後，我也請愛德華茲給有志從事犯罪小說創作的亞洲讀者們一些建議。

「犯罪小說創作的關鍵，就是要相信自己！相信自己的作品！當你遇上寫作的瓶頸與挫折時，絕對不要輕言放棄。」他還幽默地說：「當然，如果能夠用心閱讀完我主編的犯罪小說工具書《HOWDUNIT》，那也是個不錯的好主意！我其實也有以『如何撰寫犯罪小說』為題，製作了一個非常全面的在線課程，有志創作的讀者們可以參考看看→www.craftingcrime.com」

再次感謝馬丁・愛德華茲主席，給予《詭祕客Crimystery》這一場知識含量極高的獨家越洋訪談，讓讀者在閱讀他的繁體中文小說前，先認識了這一位英國「偵探作家俱樂部」的主席，也預祝即將在台灣上市的「瑞秋・薩弗納克——黃金時代之謎」系列，暢銷又長紅！

《The Life of Crime》

《HOWDUNIT》

過去

莫比烏斯環·創作座談會 (2)

既晴
八千子
楓雨
海盜船上的花

未來

既晴　真的很高興，相隔了一年以後，以創作為主題的莫比烏斯環座談會，終於重啟了。關於這場座談會的目的，我想再次簡短說明，這是創作者們分享各自的創作經驗，提供建議給有志創作者的活動。

今年由我繼續擔任主持人，而參與這次討論的依然有三位作家，分別是橫跨犯罪、輕小說創作的多產作家八千子，「台灣推理推廣部」主持人楓雨，近期也發表了新作《我所不存在的未來》。我們也邀請了新的來賓，是近年來廣受矚目的「牙醫作家」海盜船上的花，她的《專屬衰神》及《死亡駕駛》個別獲得了二〇二一年POPO華文大賞愛情組、現代幻想組佳作，也是台灣犯罪作家聯會的新成員。歡迎三位來賓。

延續上次的話題，我們先談完了自己踏上創作道路的原因、如何完成第一部作品，接著想討論的，就是犯罪小說的核心問題了——如何設計詭計。若是以一般人最熟悉的分類方式來說，詭計可以分為三大類：心理性詭計、物理性詭計，以及敘述性詭計了，當然，有許多作品的詭計是混合的。去年的話題停在八千子這邊，經過了長達一年的準備，我想應該是胸有成竹了吧！八千子，請問你是如何創作這些詭計的？

八千子　轉眼間又過了一年，每年都想著「今年大概到此為止了」，但到了年底卻又開始思考明年的行程。說出這句話的同時也意識到自己逐漸往臭老頭的路邁進。

回顧起來，初次接觸犯罪推理時，既有的印象都覺得故事裡沒有包含至少一個酷炫的詭計就不好意思說自己是偵探小說。雖然也明白mystery小說有很多子類型，不過這就像是某種浪漫，想證明自己並非是一個因為不會寫詭計，只好把角色關係弄複雜混淆讀者視聽的作者。

而既晴提的心理、物理、敘述性詭計三類，我私底下一直把敘詭算作心理的一種子分類，只是玩弄的對象集中在讀者本身。偏偏敘詭又是一個「只能騙一次」的詭計，同樣的手法出現在不同作品中，每一次閱讀帶來的驚豔感都會打對折，最後甚至被稀釋到看開頭就大概猜得到葫蘆裡的藥。（但我不會停止寫敘詭的！）

矛盾的是，菜鳥想寫物理詭計又會被老前輩提醒「詭計差不多都已經被以前人寫光了」。就像北山猛邦說的，物理詭計的原則很少，不是旋轉、降落，不然就是上升、下降。講到這裡，想起島田莊司所定義的二十一世紀本格，在古典物理的礦藏已經枯竭的時代，可能真的只有納入科技，甚至是科幻元素才能在老甕裡玩出新花樣吧！

但這畢竟是一己之見，是一種沒辦法循規蹈矩的任性反抗。相比起來，這次另外兩位與會者，楓雨和海盜船上的花都能在真實的故事背景下找到填入詭計的空間。就這一點而言，又覺得詭計固有的幻想性與作品的寫實性好像是可以並存的。是吧？

楓雨　說到詭計的幻想性與作品的寫實性，我近期看到的巔峰之作應該是既晴的〈疫魔之火〉，這個故事以疫情作為背景，鋪展出一個看似寫實的故事，核心詭計卻很有幻想性，但是這樣的幻想又不會跳脫邏輯……雖然聽起來很矛盾，不過有看過這篇小說的讀者，一定很認同我的感想。為了避免暴雷，就不要再更深入了，請有興趣的讀者去買一本《城境之雨》來看吧！

相較前者，其實我更想反過來談，詭計的寫實性和作品的幻想性是否可以並存。因為詭計是基於理性建構的，所以常常離不開現實，而作品的調性可以隨著作者的靈感而奔放，反而常常接近幻想，因此，如果作品的基調是幻想的，能不能建構符合理性的詭計呢？

這裡請容許我提起既晴的另一篇短篇〈夢的解析〉，這是張鈞見入職廖氏徵信社的第一案，目的要解決委託人夢境中的謀殺案。夢境中的謀殺案本身就夠幻想了，更天馬行空的是夢中的主角都是動物，不過張鈞見偏偏給出了合情合理的解答。

而我對於這類作品的啟蒙，其實是日劇《ＳＰＥＣ》，這本作品直接促成我的小說**《我所不存在的未來》**的誕生。在這個故事中，是存在超能力者的幻想背景，不過架構卻是經典的警察刑偵劇。

最後，說到詭計和幻想。就不得不提我們新成員海盜船上的

關於《我所不存在的未來》

搜尋這個書名，有很大的機率只會找到《只有我不存在的城市》。

關於夢的解析

聽說很多人找《感應》只為了讀這一篇「而已」。

創作座談會

花，她以自身的背景創作了牙醫偵探系列，今年又獲得POPO華文大賞愛情組、現代幻想組佳作，想問問她如何穿梭在寫實和幻想之間？在這之前，也請她先跟大家自我介紹吧！

八千子 （題外話）《感應》裡我也最喜歡**〈夢的解析〉**，同樣島田作品裡最喜歡的就是〈螺絲人〉了。

海盜船上的花 大家好，能參加這個座談會，實在是太榮幸了。

之前閱讀《詭祕客2021》的時候，就對莫比烏斯環這個單元印象深刻，看大家輕鬆愉快的分享經驗和技巧，真的是非常有趣。

我的第一本著作是《牙醫偵探—釐米殺機》，講述一位牙醫師發現病人被謀殺，利用牙科知識來解謎，卻意外捲入陰謀之中。

當時的我其實對推理涉略不深，主要是看了詹姆斯・傅瑞的《超棒推理小說這樣寫》，覺得躍躍欲試，於是花了快一年寫下這個故事。寫完的時候，一度覺得自己應該這輩子就寫這麼一個故事了。

後來很幸運的，受到出版社賞識出書，讓我信心倍增，才確立自己想要繼續寫下去。之後才有了《牙醫偵探—網紅迷蹤》的續集。寫了一陣子的犯罪小說後，發現自己有個盲點：那就是很不擅長感情描寫。所以我開始挑戰愛情小說，想讓自己磨練感情的鋪陳技巧。

後來越寫越開心，於是開始

愛情和犯罪故事交替著寫。一種奔放歡樂，一種嚴謹灰暗，這樣的矛盾形成非常好的調劑。

我覺得每部作品或多或少都有點幻想的成分，不管是峰迴路轉的劇情、特殊的人設、凶手的動機，甚至很多詭計都需要天時地利人和才能成立。不過只要是在讀者接受的範圍內，那麼也就可以了吧。畢竟詭計需要一些幻想的激盪，才能擦出新的火花。

看到八千子提到島田莊司關於二十一世紀本格的定義，讓我深深認同。曾經我也為了思考融入新科技的詭計，一直盯著地上的掃地機器人，想像它可以怎麼殺人（不過到現在還沒想出來）。

既晴　我剛開始創作時，台灣犯罪小說很重視詭計。例如余心樂是詭計實踐派的，他說他創作每篇作品的詭計，都會考慮可執行性。葉桑經常在《推理雜誌》上發表短篇，非常多產，記得他有一篇〈顫抖的拋物線〉，詭計很神奇，令人印象深刻。記得我那時也花了滿多時間研究詭計的。

一般來說，物理性詭計是比較容易入門。古典路線的，針與線、水流、蒸氣、熱漲冷縮、滑輪、槓桿、重力等，再加上海盜船上的花提到的，掃地機器人——電力，這可以稱為「自動機關」，或是使用先進一點的，超導體、AI，有「島田莊司二十一世紀本格」風格的……利用這些元素，想出一個有趣的組合，一個詭計的基本架構就完成了。

雖然「詭計差不多都已經被以前人寫光了」幾乎已成定論，基本上我也不反對啦，但我對詭計的未來，仍然抱持著正向看法。我覺得，前人所開發的詭計，只是詭計原型，隨著時代演進、人類生活方式轉變，這些詭計原型，仍可構成千萬種組合，產生新奇的閱讀樂趣。

我也同意楓雨的看法，物理性詭計的難點，就是寫法上能不能有說服力，在寫實性與想像力之間找出平衡。講一件我觀察到的趣事：對於本格派，讀者看到「完全犯罪」，往往會質疑「怎麼可能這麼恰巧？搭配得這麼剛好？」但社會派裡有一種「或然率犯罪」的詭計，在劇情中的安排成功率實際上卻是「百分之百」，讀者反而很能認同。

這似乎意味著，詭計成立與

否，關鍵好像不是在寫實性本身，而是讀者的立場。這是不是暗示著某種「詭計未來的機會」？

八千子　這大概是本格推理難以擺脫的宿命。畢竟是以詭計當作賣點，詭計的布局本身就隱含著和讀者鬥智較勁的意味，不服輸的作者努力想騙過讀者，而同樣好勝的讀者也想透過識破詭計將作者按在地上摩擦。

或許因為自己有在創作的關係，知道設計詭計有多麼不容易，所以讀書時很少會抱持著「我要打敗作者」的心態，更多時候都甘願扮演被玩弄的一方。偶爾看到一些只著重在詭計討論而忽略故事主體的評論也會覺得很可惜。誠如既晴所說，一直到近十年前，台灣的犯罪推理創作似乎較著重於詭計設計，這並不是說劇情被完全忽略，只是很多時候劇情是被用於服務詭計的。

當然，無論是以劇情為主詭計為輔，或是詭計為主劇情為輔，我不認為有孰優孰劣之分，純粹是創作時的一種信仰，更甚者說，好的小說理論上是能把這兩者調和在一起的。

所以我其實一直以來都很少會去思考所謂本格、社會的錨定區位，這就好像各種類型小說的分類一樣，沒有規定當它是一本犯罪推理作品時，它就不會是奇幻科幻，甚至是輕小說。這個想法應該是每一位讀者的共識。那同樣的道理套用在本格社會的分類下，**並不會因為這部作品是社會派就不該對它的解謎趣味不抱持任何期待**（繞口的三重否定句），同樣的，本格派也可以蘊納社會派的思辨甚至是冷硬的畫面張力。至少，我所知道的各位，都不是會獨尊特定派別的讀者，像是楓雨近期的新作《我所不存在的未來》就是奇幻、犯罪雙主標籤的作品啊（雖然等到這本書出版時應該也不算新作了啦）。

楓雨　我曾經發生過一次詭計被質疑的經驗，而且那次很明確是讀者少看了一個條件，所以我後來有私訊跟對方解釋，不過這也影響了我對於詭計設置的想法。

其實當我自己作為讀者時，我也很常會遺漏掉作者埋下的線索，所以第一次閱讀時會覺得怎麼是這個答案，要到第二次閱讀時才會驚嘆作者設計的巧妙，並

關於繞口的三重否定句
每當在小說裡看到這種句子，就不免懷疑裡頭是否有敘述性詭計。

關於作者已死
分成兩個面向，當讀者遇到作者想參與討論時，這句話的意思是：「滾啦！你已經死了！」當作者上網查到對於自己作品的評論時，這句話代表的是：「天啊！我要死了！」

且每次閱讀都會有新的體驗。這從好處說的話，就是這樣的作品很耐讀，值得再三回味，不過當我作為創作者的身分時，反而是一件有點困擾的事，畢竟我會希望讀者能在第一遍就讀出詭計的精巧。

而且本土作品最尷尬的地方，是很多人等不到讀第二次，只讀第一次就覺得是爛作品，並且上網發文，更可惜的是因為讀過同樣作品的人不多，就不會有網友來替你聲援，只能創作者冒著**「作者已死」**的大不韙去跟讀者親自解釋。

所以後來我在設置詭計時，會秉持著「重要的事情說三次」的精神，關鍵線索一定會被小說人物提及三次以上。而最後的真凶，也一定會在作品的前三分之一就先登場，不會讓讀者讀一讀覺得說「你是誰啊？」，其實這樣的作法就有些不社會派，因為許多社會派的真凶都是隨著線索推進才慢慢浮現。而且如此一來，也會讓詭計和謎底更加容易被破解，增加了創作時的難度。但是因為能讓作品更加好看，所以就一直堅持這樣的原則。

海盜船上的花　其實我和楓雨一樣，也是喜歡讓凶手在故事前三分之一就出現的作者。會喜歡這樣寫，純粹只是因為自己在閱讀犯罪小說時，喜歡一直猜想凶手是誰，覺得這樣很有參與感。

不過這樣的寫法，就是比較容易透露出線索，讓讀者聯想到凶手。尤其現在的讀者都是飽覽群書、冰雪聰明的，有時候凶手只不過露出一個眼神或是一句話，都會讓讀者注意到。

更有一些讀者是直覺型的，不一定會從你給的線索去推理。他們的聰明來自於參透作者的觀點，會認為「看起來最可疑的人，就一定不是凶手」。於是，打從故事一開始，就指認那些看起來最無辜的人。有時候反而讓自己精心設計的障眼法，變成更強烈的提示。

我前一陣子曾經在網路連載犯罪小說，對我而言是個特別的經驗。讀者會來留言，猜測自己覺得凶手是誰。過程中的互動性很有趣，也可以一窺讀者的想法。如同八千子所說，犯罪小說寫起來像在和讀者鬥智。可是到了最後，看到讀者猜中凶手而開心，我也覺得莫名開心。

我在詭計發想上，似乎比較不擅長華麗或精巧的設計，只好努力用一些比較複雜的人物關係或時間線，來混淆視聽。後來也比較常在凶手的動機上，做了比較多的著墨。

既晴　我認為在設計詭計時，必須思考的一點是：「讀者會怎麼看待這個詭計？」總不能說，密室、雙胞胎、分屍、童謠附會、敘述性詭計……這些本格派的經典元素，我全部都放進作品裡，讀者就會認同。大雜燴、什麼都有的作品，有很高的機率會變成「𥽉」（餿水）。詭計也絕對不是愈多、愈複雜就愈好。

如何讓讀者體會到「詭計的趣味性」，我覺得是設計詭計裡最不可或缺的元素。那麼，趣味性在哪裡？呈現的方式是什麼？揭開真相時，該怎麼說明？作者在創作詭計的同時，最好可以一併想清楚。

在這個過程中，可以設法用一個「問題」來呈現這個詭計哪裡有趣。這個「問題」，必須是稍微違反常識、與邏輯有些衝突的，才能引起讀者的好奇心。詭計大多涉及複雜的行動、機械操作，若是沒辦法讓讀者立即看到趣味性，價值就會大打折扣。例如〈夢的解析〉的「問題」就是「夢中的不可能犯罪要怎麼破案？」。

其次，楓雨的「重要的事情講三次」，我完全贊同。有些作品，線索只有一句，要讀者大海撈針，然後最後再說「這句話有出現過哦」，在「第幾頁、第幾

關於御都合
指過度添加設定或巧合，讓劇情朝作者想要的方向前進。這個現象不僅出現在故事裡，也常常被應用在生活中，例如搭訕帥哥或正妹時。「好巧啊，你也走這條路。」「好巧啊，我的興趣也是扶老奶奶過馬路。」

關於完整的密室
據了解，這個密室完整到「依據小說內文的說明順序，讀者可以直接畫出犯罪現場的全貌以及人物登場時間軸」的精確程度。

行」，「你看我很公平吧」，鬥智鬥成這樣，已經流於瑣碎、意氣用事了啦。當然，講三次確實會更容易被看穿，這部分需要作者的巧思，怎樣以三種不同的角度來設置伏筆。

最後，在解謎階段，詭計的說明也很重要。我記得八千子的巨篇創作《天雷無忘》裡，揭露真相的過程有很長的篇幅在描寫，想請問八千子這個段落當初是怎麼規劃的？

八千子　「想要寫個百分之百的本格詭計！」

當初真的是抱持這樣的想法，畢竟前一本《地火明疑》的解謎橋段實在是有**太多御都合結果**，所以即便是自己的作品，事後回顧我還是很難放寬心跟朋友推薦這本書，導致後來在構思《天雷無忘》時就**立誓一定要在書裡投入一座完整的密室**，同時這座密室還要盡可能達到古典本格浪漫。由於這個想法比故事背景還要早成形，所以按照前面提到的分類，《天雷無忘》的雛型其實是一本「劇情服務詭計」的作品。

不過在資料蒐集的階段，《天雷無忘》的故事背景魅力逐漸超越詭計……至少我自己是這麼認為的。導致最後故事和詭計平衡也沒有拿捏好，照理來說在那種背景下是不需要硬湊出一個物理密室的……

其實說到這裡，我又想起乙一曾說過的：「當情節的部分和推理的部分發生衝突的時候，我會毫不猶豫地在故事的敘述過程中簡化推理的部分。這樣一來，即使在行文過程中暴露犯人的身分，我也在所不惜。」另外TED總裁克里斯・安德森也提過：「十八分鐘的長度足以讓聽眾進入狀況，卻又不至於分心和覺得無趣……」

我並非對詭計有獨到堅持或別具天賦的作者，不認為自己設計的本格謎團有辦法抓住讀者注意力太長的時間，所以有過《天雷無忘》的經驗後，我反而特別注意不要把解謎的過程寫得太拖沓，要是能用一句話點破詭計的原理就不要寫得又臭又長，不刻意追求反轉的同時還能順帶迴避掉後期昆恩問題。在作者力有未逮的情況下，我想既晴說的核心「問題」多少就隱含著這樣的意味吧！

比起和核心詭計有關的線索，我更喜歡替故事本身鋪陳大量的文字暗示，而且這些線索直到最後我也不會揭露。海盜船上的花說的，如果讀者能猜到凶手作者也會開心，我也深有同感，只是我沒那麼在意讀者是不是有猜出真凶，反而更期待他們能發現這些旁枝末節的小趣味。

某方面而言，這有點類似輕小說常玩的致敬梗，而且我知道楓雨正好也會在自己的書裡做這種事！

楓雨　對於致敬哏和彩蛋，隨著超級英雄電影的熱賣，越來越多讀者和觀眾接受這樣的元素。不過其實我最一開始接觸的，是「伊坂宇宙」，伊坂幸太郎的許多作品中會放入和舊作的連結，讓多本創作看起來在同一個世界觀中，這讓我感覺相當有趣。

除了致敬哏之外，既晴前面提到的觀點也讓我覺得很有趣（可以設法用一個「問題」來呈現這個詭計哪裡有趣），這讓我想到編劇理論中的「logline」或是**高概念**。我們常看到輕小說有很長的書名，其實就是把高概念直接化成標題，在封面就直接跟你說故事會是什麼形狀。

「密室」、「暴雨山莊」、「不在場詭計」都是經典的高概念，當讀者看到「XX莊」，內心就會出現一個預期，而作者的工作就是去填滿這個預期，甚至最好是超越預期。但是這類故事真的太多經典，除非我很有自信能超越這些經典，不然我不敢嘗試這類題材。

關於高概念

有多高呢？大概三四層樓那麼高囉！

關於信仰

信仰更接近 Whydunit，但有信仰的 Who 能產生更大的衝擊力。

關於牙醫

一個看臉吃飯的工作。常常在治療時自顧自的說話，讓病人有口難言，並像哆啦A夢一樣可以掏出各式各樣的器械。

相反地，以前跟既晴聊創作時，他曾問過我，讀者對我的小說有什麼期待，什麼是讀者翻開小說預期要看到的？他舉例，自己的小說一定會在結尾給出驚人的反轉，讀者看到是既晴的書，便會期待到結尾讀到反轉，而他則會努力在每本小說中去填滿這個期待。

當時我回答是政治推理，不過回去想了很久，又覺得不太精確。後來幾經思考後，最後的解答也被我放在《我所不存在的未來》的作者簡介中：那就是對**信仰**的探討。目前出版的四本小說，比起 Howdunit，我更重視的是 Whodunit，而謎底的揭露，都或多或少對主角的信仰產生了衝擊，詭計的設計算是依附著這個主題而生。

這裡想問海盜船上的花，妳的兩本牙醫偵探都有一個很吸引人的「logline」，讓人很想一探背後的謎底，想問這是如何設計的，靈感來源除了本業之外還有哪些？

海盜船上的花　我最開始創作小說時，便鎖定**「牙醫」**和「推理」兩個部分來結合。因為當時有人跟我說，牙醫是個很特別的題材，拿來寫入自己的故事，會讓作品有更多個人特色。

於是我開始去反思牙科有什麼一般人比較不知道、但是又不會太過專業的事情。我想大家在自己擅長的領域，應該也會有一些自己人才懂的笑話或術語，或是一些外人眼裡看起來不可思議的現象。像是牙醫師在學術研討會時，如果時間不夠，常常會一群人吃著便當，目不轉睛盯著螢幕上血肉模糊的手術畫面（楓雨說不定也有類似的經驗）。有時候身在其中，會想說外人如果不小心亂入，會覺得這群人超詭異吧。

《牙醫偵探》在發想時，就是利用這種落差，來得到出人意表的效果。像是《螯米殺機》裡的菜渣、或是《網紅迷蹤》的X光片，都變成推動劇情的一部分。

看到八千子提到旁枝末節的小趣味，讓我想起一個塵封的祕密。當初出《螯米殺機》時候，為了在書封上呼應謎底的趣味，我和當時編輯信件往來了好多次，終於有了滿意的結果。出書之後，一直期待有讀者會發現這個小巧思，結果它就這樣放著放著，變成我專屬的祕密了。

因為我的閱讀速度慢，靈感來源常常是看影集或電影。有時候看完一齣很棒的影集後，就會去分析這個謎團，以及有趣的原因——就像既晴提到的「趣味性」。然後看看能不能把謎團拿來拆解或變化，加以應用在自己的故事上。

既晴的創作能量豐沛，題材多元新鮮。這樣源源不絕的靈感來源，一直都是我很好奇的祕密呢！

既晴　我個人的狀況是，盡可能對任何事情保持開放、好奇、探索的心態，別限定自己一定要寫什麼路線的作品，可能會比較容易獲得嶄新的靈感。雖然這次座談的主題是討論詭計應該如何設計，不過，在創作的時候，並不需要先入為主。

「我喜歡詭計，所以故事裡一定要有詭計。」

「我不擅長詭計，所以故事裡一定不要加入詭計。」

「我一定要先把詭計想好，才可以開始寫小說。」

其實，這種想法都是不必要的。我自己有好幾篇作品，都是開始動筆以後，才依據故事發展的需求來加入詭計，甚至，一開始設計出有趣的謎團時，並沒有想出解法，是邊寫邊想的。大家可能不知道，〈夢的解析〉最早的版本，原本是想寫張鈞見退伍後進了一家公司當上班族時，午睡的半夢半醒之間，看見課長與女職員幽會，沒想到發生命案，他被懷疑（但警方沒有實證）後不得不離開原公司，為了洗刷自己

關於公仔
順帶一提，這個公仔原本要設定為《航海王》的娜美，製造竊賊是「年輕男性」的心理詭計，但其實是負責夜市資源回收的阿婆。

的清白，才決定進徵信社當偵探的……（好啦，我知道很爛。）後來一直修改、一直修改，跟正式發表的版本天差地遠。

至於〈疫魔之火〉，一開始的設想的問題是：「順手牽羊的小偷在夜市裡偷了一個公仔，後來悔悟匿名寄錢還給店長，但店長早在竊案當晚就葬身火窟了。小偷到底是目擊者？還是縱火者？」寫了一半左右，正當COVID-19疫情蔓延全球，我就把公仔改成口罩，火場的密室，也是初稿完成後才追加的。

還有，我要坦白說，我個人並不喜歡、也極力抗拒寫敘述性詭計，跟八千子堅持寫敘述性詭計根本是兩個極端……但我還是寫過一篇以上的敘述性詭計哦。夠開放了吧！

八千子　早期的確會對敘詭有一種特殊情感，認為意外性的製造很大一部分可以透過敘詭製造，換句話說也是抱持著某種便宜行事的心態。走進店裡喊出來的不是「先來杯啤酒」而是「先想個敘詭」吧。

但隨著練習的次數漸多，也漸漸意識到敘詭是一個對犯罪推理讀者而言日漸乏味，對其他類型讀者是地雷的手法，所以現在不太會去構思以「騙過讀者」為目的的小說了。

另一方面，也許聽起來有點沒說服力，但我其實一直在避免製造重複的東西。讀者往往會對作者抱持某種期待，期待作者能將他們喜愛的劇情模式反覆安排在不同的著作中，我私底下稱其為「作者的財富密碼」……由於我並沒有這個包袱存在，責編S也是個喜歡標新立異的人，所以現在比起敘詭，反而會優先考慮過去比較少嘗試的物理詭計，就算物理詭計撞梗的機率很高也一樣，因為基本功的練習還是必須的。如此下去，可能有一天真的會想出什麼不得了的手法吧！

楓雨　對於詭計的設計，我自己目前看到最完美的作品是《頂尖對決》。並不是說他的詭計有多麼高超，而是他的詭計和劇情完美的融合在一起，可以從詭計的解答中讀到對劇情和角色的反諷。從看過這部電影中，我自己的目標就是創造出這樣的詭計。

在《伊卡洛斯的罪刑》時，還沒有這樣的創作意識，就只是單純認為槍枝走火的謎團很有趣。甚至後來出版社和讀者認為重點的政治隱喻，其實都只是為了那個詭計而生，仔細想想，如果沒有那樣的背景，那個詭計就不可能成立。

《棄子：城市黑幫往事》裡面沒有一個明顯的謎團，不過在設計其中的一個反轉時，便有意識地讓故事的轉折和全書的主題結合。要一直到《沒有神的國度》，才交出一個自己覺得還算及格的成品，不過跟《頂尖對決》那樣的經典還有一段不小的距離。

八千子提到的「作者的財富密碼」也挺有趣的，不過我和八千子正好相反，不熟悉的領域我連碰都不會碰。比如說地圖類的詭計，主要是因為我本身空間感很差，俗話說就是個路痴，《殺人迷路館》是我最討厭的本格作品，純粹出於個人原因。

說到「作者的財富密碼」，海盜船上的花看起來有建立起牙醫偵探系列作的趨勢，會將這個系列建立成自己的長青作嗎？還是會設計一條系列主線，跑完主線之後就讓系列收尾？

海盜船上的花　其實我沒有想太多，目前規劃是如果有想到詭計，就會想寫下去，也許換個主角也說不定。不過，我對於「三」這個數字一直有種莫名執著，覺得如果能**三集成一套**，是很棒的事情。

我認同既晴說的，盡可能保持開放的心態。我個人也喜歡挑戰一些不熟悉的領域或是類型，像是之前犯罪寫完挑戰愛情，愛

關於三集
這裡已經暗示了《牙醫偵探》會有第三本。

情寫完又想挑戰奇幻、甚至是科幻。雖然不熟悉的類型寫起來失敗的機率很高（對我來說啦！三位作家應該沒有這個困擾。），而且不容易建立讀者群，但我覺得這些都是學習的機會。不過未來可能會慢慢收斂，針對某一方向集中火力就是了。

我的習慣好像容易讓劇情凌駕於詭計之上，對於凶手的動機也會著墨較多。畢竟我覺得如果要殺一個人，那一定是恨到極點或是有病到極點吧。不過，這讓我的詭計顯得比較簡單，驚喜感較低，也是我未來需要學習的一部分。

三位都是非常厲害的犯罪作家，能參加這樣的座談會讓我覺得很幸福，知道大家都是一起在努力想出詭計的路上，好讓讀者能絆一跤，也覺得自己不孤單了。

既晴　聽完三位的發言，想必讀者們對於詭計的設計，應該也多少有些瞭解了。談到這個段落，讓我來下一個結語。正如一開始所說的，詭計的各種可能性可能已經被前人開發完畢了。因此，對於未來的創作者來說，當然，你可以選擇往繼續開發出新型態詭計的方向去挑戰，而另一種選擇則是，活用已經存在的詭計，設法融入故事劇情，建構成更出色的布局。無論是哪一種路線，詭計是主要的賣點，或是輔助情節的發展、增加故事的吸引力，只要能安置出巧妙的伏筆，我想仍然可以帶給讀者愉快的閱讀體驗。

好。既然有了誤導案情的詭計，就不能沒有破解詭計的偵探——不管他是私家偵探、警探、素人偵探都可以。在犯罪小說中，必須得有一個人、兩個人、或是一組人，在故事的最後提出解答，解明案情的真相。那麼，接下來，讓我們進入下一個主題，來談談偵探這個角色吧！

八千子　感覺被丟了個燙手山芋呢……咳咳，是這樣的，我畢竟是從輕小說開始接觸創作的，所以自認思維一向都會以輕小說讀者的視點出發。談到輕小說，應該大部分人的第一印象就是封面的美少女或美少年，是的……封面繪圖正是當初吸引我投入寫作的原因，所以很自然地我會盡可能在小說中加入動漫畫的元素。

說了一長串廢話真不好意思，但如此一來邏輯就很清晰了。偵探通常是主角，而主角是最有機會登上封面的角色，所以在設計偵探時我第一個想到的就是要由美少——

楓雨　等等等，以八千子對這類話題的熱愛程度，我預估這段座談需要再多一萬字才會結束。《詭祕客》還有很多更精采的內容，這樣下去肯定會爆字數，然後我們四個人會一起被出版社叫去點庫存……為了避免這樣悲慘的未來，本次的座談會就到此為止，我們明年再見！

海盜船上的花　看來偵探的主題要等到下回分曉了，這樣八千子就有很周全的時間來準備美少女——阿不是，是偵探的題材了。不管是名偵探美少女或是名偵探流浪漢，相信都不影響大家對犯罪小說的熱愛，就讓我們期待下一期吧！

虛擬的國境

犯罪文學的對比式情境閱讀（上）

台灣犯罪文學發展的歷程，有著許多面向海外的「學習」，長久以來也被賦予了許多能與國際犯罪文壇相互爭輝的「期待」。其實不只是台灣，也不只是犯罪文學，所有「本地」文學的開創與流衍，或多或少都無法避免與「異地」文學進行某種程度的「對比閱讀」，關注的面向也不外乎為異文化情境的刺激、異國風土的特色及其與台灣（或更大範圍的華文）作品的對應。

不少中外文學理論都指出，文學創作最為核心的宗旨，在於「抒情」，事實上，犯罪文學此一文類亦然，作者選擇的敘事視角，往往牽動著讀者的認同，情境上的環環相扣，甚至產生了比撲朔迷離的情節更為繁複多變的情緒。

在「虛擬的國境」專欄中，我們邀請了海內外犯罪文學作家，針對不同國域（歐陸、東亞、南亞）、不同國度（瑞士、日本、香港、馬來西亞）的犯罪小說創作，與自身的或台灣的作品進行有趣的對讀，無論創作思維、身分選擇與角色認同或者跨越時空的地理特性，都呈現出這樣的對比閱讀並非一種「一較長短」的比試，反過來說，更可能表現出台灣犯罪小說與國際相互接軌的樣貌。

《城境之雨》飄灑出台灣推理文學的新境域

文／余心樂

自從我相繼讀過既晴二〇〇〇年至二〇〇五年的《魔法妄想症》、《請把門鎖好》、《別進地下道》、《網路凶鄰》及《超能殺人基因》等作品之後，便沒再拜讀他的新作了。直至二〇二〇年十月，收到他寄給我最新四個迷你中篇犯罪小說合集的單行本《城境之雨》，始有機緣再與他的作品相遇。

這本合集開首的一篇，是公視《人生劇展》於二〇二〇年十月二十五日首播的影視製作〈沉默之槍〉；其他三篇為〈疫魔之火〉、〈泡沫之梯〉及〈蠶繭之家〉；書名則叫《城境之雨》，（我個人解讀為似有「小城風雨多」之隱意）。

我是花了些時間逐篇逐章細嚼慢嚥的。在閱讀的過程中，不斷湧生驚艷之感。

各篇作品的取名別具意涵。四篇的集合則更凸顯了作者對於犯罪小說創作抱持的新理念。四案均在追查人的行蹤，作者借此「文以載道」，捕捉社會萬象，剖析箇中的沉浮脈絡。

呈現的手法

全書以台灣當下的都會現實風貌為小說的創作背景，折射出社會生態環境的現狀。這些，都藉由「廖氏徵信社」的查訪員（我個人比較喜歡此一稱謂，覺得它似乎比「偵探」溫和親切些）張鈞見透過其視覺、行動和思維的過程來映現。換個角度來說，不管是傳統的古典偵探小說或是現代的推理犯罪作品，「私探」的角色往往可以彌補依程序辦案之警察在某些人性最細微環節有所不足之處的缺漏。

既晴將四篇系列之作的主人公定位於「職業私探」的角色上，這在台灣乃至整個華文犯罪小說裡，可算得上是個大膽的新嘗試，想寫得稱職，大不容易。因為，箇中涉及許多實地查訪、資料搜集、真相挖掘等等專業知識，乃為一門與警方辦案競賽卻又須顧及警方顏面的硬活，這行飯吃起來可能有趣，但必然辛苦。

瑞士有民間培養私探的訓練學校，以蘇黎世某家大規模私家偵探社經營的學校為例，其課程分為A和B兩組。

A組課程以基礎理論為主（內容包括各種相關的民事與刑事法律、工商、新聞、公關、話語、訪談等等各方面的知識和技巧），上課時間兩至三個月，另加六個月的戶外實習，總收費二六八二瑞郎（約折合新台幣八萬零四百六十元）。

B組課程以個別教學為主，共上四十節課，結束後須發結業證書；具體內容為二至三個月的基礎理論，另加五天的實際操作，總收費四九九〇瑞郎（約折合新台幣十四萬九千七百元）。上課的時間是每週一至兩個全天，可配合學員個人的時間方便而釐訂。

在瑞士並沒有公立的私家偵探訓練機構，從事這門行業的人，其稱銜不受法律的保護。他們的執業證照，須向所居住或執業的邦政府警務廳申請。但並非每個邦區都規定須要持有證照，目前瑞士全國二十六個邦當中，只有十二個邦規定必須申請執照始得執業。此外，瑞士有個成立於一九五二年的「瑞士私家偵探同業公會」（Fachverband Schweizerischer Privat-Detektive，FSPF），該公會也是代表中小企業業者權益的「瑞士工商總會」（Schweizerischer Gewerbeverband）加盟會員；因此，有了這層隸屬關係，「瑞士私家偵探同業公會」的會員向他們居住的地方政府相關部門申請執業證照時，便較具有利條件。另，FSPF也在一九六四年與德、奧兩國私家偵探同業公會一起於維也納共創「國際偵探協會聯盟」（International Federation of Associations of Private Detective；德文為Internationale Kommission der Detektiv-Verbände，IKD），該組織並於一九六七年十一月十日向奧地利官方辦理正式立案註冊。

德國有個「偵探行業養成服務中心」（Zentralstelle für die Ausbildung im Detektivgewerbe，ZAD），提供遠程空中教學，速成班為期十個月，每週約九小時（四十三次書面授課）。另外還有個補強班，為期二十二個月，每週教程約六小時。以上兩個班，除了遠程空中教學之外，都還各包括了兩次多天的面對面研討課和現場結業考試；畢業之後若自己實際幹滿兩年的私家偵探，便可以領到一紙ZAD頒發的「偵探考試及格證書」，代表了持證人的專業程度更上層樓。在德國從事私家偵探行業，無須申請執照。

一般而言，瑞士私家偵探的收費標準是：每小時一一〇瑞郎（約折合新台幣三千三百元），另加車馬費每公里一點五〇瑞郎（約折合新台幣四十五元）；簽訂委託合約時則向客戶收取一次性的基本手續費一一〇瑞郎（新台幣三千三百元），但若是以談好的包價計算，可以免收基本手續費。

一個社會的工商活動越發達，男女關係以及其他人際之間的糾紛越多越複雜，這門行業的需求度便相對水漲船高，然而同行之間的競爭也益趨激烈；加上不少的新法規以及個資隱私保護法的制訂，在在都使得瑞士私家偵探這行飯益發不好吃。

中國的犯罪小說似乎不作興也不鼓勵「私探」的角色，偵辦犯罪案件都由人民警察出馬，故這方面的影視劇稱為「刑偵劇」，因為凸顯黨中央領導的公安體系是王道主旋律；「私探」在中國顯然也還沒有成為被法律正式認可的行業，它是個灰色地帶。《百度百科》的資訊指出：「一九九三年，公安部發布通知，禁止任何單位和個人開設各種形式的民事事務調查所、安全事務調查所等含有私人偵探社性質的民間機構，其所明令禁止的業務包括：受理民事爭端、經濟糾紛、追討債務以及安全防範技術諮詢、涉及個人隱私的調查等等。」又根據同一來源資料顯示，中國目前約有各類私探機構三千七百家，兩萬多人吃這行飯，多以「調查公司」、「事務調查中心」或「事務調查所」等名義活動，業務內容不外抓姦或蒐集工商背景等徵信調查。有趣的是，我在電視專題報導節目中發現倒有不少「寵物偵探」存在，他們查尋的對象為走失的私家寵物如貓狗或飛禽，技術面的難度較高，失主往往捨得給予豐厚的報酬。

角色的塑造

既晴作品中的私家偵探張鈞見，在形象塑造上與美國冷硬派（Hard-boiled）裡的私探有其明顯的不同。張鈞見是帶著濃濃台灣本土風味的偵探，他的查訪行動溫文而節制，靠著一腦綿密的邏輯思維去蒐集資訊，作者逐章逐段描寫他如何以邏輯推理來當作導航器，尋出涉案關係人物的行蹤，再從這些人身上套話詢問消息，探出更為深入的線索與脈絡，抽絲剝繭找出真相，不像美式西部牛仔那種橫衝直撞的粗獷型硬漢。這樣的寫法，可以帶領讀者進入實景實境，走進大街小巷，深深切入社會生活面，不再限囿於斗室內的純推理「遊戲」，是冷硬派的一支，惟又與西方冷硬派私探有所區分，因為張鈞見是理性的溫情男子，有行動，卻不鐵拳硬漢。

在古典傳統的偵探小說裡，主角型的偵探（或警探）都有個飾演配角的「搭檔」，由主角與「搭檔」之間的對話和互動來鋪展案情推理的細節，這幾乎是每個作者不可或缺的一種寫法，不然，就會成了偵探主角一人平鋪直敘的獨白。

這種搭配的類型很多，有些滿有意思，例如義大利字符語言學家兼小說家艾可（Umberto Eco）那部名震全球的犯罪小說《玫瑰的名字》裡的聖方濟修會威廉修士（William）與隨他前往大修道院查案的菜鳥弟子阿德索（Adson）便是一對很脫俗的搭配。

此外還有瑞士國營電視廣播公司德語台（SRF）製作的迷你推理電視影集《禮儀師》（Der Bestatter），是採葬儀社老闆兼禮儀師孔拉德（Luc Conrad）和跟隨他學藝的徒弟鐵斯第（Fabio Testi）搭配組合，也頗饒富趣味。孔拉德原為阿爾高邦的刑事組長，因他最要好的同事遭人殺害，他涉重嫌被冤捕，該案最終沒破，他也沒被定罪，便如此不了了之。孔拉德心灰意冷之餘辭職不幹，遠走國外進修，直到有一天開葬儀社的父親去世，他才毅然返鄉接掌家業，成為該社的第三代傳人。整套系列共有四十個劇集，分成七季播出，由二〇一三年播到二〇一九年。劇情敘述這二人組在處理往生人物喪葬的過程中，有時不免遇上某些孔拉德憑直覺看來似乎並不怎麼合常理的地方，便循著蛛絲馬跡展開調查，終至水落石出。無獨有偶，德國電視台也於二〇一九年一月一日及二〇二一年一月二十八日推出以禮儀師為破案主人公的電視單元劇，到目前為止共拍了兩集，劇名叫《女禮儀師》（Die Bestatterin），講的是女主角之母出事身亡，她返鄉接掌家裡的葬儀社，因為老父殘障，只能依賴輪椅行動。

我從一般耳熟能詳的角度來看偵探二人組搭配，總的大致可以歸納成下列兩類：

（1）標準的神探福爾摩斯＋華生型；再由這個原型繁衍出其他的近似類型（如夫妻檔探案等等）。

（2）刑事組長（探長）＋助理探員型——歐洲尤其德語國家的刑偵劇特別愛推男女刑警二人組的搭配演出。前些日子看奧地利和英國合作攝製的推理影視劇集《維也納之血》（Vienna Blood），劇中是維也納粗魯造型的老鳥刑偵組長和以心理分析見長的菜鳥警官精彩搭配，而那菜鳥助理警官橫看豎看都明顯有維也納那位聞名全球精神分析心理學開宗大師弗洛伊德的影子！

如今則有既晴筆下的私家偵探＋案件委託人組型。雖然並非傳統標準的固定搭檔組合，但我覺得這應該還算得上是打破窠臼的一種新型式——每篇作品裡委託查案的當事人不時亦步亦趨地隨著偵探張鈞見四處訪查，他們的對話與答問，清楚浮現出偵探的思維邏輯和隱藏在案件背後的謎情走向。

展示的風格

既晴的筆不再執著鎖定於純粹本格推理解謎的「頭腦體操遊戲」，而是以時代變遷下的台灣社會萬象為切入點，借犯罪案件的偵查為展示的舞台，查訪各相關人物，透過交談，將各種實情（Facts）串連起來構成一幅清晰的圖案。換言之，就是小說的情節不一定非要陷在詭謎的漩渦裡打轉不可。然而，他也沒有因此而忘卻運用一向擅長的解謎元素！在集子裡張鈞見探查槍擊案、縱火案、行車肇事逃逸案以及人口失蹤案的過程中，一切從零開始，憑著一路查訪得來的訊息和線索，透過這名私家偵探淵博的知識（例如對消防人員救火實務運作程序有內行而深入的了解），加以綜合歸納，邏輯分析，終卒拼出一幅明朗清晰的圖像來，讓案情浮一大白。歐洲的犯罪小說及影視作品多以刑警偵辦程序為主調，反映社會及人際現象；大陸近年來的刑偵劇也製作得很有看頭。反觀日式純本格解謎的推理作品似乎一直在歐洲打不開市場，鮮少見到歐語的譯本。我發現，歐洲在出版偵推文學方面，純解謎作品多偏向推崇英式及美國古典偵探小說還有當前美式政治、心理、或陰謀驚悚行動路線風格的作品，特別是影視製作。台灣呢？似乎也可以嘗試將眼前這部合集的四篇作品（以及可能的後續）系列拍成劇集。

傳遞的信念

縱觀既晴《城境之雨》合集的情節布局，已由過去的幻奇詭謎轉型衍化到書寫當前滾滾紅塵變遷中的絲絲縷縷，從而反映什麼是社會正義的人文關懷。例如第四案〈蠶繭之家〉，在查探無業無家的街友神祕事件過程中，最終揪出背後潛藏著可怕的罪案陰謀，說明社會藏汙納垢的種種面貌，箇中描繪的台北社會景象甚為栩實，在結構及寓意上飽含哲思。

而我個人十分偏愛第三案〈泡沫之梯〉，結案時最後一行幾個字的描寫，讓結局有不落俗套的大逆轉奇效，爆發出乎意外的震撼力，所以我覺得它是一篇極為成熟的作品，對於人物心理的剖析頗為深入，衍生神經質、意志受迫症制約的因果描寫是神來之筆，充滿閱讀張力，它跳出營構純偵推解謎的框架，牢牢抓住了剖析和探究社會現象的主題設定。即便不以本格推理的寫法來處理，我覺得本案動機的追查過程以及方法的運用很吸引人，傳統古典偵探小說或東瀛本格推理中那些營構閱讀張力的「Howdunit」以及「Whodunit」的元素依然沒有缺席。

※ ※ ※

我於一九七五年三月中旬離開台灣的家園

到瑞士，至今（二〇二一年）已整整四十六個年頭了！整個一九九〇年代以及二〇〇〇年代上半葉是我在寶島犯罪文壇活躍的時期。那些歲月裡，有緣認識了林佛兒前輩帶動之下執起筆桿來書寫犯罪小說的一批本土創作道友，例如聞名於日本和台灣兩地的大師傅博老前輩、資深評論家黃鈞浩兄，集影評、小說介述及翻譯家於一身的景翔大哥；年紀輕一點的作家如高雄的藍霄醫生、評論家陳銘清醫生，質量均優的多產作家葉桑兄，還有胡柏源兄等等。當然，更有一位紅遍海峽兩岸與我同齡的金牌編劇家陳文貴，他的知名作品不勝枚舉，其中有《包青天》、《鐵齒銅牙紀曉嵐》等；一九八八年他用「思婷」為筆名創作以大陸為背景的中篇小說〈死刑今夜執行〉榮獲第一屆林佛兒獎首獎，我是步其後塵，於次年的第二屆以中篇之作〈生死線上〉奪魁。那些歲月裡，我創作小說和撰述《偵推文學面面觀》專文多為手工書寫，稿件不是以航空郵件寄遞，就是利用傳真機（Fax）發送，還沒聽過「伊媚兒」（E-mail）這玩意呢！

而，學電子資訊工程出身、年輕又幹勁十足的既晴，正是我在那個台灣本土創作方興未艾的二〇〇〇年代，透過他創設的「恐怖的人狼城」小說網路交流平台結下的文字緣。時序進入了二十一世紀，桌上型個人電腦和網路逐漸由起步進入慢跑階段，智慧型手機和筆電都尚未普及，我笨手笨腳操作電腦，開始和既晴有了網上接觸。從年紀來說，我虛長他二十七歲，可他寫起小說卻是才氣縱橫，渾身細胞充滿了無限豐富的想像力，二〇〇二年以長篇《請把門鎖好》獲得皇冠文化出版所主辦的第四屆「百萬大眾小說獎」徵文首獎。

縱觀整個二〇〇〇至二〇一〇年，既晴的作品在內容與結構上別具一格，走的是邏輯推理結合玄奇魔幻的路線，天馬行空，動感十足，情節生動熱鬧而又耐於咀嚼。之後，他好像慢慢潛沉了下來，我們也逐漸少了聯繫。直到二〇一九年夏天八月間他偕妻兒前來瑞士作二度之遊，我陪他再到麥靈根小鎮遊訪福爾摩斯與邪惡教授莫里亞提決鬥墜崖之處的萊欣巴賀瀑布，並走訪列支敦斯登侯國，才有面對面更進一步暢談犯罪文學、深入交流多年來沉澱累積經驗與感想的機會。我們聊著談著，不自覺冷落了周邊的優美景緻，卻也隨步朝著志同道合的路徑迤邐而行，彼此的思維理念有了某種程度上的契合與共識，覺得犯罪小說創作的格局應朝「宏大深遠，立足本土，放眼國際，躋身人文」的方向邁進。他認同我提的概念——將小說情節裡描寫查尋到手的相關線索串連起來，找出犯罪事件背後的動機與心因真相，較諸苦思如何經營小說中「犯人／真凶如何作案」的手法之謎當更有意思。我指的是，把事件或案件背後隱藏的「動機」，營構成有待「偵查者」（警探、私探、素人偵探等）去破解的「謎團」，是當今歐洲讀者及影視觀眾在口味上遠比追看「解破犯罪者如何作案」更感興趣；準此，諸如政治與司法驚悚、心理驚魂等在美歐常見而且很受歡迎的類型作品，也都可以和本格解謎推理共存相融，一起發光。只是，政治與司法驚悚類型的創作，目前在海峽兩岸仍有禁忌，想經營這方面的題材，尚有一定的難度待克服。

故而，台灣的犯罪創作應鼓勵走多元化路線，朝多面向發展，如此始能激活更旺盛的生命元素，登高望遠，將「推理小說」提升到「犯罪文學」的層次。

很高興見到既晴的新作相較於過去玄奇魔幻風格的寫法在旨趣上變換跑道，試走社會人文路線，在在顯示作者生命的成熟度及思維的深廣度均有大幅昇華。

既晴在贈書給我的內頁題了八個字相勉——

「浮生如夢，唯有推理」

我的回應是——

「浮生若夢，在夢境中面對夢，在夢境外追捕夢。夢裏夢外，有時鏡花，有時水月；生命載浮載沉，猶如犯罪推理文學世界，虛虛實實，似真若假，交相映襯，人生充滿玄幻奇趣，永不平淡乏味。」

（完稿於二〇二一年二月五日／五）

旅情DNA在現今台灣的承繼與開拓

文／黑燕尾

以「旅情」為主軸的創作可說是在日本擁有「特化」發展路線的一種類型，它的基礎來自於日本範圍狹長且多山的國土形態所帶來的地域差異化，造就日本多樣的自然人文風情。江戶時代，更加完善的基礎交通整備讓旅途更加安全便利，宿場町的繁榮在提供旅者各種服務的同時，也振興地方經濟並形成獨特的文化景觀，加上參勤交代制度以及全國參拜伊勢神宮的熱潮，當時的旅行也成為情報、知識文化、技術、物產的傳播管道。在這樣的趨勢下，江戶時代就出現許多以旅行為題材，記錄旅途中見聞體驗的文學、繪畫等創作，甚至還會販售記載路線、旅宿、交通方式、名勝、物產等資訊的導覽書。這些作品不只反映當代民眾對旅行的關注，也為當時的社會情勢與大眾生活型態留下寶貴的紀錄。旅行與創作，因而相伴走上了一條更加緊密的共榮道路。

時間來到近代，因為國家基礎建設和交通工具的完備，以及生活水平提升所帶動的旅行風潮，讓旅情的核心價值不僅更加深入日本人生活的大大小小之處，在文字與衍生的影視創作方面，也曾在推理與犯罪懸疑領域展現了蓬勃的生命力，擁有過輝煌的年代。即便這種路線在這個領域已經式微，但我們依然能在許多著重角色與空間場域書寫的文類，或是聚焦人物與在地關係的「職人推理」或「當地推理」中發現它的DNA。甚至在位處大海另一側、因為社會背景、出版品體系建構和讀者閱讀傾向等原因，導致旅情懸疑沒有持續受到關注的台灣，也開始在近年關懷居住土地、重新檢視在地價值的潮流下，出現了融入旅情DNA的新生代創作，也讓讀者和研究者們重新爬梳過往的創作，探究其中的相關元素。因此我們可以相信，即便不一定會使用此名稱，但旅情正以一個承繼過往、開拓新局的方式，在新時代的創作中繼續綻放它的光彩。

在日文中，「旅情」這個詞的意義是「在旅行的過程中有所感受、於心中浮現的情緒」。談到這個原先就存在於日本人生活中的詞彙和犯罪懸疑創作的關聯，已故的內田康夫老師可說是這個類型的代言者。老師曾經說過：「如果個別去檢視我的作品的話，就能了解到我是藉著旅情和地域來傳達我平時所思考的東西。不只是人類的愛恨情仇或犯罪相關的事物，也希望將政治、宗教、教育、社會問題等內容因應作為故事舞台的地域來設定主軸，並且向大家展現這些議題。」

我們也能從這段話了解到旅情作為優質主題載體的價值所在。無論今天想探討的是「社會政治」、「歷史文化」還是「人文情感」，旅情要素不但不會跟這些議題衝突，還能藉由彼此的相互交融，淡化讀者進入該議題的門檻，並且形成多變的呈現效果，讓推理或犯罪懸疑創作於感受旅行氛圍、體驗在地風情的娛樂基礎上附加對現實社會的關懷。

那麼，這樣的核心價值跨海來到台灣，又會以什麼樣的形式呈現呢？以近年的創作來說，我認為能夠舉出以下兩本作品，在其中發掘相關的路線發展。

沙棠於二〇一六年推出的《沙瑪基的惡靈》，講述因颱風而被阻斷對外聯絡管道的小琉球，以一具在景點白燈塔內的詭異遺體揭開了一連串事件的序幕。被困於島上、意圖淡化彼此關係的人們，牽動起埋藏於這片土地的沉重過往。作品調性定位為旅情，不過也摻入了自己的風格，呈現新的氣象。

王少杰於二〇二一年推出的《團圓》，用基隆的都更事件起頭，從小人物的故事與視野串聯起周遭人們的悲歡離合，在突破千絲萬縷的阻礙後，探究一層又一層的人性與情感真實。雖然作者跟出版社並沒有將它列為旅情，但字裡行間流洩出的就是豐富的相關元素。

典型日系旅情或帶有旅情要素的作品中，扮演解謎者的人物大致上可分為兩種類型，其一是刑偵相關人士，例如西村京太郎筆下的十津川省三警部、和久峻三的紅蕪菁檢察官、木谷恭介的宮之原昌幸警部、齋藤榮的小早川警視正等等；另一種則是因為職業跟所在環境容易接觸到旅情特性事件的人物，例如內田康夫的採訪文字工作者淺見光彥、山村美紗的記者凱薩琳和祇園舞妓小菊、柏木圭一郎（柏井壽）的攝影師星井裕、梓林太郎的旅行作家茶屋次郎等等。

一般來說，前者以刑偵相關人物為敘事主體，作為執法者的代表，對於事件本身會有較為直接的衝撞，但經常會融入日本傳統的義理人情理念的展現，兼具法理與感性的面向。後者則是先以較柔性的觀察者的身分深入在地，拆解、整理相關資訊，再探究事件核心，充滿了能觸動各式情愫的人性互動。

《沙瑪基的惡靈》將事件融入小琉球的歷史與在地地景，讓現代化的當地情勢與埋藏於歷史軌跡中的傳說相互作用，成為點燃閱讀者興致引信的火源。比較特別的是，這個以李武擎和唐聿為主要敘事角度的系列第一作，跳脫了過去在典型日系旅情以刑偵人物為主體時常採用的單一事件獨立模式，而是宛如連作那樣，設置一個大主軸貫穿整個系列和主要人物與親族身上的謎團，更摻入了西方冒險懸疑小說中結合重大黑幕與高階層陰謀的做法。在以屏東霧台鄉舊好茶部落為舞台的系列續作《古茶布安的獵物》中亦延續了這種模式，讓沙棠的旅情作品帶有一種較新穎的活潑律動感。

《團圓》則是由當地人的角度出發，跟隨主要人物的動態帶出基隆的風貌。於假日擔任社會服務志工的阿芬，因為服務對象陳阿姨面臨的住家都更風波與二十多年前的兒子失蹤之謎，一頭栽進了塵封已久的隱局。無論是觸及景緻描繪還是勾勒人物之間、或人物與環境的關係，都一再地流露出淡泊但後勁豐沛的情緒，處處洋溢著典型旅情，特別是非刑偵主角作品中特有的人際網路觸發和連結，以及懷古與哀愁情懷。

這兩部作品一定程度上都忠實地承接了日系旅情的精神。即便運用的方式不同，它們都選取具有獨特在地風土人文與識別度的場域作為故事舞台，並且維持現實與創作之間的適切平衡、以此推動情節，在我們所在的這片土地上開展出屬於台灣的在地韻味，而非單純日系模式的複製移植或改版。如果用一句簡單的話來定義旅行和旅行地，我會說：「旅行是一種從自己的日常生活中暫時脫離的行為，但你的所到之處，即是其他人的日常。」我想這句話也能顯現出追求場域營造，以及讓情節與關鍵要素緊扣現地特徵的重要性和意義所在。

《沙瑪基的惡靈》和《團圓》可說是詮釋出我認知中的兩種旅情創作面向，各自走向開拓新的可能性與精煉既有核心兩條道路。此外，不僅僅是因為前面提到的敘事主體差異，也因為故事設定的模式，讓它們在情節推動上也呈現截然不同的意趣。在前者，我們能夠看到在人性基底上將衝突與案情拉抬到較高層級、富有躍動感的新奇娛樂性。場域效果是連動性高、層次多元的；於後者，我們可以發現回歸人類最初始的情感，正靜靜地由主幹開枝散葉，讓閱讀者懷抱好奇、探尋每一根枝椏所伸往的方向。場域效果是沉浸式、隨著時間經過醞釀的。他們都以各自的方式，為在地創作留下了新的篇章。

旅情創作的重點，在於讓在地人與非在地人，都能充分感受到空間場域的寫實，以及作品內架空事件的發生，實際上都能源自於這片土地上的一切。不論是在地人、旅行者還是旅情創作，其實都是用不同的角度和身分去感受並承繼這塊土地的發展脈絡、文化特色以及識別性，甚至人和作品最後都會成為整個地域演進過程中的一部分，因為人類活動和環境的互動，是形成城市或區域文化的主要動力。

現今，我們在這兩部作品中發掘了旅情精神的延續、淬鍊以及開拓。作品是否歸入相關文類、有無延續既定的形式，其實都並非必須嚴苛講究的重點。當這樣的模式與思維逐步進入台灣創作者的視野，無疑才是從在地風土脈絡催生新價值、關懷土地的一種具體展現，無論你的創作是屬於哪一種媒介。

為所愛土地發聲的《歧路島》與《偵探冰室・靈》

文／戲雪

《歧路島》和《偵探冰室・靈》都是多位作家的短篇推理合輯；前者是從台灣推理作家協會會內賽中選錄符合題意的作品，後者則是香港作家們承接前作《偵探冰室》加上靈異元素應邀寫就。

《歧路島》共選錄五篇作品：

陳嘉振〈讓報紙飛〉各種梗，並滿是對政治人物的諷刺。

秀霖〈紳士炸雞：古亭任三郎〉夜市、炸雞、保險業，台灣人的日常。

天地無限〈致命三秒鐘〉從新興行業到夫妻相處，荒謬卻貼合現實。

陳浩基〈加拉星第九號事件〉政治角力造成的意外，從來不讓人意外。

寵物先生〈長腿叔叔Online〉不管你（扮演的）是誰，為自己負責。

《偵探冰室・靈》共集結六篇作品：

黑貓C〈幽靈耳語〉不擇手段的迷信最可怕，聽不見不代表不存在。

莫理斯〈萬米高空亡者分身事件〉人與人的疏離，對制度的過度依賴。

冒業〈女兒之死（外傳）〉是回到過去改變既成事實，或相信有平行時空？

陳浩基〈陰陽盲〉你敢不敢成為不一樣的那個人？

望日〈那陣揚起黃色斗篷的陰風〉同路中人，就該同舟共濟。

譚劍〈禮義邨的黑貓〉因果輪迴，報應不爽。

除了形式相近之外，它們還有著相似的成書背景和宗旨：《歧路島》出版在台灣「太陽花學運」後；《偵探冰室靈》則在香港「反送中運動」後出版。兩者的出版宗旨都是：呼應社運、連結社會、彰顯本土特色，以筆為所愛土地發聲。

而台灣和香港同為中西文化薈萃之地，能

兼容並蓄也是共同特點。

《歧路島》明顯有三篇從題名即致敬外國文化。就風格和內容而言，陳浩基是香港人先不論，其他四篇筆調活潑愉快：〈讓報紙飛〉、〈紳仕炸雞〉犯案動機都是私人恩怨加上一時衝動，都由不關己事的偵探熱心或傲嬌幫忙破解犯罪手法，〈長腿叔叔Online〉以線上遊戲為背景，情節複雜一點，沒有凶殺案，起因可說是誤會，犯案動機可憫，之中的人際關係也正面良善，〈致命三秒鐘〉凶手算是這幾篇當中心機最重的了，有強大的幫凶（因應社會需求產生的新興行業），布局布最久，也是因為私人恩怨，所幸有死者親屬鍥而不捨的堅持與追查，看似絕境，最後終露曙光。

《偵探冰室・靈》就完全不是這麼一回事，每篇都很凝重，承載許多故事以外的內容，特別是直接以社運為背景的三篇，破案後（文本結束）才是開始——引導讀者了解並進而關心香港，而其他篇也不見得比較輕鬆，第一篇〈幽靈耳語〉凶手因迷信而泯滅良知、喪盡人倫，即便最後真相大白，仍然挽不回逝去的生命和變調的童年，而那些排外且沉默的村民，難道可稱無辜？〈禮義邨的黑貓〉則是以凶殺欺瞞為日常，結局體現因果輪迴、報應不爽的無間道，其中街坊的明哲保身亦讓人心寒。說來，〈萬米高空亡者分身事件〉若非人情淡薄，哪能發生如此荒唐的事件，〈那陣揚起黃色斗篷的陰風〉更乾脆以促進成員團結為動機，明明是有著共同目標的一群人！讓人想問香港的人與人之間究竟是有多疏離冷漠？

對警察的觀感與信任度亦可見不同。在〈讓報紙飛〉、〈紳仕炸雞〉中，警察查案笨拙卻認真；〈致命三秒鐘〉警方雖然被事主抱怨，實則警方只是要求有多少證據說多少話，〈長腿叔叔Online〉則用不著警察偵辦。

反觀《偵探冰室・靈》，對警察幾乎沒有好話：〈女兒之死（外傳）〉警察是以鎮暴身分出場，想當然爾不會是什麼好形象，〈萬米高空亡者分身事件〉警察除了用來鎮暴之外，更是因為兩地互不信任、沒有合作，才造成身分認證漏洞；〈禮義邨的黑貓〉警察總算來查案了，可惜只想吃案，僅管死者和〈致命三秒鐘〉一樣有一位力求真相的妹妹，在警方的威脅恐嚇下也只能退卻，至於警察沒有出場的〈幽靈耳語〉，不是不需要，而是不想要警方介入。

說來《偵探冰室‧靈》死因有高達三篇是「被自殺」，亦即佯裝成自殺的他殺；在台灣「被自殺」大部分伴隨著鄉民的「不自殺聲明」被當成笑話來談，在香港「被自殺」可是貨真價實地上演著，官方認定的「死因無可疑」反而最可疑。

以上，我們可以看到雙方對「在地」的理解與詮釋：前者多運用當代流行文化營造生活感，後者則結合時事和社會氛圍寫出現實感，以及對「惡」的理解：前者多出自於犯人私慾，後者多探討社會共業，加上行文語氣，呈現出來便是幽默與嚴肅的分別。

如此，台灣的《歧路島》相形之下似乎天真浪漫了些？當然這跟成書方式多少有關：選錄和邀稿，後者的呼告警世意味自然較強。況且不要忘了，台灣和香港政經地位雖然有微妙相似之處，處境卻大大不同：台灣有主權，香港沒有——即便走在歧路口，只要有選擇就有希望。

台灣「太陽花學運」成功阻擋「服貿協議」闖關，但香港「反送中運動」規模之大，仍然無法讓當政者重視民眾的訴求，二〇二〇年實行香港國安法，更是人人自危，且時至今日仍在秋後算帳。

意即，相較於香港，台灣人民擁有真正的民主與選擇權，我們可以在台灣的作品中看到希望與各種可能性，而香港的作品則否，甚至充滿著不安。

雖然如此，《歧路島》號稱創刊號卻沒有後續，反而《偵探冰室》在風雨飄搖中仍出版續集《偵探冰室‧靈》，第三年甚至繼續出版第三部系列作《偵探冰室‧疫》。這又是為什麼呢？值得我們去思考。

犯罪小說的超常（paranormal）意象與地方文化

文／蘇那

傳統來說，恐怖和推理兩大題材的小說，很難融合在一起，推理類型著重謎題的建立與破解，裡面有一種默契：讀者能在疑團中找尋樂趣，而作者也保證了一個合乎邏輯的結局。相反，恐怖或超自然小說卻是要帶領讀者到一個無法理解的未知領域，那惡夢般的想像需要的是心理共鳴而非理性討論。

成功把兩大題材揉合而發揮得淋漓盡致的，要算是京極夏彥的《百鬼夜行》系列。這位被譽為新本格派的大師，無論題材有多麼的怪力亂神，最後總能給出「合理」的解釋，而指向的皆是人心的邪惡與罪行。這種「先瘋狂、後理性」的犯罪體材為什麼會如此成功？

古老的靈異傳說，大多都是先輩口耳相傳，沒頭沒尾的流傳下來，對於活在資訊泛濫中的現代人來說，大家似乎已經從純粹敬畏、好奇的態度，轉為求知和挑戰。部分作者也不單是「描述」妖怪，而是「詮釋」牠們。也正因為須要詮釋，追源溯本在所難免，於是地方的歷史、文化素材，以至於人民的生活習俗，皆有效地融入小說文本之中，成為極有地方色彩的犯罪文學。

在這個前提下，我希望以台灣的《怪物們的迷宮》（何敬堯）對比香港的《十三夜話》（蘇那），因為都是題材相近的屬中、短篇小說，故事裡皆有超常（paranormal）的意象，卻沒有真正的「鬼」或「妖怪」，從後現代的角度理解，妖怪可能不再是什麼天外之物，也不必以科學解釋，牠們早已躲藏在街頭巷尾，或者根本就潛藏在人性之中——扭曲的人性讓怪物誕生、成長。何敬堯本人形容《怪》是一部推理風格的懸疑小說，我會形容敝作是一部推理風格的靈異小說。而兩者相似之處，在於那妖異魅惑之外，同時也反映了現代人的困局。

《怪物們的迷宮》的首章〈夢魘犬〉由主角目擊鬼魅般的惡犬啃食屍體開始，帶出了詐騙集團的社會問題，而主角則為了尋找真相，穿梭於廢樓小巷之間，最後逐漸步踏上了成魔之路。另一章〈惡鬼〉，則以捷運站爆炸案為背景，其後女主角的女兒被警察綁架，女主角趕到廢置的地下路軌與男警周旋，道出一段罪孽衍生罪孽的故事。作者雖然以「盤城」作小說的發生地，刻意讓怪物進駐日常之中，但又處處顯現自身對社會的關懷。無論在地方的描述、主角們的互動，以及生活的狀態來看，毫無疑問，讀者正在閱讀一個獨特的地方——一個既熟識又陌生的台灣。

在此，容我引用洪敘銘著的《本格復興前台灣推理小說的地方想像與建構》的其中一段：

> ……從人逐步定義空間成為地方的過程，必然生產的「在地性」，分析本格復興前台灣推理小說的地方建構，表顯小說中的人物，如何利用在地知識的介入、日常生活經驗的依附、情感認同的投注，賦予「地方」意義，反映了人與地方之間的密切關係……

我在寫《十三夜話》前，其實沒有這麼系統化的思維。但跨越世紀的靈異傳聞，由祖先的生活點滴孕育而成，不可能找不到它們跟地方之間的「肌理」。打小人若果不在鵝頸橋，辮子姑娘離開了中文大學，那還算得上是在地文化嗎？〈打小人〉的故事中，婦人誤把兒子的信物化入火盆，她的惡意瞬即變成了如影隨形的恐懼，剛巧兒子捲進了激烈的示威隊伍，婦人為找回兒子，竟茫然地衝向防暴警察的盾牌陣。而〈高街鬼屋〉中出現的少女「撞鬼」事件，經醫師催眠治療下，少女竟然說出了在日治時期，婦女被殘殺的經過，倒頭來又揭露了她自小被成人虐待的遭遇。鬼故事中的「鬼」存在與否已經不是重點，現實比鬼怪更殘酷、更匪夷所思，重覆述說鬼故事已失卻了它真正的意義。相反，這些靈異傳說的內涵已流入文化的血液之中，那就是所謂的「經驗依附」和「情感認同」，創作人要做的，就是在其歷史或文化基礎上，轉譯當代人的面對的恐懼和困境，繼而尋求傳統與當代的媒合，並賦予它們新的時代意義。

回頭看來，無論是妖怪故事，或者是鬼故事，當瘋狂過後，回歸理性的基礎時，最終也離不開人的「罪孽」。一座城市，甚或一座古建築，「盤城」也好，高街鬼屋也好，沒有了人的經驗依附、情感投注，那還不過是一個空間而已。而犯罪小說的題材，一具屍體、一份惡意，皆是賦予「地方」生命的絕佳載體！

如果《怪物們的迷宮》中的犯罪故事，能讓人體會台灣的本土文化，那麼《十三夜話》中的鬼故事，豈不也是訴說著我城的滄海桑田嗎？

香港這邊有位叫陳智德的前輩，他認為一個地方的描寫，不在其「言文」，而在其「旨隱」。簡單來說，我們要聚焦的，不是事件的表象，而是事件隱含的意境。

在講述香港地方的《地文誌》中，他也有論及狹義與廣義的所謂「本土」：

> 香港一地，無論感覺多狹窄，從文學的角度看，與地球每寸土地，每個城市都是平等的……我們也會嚮往世界，但每一個出發點都在腳下的土地……

若果犯罪文學，能卸去「輸入」或「移植」的影子，深深紮根本土之上，誠實地展現一個民族的精神面貌，自然能撐起獨有的旗幟，面向世界。

參考書目

何敬堯《怪物們的迷宮》。九歌。2016。

蘇那（吳勝文）《十三夜話》。亮光文化，2020。

洪敘銘《本格復興前台灣推理小說的地方想像與建構》。秀威經典，2015。

陳智德《地文誌－追憶香港地方與文學》。聯經出版，2013。

職人推理：如果醫護人員也去當偵探……

文／牛小流

要討論職人推理，或許可以從寫實派推理（humdrum school）說起。早在百年前，鐵路工程師的福里曼・威利斯・克勞夫茲（Freeman Wills Crofts）結合鐵路知識和嚴謹邏輯，寫出讓人讚歎的精彩謎團。比起天花亂墜的詭計謎團，更為註重合乎現實否，讓故事與現實無縫接軌。善用工作知識的創作者，自古以來大有人在，職人推理該如何定義？

這種強調專業背景的職人推理，會以一個行業為核心，而在工作過程，遇到許多謎團，一一予以解決。涉及行業五花八門，多以服務業或具手作性質的職人為主。日本不乏暢銷的職人推理系列，細膩描述各行各業的謎團怪聞，不為人知的內行趣聞掀起閱讀熱潮，如《古書堂事件手帖》、《咖啡館推理事件簿》、《挺不錯餐館推理事件簿》、《漫畫編輯的推理事件簿》、《萬能鑑定士Q的事件簿》等等。

「現今的犯罪小說處理命案更加寫實，更留意新科技對偵查方式的影響，對背景環境更加敏銳。」詹姆絲認為，現代的推理小說家必須有系統地研究新科技，將研究成果融入故事，又不能幹擾故事的發展，這似乎符合推理小說轉型的必要——職人推理或許就是其中解答。

二〇一八年，新冠肺炎席卷全球之前，拙作《藥師偵探事件簿：請聆聽藥盒的遺言》面世，同年也有《牙醫偵探：釐米殺機》，連藥劑師與牙醫海盜船上的花都「不務正業」地去當偵探，這似乎意味著華文推理也跟隨日本職人推理的崛起，邁向新的裡程碑。

《釐米殺機》說著就是臺灣牙醫的故事，經營不善的牙醫診所，意外卷入凶殺案，「原來不是所有的醫師都他媽的有錢」，社會給了醫師高高在上的框架，大力吹噓醫師是多麼賺錢的職業，但世界在變，隨著健保制度的崩壞，過往醫師的風光已不復見，唯一不變的是人們對於醫師的成見。

開篇到訪牙醫診所的中年婦人，段仕鴻拿起口鏡往病人口內一照，右下第一大臼齒已經蛀掉了一大半，牙齦處腫起一個膿包，破洞的牙齒內塞滿食物的殘骸，看出顧客在「珍珍快餐」吃午飯，還和餐館老板外遇——儼然福爾摩斯式的推理演繹法，與診所趣談結合倒也妙趣橫生。隨著爽約的植牙病患去世，段仕鴻這時卻收到疑是死者發出的威脅信，他努力追討被竊盜的稅務資料，卻圖標粗和「膠帶滅童案」糾纏不清……

牙醫專業在書中也運用得極為巧妙，當《牙科初階入門》參考書浮現，「通用命名系統」、「FDI牙位表示法」、「帕爾默表示法」等專業術語映入眼簾，我好奇這些字眼與線索的連接，下一頁不羅嗦抛下前半段重要謎團的解答，「小小一顆牙齒，又能證明什麼？」原來牙齒藏著的祕密是遠超我們的想像。作者通過緊湊刺激的案件調查，穿插少為人知的密醫事蹟，多少貪小便宜的客戶，誤信密醫身懷絕技，原本可以用上五十幾年的牙齒，二十年就壞掉，這反而得不償失了。

健保卡的課題延燒到續集《網紅迷蹤》，甚至掀起滔天巨浪。同一張保健卡，放射影像卻顯示不一樣的牙齒組合，早就拔掉的智齒，如今出現在病人口中——故事靈感源自作者同行學長的親身經歷，讓人感嘆生活多的是荒謬的人性亂象！我留意到臺灣的健康照護體系與馬來西亞有所不同，稱作「全民健保」，是全民互相幫助的制度，按照規定繳交保險費；萬一有人生病，政府利用保險費，幫病人繳付部分醫藥費給醫療院所。馬來西亞的醫療體系則不同，國民前往政府醫院或診所，付一令吉就能看診領藥——透過深入的職場描寫，展現不同國家的人文風情，增添社會派色彩，讀者更容易投入故事其中。

牙醫偵探和藥師偵探的大腦結構有差異嗎？這或許和職業習慣有著千絲萬縷的關係。牙醫與他人會面總是不自覺把目光落在牙齒上，而在書裡有一段描述，他留意到對方的上排前牙在日光下顯得特別亮白，在牙科稱作「馬桶白」，不是自然牙的顏色，代表曾經做過假牙，不必照射頭骨都能看出蹊蹺。檢查顧客的牙齒構造，牙醫也順道判斷對方的來歷身分，在註記單寫下觀察心得，「有禮貌，觀察力強，忍耐力強，似乎是單親家庭」——獨特的推斷能力成為他破解懸案的武器。

與牙醫相比，社區藥劑師的工作是接待顧客，依據對方的身體情況，判斷什麼藥物或補品適合他，藥劑師常掛在嘴裡的一句，「謎團像疾病一樣，必須對症下藥。」顧客呈上的處方簽透露身體情況，用藥不當會產生危險的藥物聯系反應，是藥師偵探系列的核心謎團，在《請包涵處方的字體》案件有著詳細的記載。作者期許用醫藥外衣包裝推理故事，也間接為讀者科普冷門知識，透過藥劑師口裡談論職場的真實情況，好比馬來西亞醫藥制度、西藥房的惡性競爭、不正當的生意手法、藥物濫用，也適當解釋藥理病因，好比維他命缺乏症、Ｇ６ＰＤ缺乏症、孕婦症狀、砒霜迷思、三高症狀等等。最新篇章《請保持社交的距離》以新冠肺炎疫情為題材，也反映各行各業面臨大流行沖擊的嚴峻考驗。

職人推理巨細靡遺描寫工作細節，貼近職場的真實情況，讀者對不熟悉的領域產生好奇心，容易產生共鳴，拍攝方面也能與相關單位洽談，非常適合影視改編。牧童的法庭推理「文石律師」探案系列——《天秤下的羔羊》榮獲二〇二〇年文策院「出版與影視媒合」候選書，並且媒合成功授權ＩＰ，影集改編進行中，相信這能為推理小說帶來新的氣象。有心創作推理小說的讀者，也不妨從自己熟悉的領域下手，善用熟悉的領域創作故事是事半功倍的，也是他人無法模擬的寫作題材呢。

紛紛嚷嚷的幾年，各行各業遭遇變動，原本平靜的生活也顛簸動盪，鼓舞人心的職人故事成了讀者的心頭好，相關讀物雨後春筍般湧現，如工地現場生態的《做工的人》、葬儀界內幕的《你好，我是接體員》、八大行業的《手槍女王：一個從業職人的真情告白》等等，外行看熱鬧內行看門道。職人推理小說也慢慢浮現，將職場所聞與懸疑筆調結合，成了獨樹一格的故事素材，代表作有林斯諺「哲學偵探」系列、八千子「少女撿骨師」系列等等。我想，這正是推理小說的未來，也是讀者期待的閱讀新體驗，透過閱讀勵志向上的職人故事，迎接生活的困境與瓶頸。

觀看地景——台灣犯罪文學・名場面十三作／洪敘銘

台灣犯罪文學的發展，在本格復興的浪潮後，出現一股益加強烈的、對於本土化與在地化的追求，除了應用現當代資訊傳播快速的優勢，創造出與過去不同的故事內容外，向前世代傳承脈絡的探索與回顧，也成為二〇一〇年以降台灣犯罪文壇中，不容忽視的能量。在這些作品中，我們時常可以發現「現時」的城市空間及其「部分」真實性的置入，漸漸成為普遍且重要的架構與基礎，無論是透過民俗文化（傳說）、歷史事件（新聞、軼事）、社會網絡的沿用或改造，大致上已對於彼時短暫興起的「台灣新本格」潮流，做出了強而有力的回應（洪敘銘，2020）。

本期的「年度十三作」專欄，表面上是精選了台灣犯罪文學發展至今，長篇的小說創作中令人印象深刻的「場面」，這些描述可能含括「場景」的描繪、「角色」的塑造、「詭計」的布局……等等屬於故事情節文本的精采內容，然而，如何避免太過主觀的閱讀偏好或情境影響，從「名場面」的架構中，看見台灣犯罪文學中值得再深入一探究竟，甚至能夠碰觸長久以來的「在地書／譯寫」議題，則是本期書單中的焦點。

反過來說，本年度所選擇的十三本作品，大抵上都表現出了一種「反射」台灣在地性或地方特性的可能，而其特點及其被選錄的重點在於，這些作品所敘寫的特定場面，「如何」與「為何」得以呈現出一種接近「台灣」的輪廓、圖像甚或現實？據此，我們將這樣的特定場面，定義為「名場面」，並嘗試探索文字敘述與「台灣」這片土地（與社會）間幽微的連結。

「地景」（landscape）一詞及其延伸出的概念，是十分時興的一種閱讀、探究小說創作的方式，同時也是我們談論到前述議題時，很難不被提及的理論方向。

什麼是「地景」?《環境科學大辭典》的釋義：「除了『土地的外觀』外還指『一個區域與該區域的外觀』」（李石頓，2002），也因此，此一名詞通常綜合了人們所見、所聞的「風景」、「景物」或「景觀」，從而產生了自然地景（natural landscape）和人文或文化地景（cultural landscape）的類別。

然而，許多人文地理學家已不斷提醒人們，「地景」通常具有人為的意涵，因此不完全是某種自然的景物，或即使是自然景物，也必然會存在著人們主動賦予這個地景的定義或詮釋。誠如美國地理學家克雷斯維爾（Tim Cresswell）（2004／2006）所言，地景結合了局部陸地的有形地勢（可以觀看的事物）和視野觀念（觀看的方式），而在大部分的地景定義裡，觀者位居地景之外（頁19－21）。可知有形的地景本身固然是應當被注意的對象，但所謂**觀看地景**的方式，可能更是一個至為重要的關鍵。

而讀者們，事實上也能嘗試扮演著這個「觀者」的角色，畢竟我們透過作者的邀請，進入他所建構的小說世界及其空間設定，似乎也能夠從「如何觀看地景」作為線索，開啟另一種非典型的推理與解謎。

一、真實地理：按圖索驥的魅力

台灣犯罪小說中最為常見的「真實地景」，即是以實際景物或生活空間為背景，在情節中塑造出與讀者生活情境接近、或容易被理解的環境與地理描述與描繪。誠如 Gottdiener 所言的「土地」、「建築物」，以及可以被用來塑造和影響城市空間的型態和組織（引自奧羅姆、陳向明，2005，頁43）。

城市建築與街道書寫，也就成為一種能被「實地」考察與探索的敘事內容。作為早期台灣犯罪小說代表與先驅的林佛兒，他的《島嶼謀殺案》（1984）、《美人捲珠簾》（1987）二作不僅可以看見台灣鄉鎮或都會的發展歷程與軌跡，更可貴的是作品透過「跨國」與「異地」的視角，側面地表現出空間與人之間的互動關係；同樣發跡於一九八〇年代的葉桑，他的許多作品，則時常鉅細靡遺地描述了足以被驗證的地理資訊，如他獲得第三屆林佛兒推理小說獎首獎的重要作品〈遺忘的殺機〉（1992），通過主角車行路線的端倪，界定出台北區域的變遷與樣貌。這也讓不同世代／時代的讀者在閱讀時，得以非常輕易地在今昔對比中，產生一種「按圖索驥」的樂趣，從而生產出他們對於所身處生活世界的再認識、關注或者理解。

換個角度來說，真實地理的建構，或許表現在閱讀情境中，讀者能更快速地進入作者所欲建構的小說世界，然而在更積極的面向上或更具吸引力的魅力，則在於人們與生俱來的、對於探索、檢驗「真實」的驅力。因此，我們可以看見許多台灣犯罪小說都有了具延展性的在地書寫嘗試；例如，鄭寶娟《天黑前回家》（2007）、紀蔚然《私家偵探》（2011）、張國立《棄業偵探》（2011）等作，都藉由偵探身體與城市空間的互動，探討城市空間的變異與轉換；以旅情為題材的沙棠《沙瑪基的惡靈》（2016）、米夏《黑暗之眼》（2018），故事中的事件發生地的真實性，更直接牽涉、影響著情節核心的發展。

更值得注意的是，即便是不刻意強調地理真實性的本格小說，也在發展歷程中逐漸發現「地方」的真實與否，對台灣讀者基於敘事「合理性」認知，越來越存在正相關的趨勢，例如，林斯諺《無名之女》（2012）、《假面殺機》（2013）所選定的故事發生地，都有一種「必然」與「當然」的意義；另一種特別的類型，例如，提子墨《火鳥宮行動》（2016），雖使用了繁複的冒險小說「出發、歷劫、回歸」

的模式，仍寫出頗具時代意義的、屬於台灣的空間情境。

綜合來說，真實地理調度的事實上是一種人們對「地方」的辨識，讀者閱讀小說後，對於真實出現的地理景觀產生好奇，甚至亟欲一探究竟的感知時，即如克雷斯維爾（2004／2006）所言，當人們一旦無法再用「這裡」或「那裡」指稱一個空間時，「地方」的意義就會被獨立出來（頁14－16），進而從個體而群體地積累某種對於時代的敘事與集體意識。

二、想像地理：虛實交錯的意義

「想像地理」看似是一種對於真實的、可辨識的、可考索的地理符碼、實際指涉物或景觀的概念，乍看下具有模糊空間、消除疆界和明確的地理指涉的意義；由此像是「架空世界」、「超現實時空」甚至「科幻」等類型或設定，都容易被歸於此類進行討論。然而「想像地理」，其真正的核心仍在對「想像」的詮解上，也就是說，創造小說及其世界觀的作者對其情節場景內容的建構與描繪，是基於「什麼」進行想像？成為令讀者感到好奇的線索。

寵物先生《虛擬街頭漂流記》（2009）與林斯諺《瑪雅任務》（2014），都曾有類似的嘗試，展現出不同的可能性與限制，例如，處於近未來時空下的末日災難、對科技失控產生的不信任、穿越甚至進出異質時空的方式等，都可以看見作家們在「當下」的時空環境的條件下，運用其專業背景或知識形構出具有「想像」元素的小說世界。在這些題材裡，對於「未來／未知世界」的描繪以及小說人物的接受或排拒，不僅調度著讀者對新奇事物的感知，「未知」的本身即已創造出一個與「真實地理」不盡相同的空間與空間感。

然而，犯罪小說中的「偵推」情節本身就帶有「排抗未知」的特性，也因此使得應體現於未知世界或未來時間的人物情境，又難以避免地多了那麼一點「現時」的影子——如通訊方式、查案過程的揣測等等。早期台灣的許多犯罪短篇，常表現出對於新式科技與科學的揚棄甚至嘲諷，這樣的文類發展傾向，確實也讓所謂「末日世界」的營造，帶著強烈的「虛實交錯」（甚至「實」的成分更多一些），始能合理化「現在」與「未來」的時間落差與想像侷限。簡言之，這些未來世界或空間情節雖有其穩固、完整的世界觀與核心命題，但它們卻同樣地很難脫離「有所本」的天文、地質科學、科技構造等設定，而那個作為參考依據的「本」，事實上是基於現實／現時而來的情境與景況。

《虛擬街頭漂流記》與《瑪雅任務》帶給讀者的暗示，或許是透過對未來世界的揣測，反思我們當前身處或熟知的地景的不確定性——如同流動不止的都市更新與城市改造（當然也包括城市居民的生活型態與精神意識），這種記憶的變化與變遷，或許也改變了人們對社會現況與真實反射的認知。這種認知的推動，並非如真實地理一樣透過具體、可辨識地景的探索與考察完成，反而是在存在與消失之際，展現人們的記憶如何反向地描述地理，甚至創作地理。

或許，也是因為這樣，想像地理也能促使人們進一步辨識那些具標誌性的巨大景觀與地標中的個體與集體記憶——它們的存在或者消失，事實上便是一種進行中的歷程。

三、歷史事件：以古鑑今的啟示

除了空間所定錨的地理資訊，容易使得讀者快速地對比所身處的世界與小說世界，進而生產地方感與在地認同外，「時間」元素，也是建構「名場面」不可或缺的要素之一。

「歷史事件」與小說情節的連結，也能召喚讀者對於特定議題或時空的記憶與認知，進而從「印象深刻」的閱讀感知，創造獨一無二的生命經驗或體驗。值得一提的是，此處所言的「歷史事件」或許有三個不盡相同的類別，其一是神話、傳說、文獻記述或口耳相傳，它們可能俱指向一些具有共通性的氛圍、謎團或象徵（如：孫武宏《蛇嬰石》〔2015〕、舟動《慧能的柴刀》〔2016〕）；其二是歷史上確實發生過的事件，作者基於這些「史實」探索不為人知的縫隙，或試圖以另外一個角度進行翻案（如：秀霖《阿罩霧戰記》〔2020〕）；其三則是「新聞報導」的集結或串聯應用（如：葉淳之《冥核》〔2014〕），這些報導或許改編或挪移至過往已發生的事件（如：紀昭君《無臉之城》〔2016〕），也可能另被改造為其他的報章流通形式（如：林斯諺《淚水狂魔》〔2015〕）。

無論上述哪一種型態，「歷史事件」非常容易喚起大眾共同的在地經驗或記憶，對當代讀者而言，具有明確文獻記載、廣為人所知的史料，或者是經過媒體大幅報導後的重大社會案件，都形構出明確與清晰的印象。然而有趣的是，這些事件本身對於解謎、推理雖然具有一定的指示、指引作用，但通常與案件本身沒有直接的關聯，或者並非警察或偵探首要採納的關鍵，其真正的用意，反而是表現或回應當時社會大眾的情緒與集體聲音。然而這種讓讀者產生共時性的書寫策略，欲達成的效果卻又強烈地將小說情節與社會現實相互鏈結，且藉此表明這樣的案件，並不是憑空杜撰想像，而是可能已經發生、或即將發生的，社會意識通過地域關係的方式呈顯在小說之中，強化最終真相的震撼與合理性——通過這樣的轉換，讓小說情節「有可能」過渡到現實。

換言之，作者化用曾經發生於台灣社會或其地域範圍的真實事件、新聞報導、都市傳說及鄉野奇譚，置入或改編進推理敘事中，使其情節中產生與「台灣」的勾連，進而產生讀者對現時、現地的某種心理認同，其最重要的關鍵仍然是在其「真實性」的考證。

如同林崇漢《收藏家的情人．太陽當頭》（1986）與葉桑《黑色體香．窗簾後的眼睛》（1990），最終都透過新聞的方式，以【地方訊】仔細、清楚地寫明了謀殺案的發生地，也在報導內容連結了對當時台灣社會的關懷，對讀者而言，確實得以在相近的時間觀中，取得某種接近的意識與共鳴；或如林立坤《悲傷回憶書》（2006）常以「新聞」報導作為社會景態的顯現，特別是每一場謀殺案與失蹤案之間，皆由新聞報導串接，明確地指出事件發生的地方，具體的犯案手法與行動足跡，又明顯參考了楊丁傳案與盧正案等知名刑案；林斯諺《冰鏡莊殺人事件》（2009）對一起「瑞豐公路離奇車禍」的新聞剖析；《淚水狂魔》的記載相當重要的一則「淚水收集者」（2007年）的報導，雖不見得都改編自真實事件，但作者都有意識地選擇將事件的發生地點，定位在花蓮、嘉義，這些設計與書寫雖都距今不遠，但在通過特定的時空背景與條件，同樣產生了以「既成事實」強化小說敘事的「真實」，進而建構了在地閱讀的可能（洪敘銘，2016）。另就文本層次而言，舟動《慧能的柴刀》寫出具有民間文學中口傳性特徵的台灣民俗與習俗，以及古籍文獻對異聞異事的豐富記述，最終成為偵探認知謎團確實存在的關鍵，讀者或許也能在偵探後知後覺的體認中，因為其「真實」而不知不覺地強化了「恍然大悟」的閱讀感受與刺激。

整體來說，「歷史事件」的應用，易從「以古鑑今」的啟示經驗中，形構作者意欲呈顯的社會關懷或特定議題，或者帶領讀者回歸對台灣歷史場景的追憶、與地方深刻的情感連結與認同，重塑族群的身分與基因。

四、文化意識：與時俱進的認同

蒙永麗的短篇小說〈獎〉，於一九九一年獲得第二屆林佛兒推理小說獎的肯定，這篇小說以台灣特有的「統一發票」對獎為線索，逐步抽絲剝繭出最終的真相。當時決審會議的評審即指出這篇小說的重要性，在於「令人感覺到確實是發生在目前社會的事件，因而產生一種親切的認同感，這是推理小說在本地紮根的基本要素」（余心樂等人，1990，頁270）。直至今日，每個單數月份的25號，不時會在社群媒體上傳來「槓龜」的哀嚎，或者「小確幸」的欣喜，這種「幾家歡樂幾家愁」固然充滿博弈的各種可能性，然而這種幾近於「全民運動」的熱潮與生命經驗，不僅是世界各地絕無僅有的、專屬於「台灣」的特色外，當這樣的價值轉化為犯罪小說的重要核心時，也意外地獲得跨越世代的一種暗號與默契。無獨有偶地，秀霖《人性的試煉》（2022）在這種「博弈」的主題上，也有了更近於當代生活情境的書寫，小說中針對「股票市場」以及社會上舉債投資，希望能夠一夕致富、財富自由的氛圍，還有夢幻泡沫破滅後帶來的苦果，正好映證了文化意識在犯罪小說創作中與時俱進的特質。

當然，這種生命情境中的「懂得」，往往是不言而喻卻又格外深植人心的。

楊寧琍在一九九〇年代出版的幾部作品（如：《失去觸角的蝴蝶》〔1992〕、《童話之死》〔1992〕），則較早地以女性的視角，透過小說情節呈現出社會現實景況，特別是貧富差距與勞動條件的落差。過往，評論者往往會將這樣的作品歸為「社會性書寫」的一環，但更細緻地觀察，楊寧琍從社會底層的女性角色視角出發，無論是〈弱者悲歌〉中受到不平等待遇而默不吭聲的煮食婦、〈失去觸角的蝴蝶〉中貪小便宜而異想天開的陳太太、〈武器〉中據理力爭的丁昭琳（洪敘銘，2015，頁121），除了可見由文本層次的演進，自社會事件或現象的表層，逐漸深化至人性道德層面及人對於自我自省與對社會的回應面向，發現不同的國度與社會情境下的人們，事實上也面臨著各自的難題與困境。

從這個角度來看所謂的「文化意識」，或許也能進一步理解林佛兒《島嶼謀殺案》、《美人捲珠簾》與葉桑《黑色體香・意料之外》中，幾具尤其具有所謂「台灣」意識符碼的屍體，這些屍體上無法被磨滅的身分，其意涵或許表現出個體和國家間的雙重指涉，顯示穩固不變——連同時改變時間與空間形態的死亡都無法改變——的認同形構。

當代的犯罪小說作品，或許更加專注於文化意識的具像化，例如，余心樂《洗錢大獨家》（2008）中的同名中篇小說，以二〇〇八年以前的台灣政壇為寫作背景，深刻地觀察了「選舉」之於台灣社會的重要影響力；天地無限《達達戰爭》（2016）寫出了時下辦公室的爾虞我詐與生存法則，也融入了台灣日趨嚴重的酒駕議題的討論；游善鈞的《空繭》（2021）則關注人口老化與社會福利政策的演進，揭露人口負成長所帶來的社會風險；既晴《城境之雨》（2020）以現時書寫的方式，記錄台灣面臨COVID-19疫情下的複雜人心與城市景觀，也另外探究「關說」、「詐騙」這些社會議題的反思。

正因為作者在小說作品中充分地表現了當前社會的「實景」，讀者在閱讀後就容易取得親切感及一種與時俱進的「認同感」，文化意識的根植，正好表現了台灣民眾生存與日常的集體意識；而為了避免停留在「空泛的皮相」，作者主導的推理敘事更必須導向「反映現實」，包含人物個性的設定、小說場景的描寫、情節對話的語言等，也勢必回歸屬於在地的文化脈絡裡重新架構與塑造，強調社會事件與社會意識對「社會現實」所展顯積極意義的同時，也就表現出根植於文化意識層次的、難以磨滅的在地圖像。

以下，我們將帶領讀者，探索所選錄的十三本台灣犯罪小說中的「名場面」，如何跳脫純粹的閱讀感官，嘗試從「真實地理」、「想像地理」、「歷史事件」、「文化意識」等四個面向具體解析其意涵。或許透過這樣的引導，作為讀者，可能可以進一步思考，日新月異的犯罪推理書寫形式，如何在「台灣」的大眾文壇，標誌出「台灣」的在地性，進一步回應或重新定錨大眾文學中，難以迴避的、關於主體性的類型邊界鐫刻，這也是每一年度的「十三作」專欄，希望帶來的禮物。

引用資料

余心樂、藍霄、蒙永麗、思婷、蘇文邦、楊金旺（1990）。《林佛兒推理小說獎作品集2》。林白。

克雷斯維爾（Cresswell, T.）（2006）。《地方：記憶、想像與認同》（王志弘、徐苔玲，譯）。群學。（原著出版年：2004）

李石頓（2002年2月）。〈地景〉。國家教育研究院雙語詞彙。http://terms.naer.edu.tw/detail/1317006/

洪敘銘（2015）。《從「在地」到「台灣」——「本格復興」前台灣推理小說的地方想像與建構》。秀威。

洪敘銘（2016年6月20日）。〈走向「未來」／回到「過去」：紀昭君《無臉之城》中的「現在」世界〉。作家生活誌。https://showwe.tw/news/news.aspx?n=1163

洪敘銘（2020年9月3日）。〈隔離與縫合——評提子墨《浮動世界》的空間線索與幻景〉。作家生活誌。https://showwe.tw/news/news.aspx?n=1741

奧羅姆（Orum, A. M.）、陳向明（2005）。《城市的世界：對地點的比較分析和歷史分析》（曾茂娟、任遠，譯）。上海人民出版社。

台灣犯罪文學名場面十三作

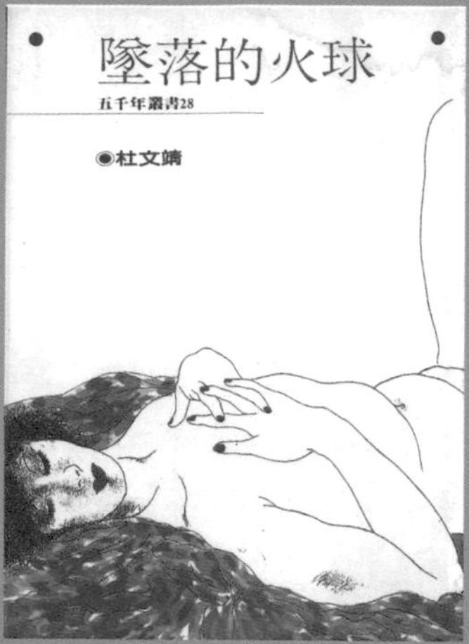

《墜落的火球》(五千年出版社．1987)
杜文靖

突然間，他發現了一樁夜空奇景，在所有的市招霓虹燈燈影的閃爍中，突然有一輪火紅的亮光在對街花稼賓館的頂樓燃亮，它的光亮立刻成為整條夜街最亮的目標……

火苗在燃起之後，並沒有升高，也未見擴大，只是在花稼賓館的頂樓形成了一團火球，火光照亮了頂樓上的夜空……

突然間，也不過在火球亮起的那幾秒鐘後，一大片驚呼聲從路人的口中喊了出來，在夾雜著難能分清楚的各式驚叫聲中，花稼賓館頂樓的火球，離開了頂樓的位置，躍出了樓頂，從夜空裏急速地下墜……下墜。

本作的故事背景，是一九八〇年代的台北市西門鬧區，記者方偉明步行於國慶日後「舉國歡騰」的氣氛、五光十色、熱鬧繁華的市招燈影以及充滿當時代最能象徵都市風景的「霓虹燈」巷弄街道裡，所發現的「夜空奇景」。這個在當時「高達」十二樓的賓館頂樓上突然燃起的火球，霎時間吸引了所有人的目光；而後，這團火球甚至從天而降，若發生於此時此刻，想必也能立刻占據各大新聞媒體，成為茶餘飯後的話題。

當然，在這場謀殺命案中，因不明原因燃燒的人體火球仍舊是警察釐清案件的焦點，不過在本作中，透過探案的腳步與視角，可以發現由命案發生地點的頂樓向下俯瞰，出現的是霓虹燈光影閃爍的鬧街，由地面向上仰望，高樓所具備的現代化象徵也格外突出，這團燃燒的火球由頂樓墜往地面，除了具有視覺上極為衝擊、震撼的效應外，在一俯、一仰的視覺轉換間，也隱含著本作意圖呈顯的核心命題與主軸，即當時社會因政治、經濟及各種時代變遷下所引發的謀殺與犯罪事件，在城市形態轉換的過程中，如何表現出城市使用者的經驗與想像——換言之，墜落的火球也許喚醒了在城市表面的發展背後，更多陰暗面的觀照與省思。

《別進地下道》(皇冠．2003)
既晴

血肉模糊之間，我看見夢鈴絞結成團的烏黑長髮。

經過了這麼久的時間，夢鈴的秀髮凌亂枯澀，臉上的皮膚已經乾癟潰爛，但依然無損於我記憶中的美麗。

在我臥病在床的兩週，夢鈴的亡魂就依附在頭顱上，在夢中傾訴著只獻給我的戀人絮語，暗示著我她就在床下守候，時時刻刻未曾停息。我聆聽著她的呢喃，聆聽著她的悲鳴，卻渾然未覺這就是她的真心真意，這就是她的愛……

我不敢再想了。我不能再想下去了，這只會令我頭皮發麻。

我只能摟著美麗、鍾愛的夢鈴，摟著她腐爛的僅存頭顱，蜷縮在床上靜靜等待進入夢鄉。我希望立即見到夢鈴的魂魄，溫柔地詢問她這個不解之謎。

縱使經過十幾年的時光推移，現今的張鈞見已經從過去青澀的他躍身為在大螢幕上活躍的國民偵探，但曾經的怪奇偵探形象，卻依然深植於每個書迷的心中。

作為「張鈞見」系列的原點。本作繼承《請把門鎖好》中濃厚的黑魔法巫術元素，透過一九八九年燒毀高雄地下街的大火，以及二〇〇一年淹沒台北市的納莉颱風，融合屍體復生、寄生蟲等邪典元素，奠基了張鈞見早期犯罪與幻想並蓄的特殊風格。

然而，在諸多謎團包裹下，最為人所揪心的，依然是張鈞見與初戀周夢鈴的愛情故事。為了尋回曾經的摯愛，張鈞見不惜以身犯險，不僅闖入邪教儀式的會場甚至還親自成為黑魔法的施術對象。縱使種種遭遇都在摧殘張鈞見的理性、折磨他的意志，但他始終忘不了的，依然是曾與周夢鈴許諾的約定。

這個約定，成為張鈞見繼續留在徵信社的理由。往後的日子，他還會與許多同樣生活在這座城市裡的人邂逅、主動走向那些公權力陽光所照耀不到的角落，一切都只為了替那個他始終放不下的女孩尋回她不可能再見面的家人。

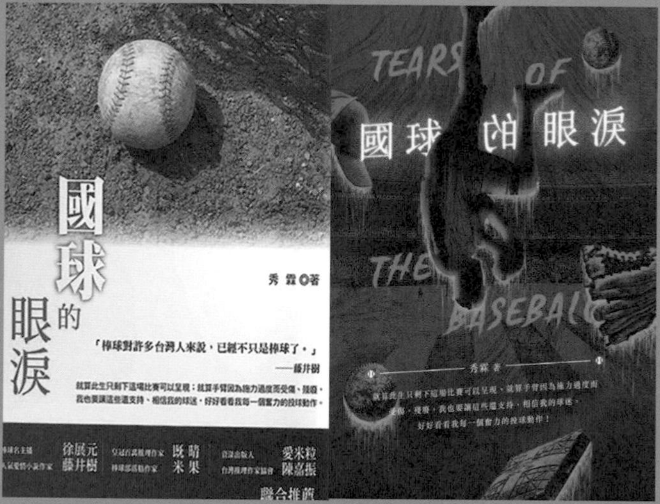

《國球的眼淚》(大旗，2010；秀威，2020)
秀霖

當然我不可能就此罷休，瞞著父母偷偷用自己的零用錢，又買了一台方便藏匿的小型收音機，並在書桌上擺好紙本作業的陣勢，實際上都在聆聽職棒轉播。原本還有心要邊聽轉播邊寫作業，但瞬息萬變的球賽，一下就有變化，根本就不可能專心寫作業。

每當緊張局面，轉播員說出：「這球投出——」，我緊張的心也跟著懸掛在半空中。或是轉播員突然高喊：「這球揮棒打擊出去！非常高！非常遠！」的時候，在不知道落點前的那短短幾秒，總是瞪大眼睛坐在書桌前直視前方，直到結果出現，如果是支持球隊擊出安打或是全壘打時，都會高興地從椅子上跳了起來；反之，如果是被接殺留下殘壘，都會讓我懊惱地想捶桌子。

自二〇〇〇年代開始，台灣犯罪小說創作者在探索本土化的過程中，揀選了各類的台灣元素，並循著「本格復興」的解謎路線進行融合。《國球的眼淚》無疑是最接近社會派的作品。本作的故事經緯，即刻畫在此一背景下成長的職棒選手們，受到打假球事件的波及，他們的人生就此改變。

棒球是台灣最重要的球類運動項目，也是台灣人長年團結一心、自我認同的精神象徵。台灣棒球運動選手曾經戰果輝煌，在海外的球場上與世界強國一爭高下，載譽歸來。時至一九八九年，台灣第一個職業棒球運動聯盟「中華職棒」成立，將棒球熱潮推升到頂峰。

然而，棒球運動一旦職業化，不再只是承載全民期待的運動，龐大的金錢利益隨之而來，發生了數次職棒打假球的社會事件，逐漸失去了球迷的信任，成為揮之不去的陰霾。本作描寫了曾經涉及假球案的前職棒選手張傳隆，被發現陳屍於青苑國小校外森林，手上緊握一疊千元大鈔，疑似被國小校隊打擊練習時的飛球意外擊中頭部而身亡，但擔任校隊助理教練的主角，認為事有蹊蹺，與關心此事的女記者一同深入調查。

在運動項目多元化的今日，儘管棒球在台灣社會中仍代表了一種最富歷史意義的體育項目，但已不再是矚目的唯一焦點，然而，榮耀、勝負、名利的複雜角力，絕不會只發生在棒球，這是關乎台灣人心的價值觀——本作提供了這樣的思索。

《我是漫畫大王》(皇冠，2013)
胡杰

這股鐵霸王漫畫的風潮，非但沒有隨著阿健的二年級學年結業而稍獲平息，反倒因為電視臺在緊接著的暑假裡強打《無敵鐵金剛》卡通，而變本加厲。

卡通首播當晚，全台灣的小鬼頭們爭睹漫畫書裡的鐵霸王夾著炫麗的聲光效果，活靈活現地躍上螢光幕，各個熱血沸騰。在電視前狂接著同學來電的阿健，也不甘示弱地撥出十來通電話，昭告天下……

有了電視卡通推波助瀾，阿健與同學們的漫畫競逐更加白熱化，相互較勁得如火如荼。畢竟誰能夠亮出最齊全的數量與最稀罕的版本，誰就能在敵友親疏的人際網絡中獨占鰲頭、呼風喚雨。

《我是漫畫大王》將小說中最關鍵的時期，架構於民國六十五年至民國七十一年之間，當時台灣仍是戒嚴時期，所有出版品均需經過審查，言論偏激的文學作品皆可能被列為禁書；租書店和撞球間是家長眼中的魔域；漫畫書或言情小說更是戕害身心的違禁品；校園中有教官、有髮禁、還有醜陋的卡其色制服；上高中要拚聯考、進大學也要拚聯考，人才大量外流的詭異時代。那些上世紀光怪陸離的亂象，全都巧妙呈現在這本小說中。

那也曾是台灣尚未重視國際版權與智慧財產權的尷尬期，非法出版社將日本空運來台的當期漫畫周刊，塗改掉日式的穿著或背景、在對話框貼上中文對白，有時連漫畫家或男女主角的名字，也被易名為華人姓氏。就那樣厚顏無恥地印刷成每一期暢銷上萬冊的《漫畫大王》或《小咪漫畫周刊》，也是那個世代口中的「盜版漫畫／雜誌」時期，以低價、大量、快速，霸占了台灣原創漫畫家的出版市場。

胡杰筆下所提及的許多漫畫書名，充滿了五、六年級世代，對童年時昭和漫畫的濃濃緬懷之情。或許，有些讀者會質疑作者為什麼盡是寫些，民國六、七十年代的《大魔神》、《無敵鐵金剛》或《海底小遊俠》之類的考古動漫名稱，而不是他們所耳熟能詳的《海賊王》、《七龍珠》或《灌籃高手》?當然，那也是因應雙線敘事中，時空錯亂的關鍵要素之一，如果將時間點再往近代漫畫貼近，許多精采的前因後果可能就會變得牽強了。其實《我是漫畫大王》中，要是少了台灣盜版漫畫／雜誌猖獗的時代背景設定，或許就會像少了中華商場的《天橋下的魔術師》，那一抹美好時光早已流逝遠颺的淡淡傷感，也就蕩然無存了。

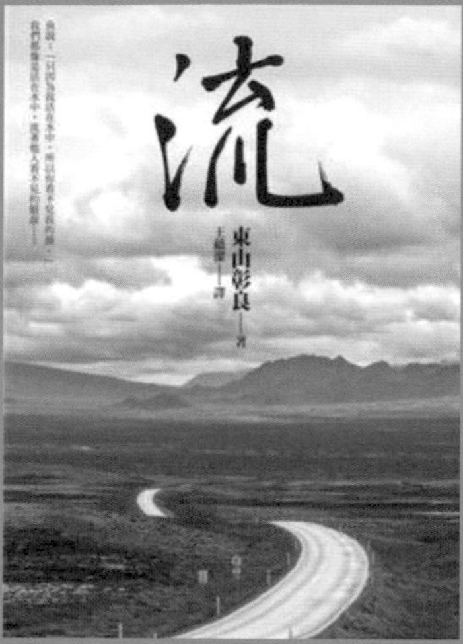

《流》(圓神．2016)
東山彰良

我在一九七九年退伍，接下來幾年世界瞬息萬變，一九八〇年，擊出八百六十八支全壘打的王貞治宣布從讀賣巨人隊退休；約翰．藍儂在紐約的住家門口遭人槍殺。查爾斯王子和黛安娜王妃在一九八一年結婚，翌年的一九八二年，英國和阿根廷之間爆發了福克蘭群島戰役，東京迪士尼樂園在一九八三年開幕。雖然這世界發生很多事，但我對於那時候的自己，只能勉強想起兩三件事。

對於戰後嬰兒潮世代來說，一九七〇、八〇年代，無疑是個黃金年代，此時，房價便宜，台灣錢淹腳目，社會上處處充滿商機。這也是東山彰良《流》一書的背景時代。本書以此方式，呈現當時重大事件，讓讀者回到那個時代，並且在此之下進行敘述。對不同年齡層的讀者而言，如此鋪陳歷史背景，讓讀者容易進入到書中歷史脈絡，緊接著再鋪陳對話與細節，若有類似經驗的讀者，容易帶入。若沒有類似經驗的讀者，也會對如此時代感到神祕。

這段想呈現無疑是本書主角在當兵時期，世界局勢的變化。作者利用許多歷史事件，呈現時光迅速流逝。其實，除了作者列舉的世界歷史事件之外。在當時的台灣也有許多事件發生。《流》的開場是一九七五年，蔣介石在這年過世，象徵著一個時代的過去。

而在此之前的一兩年，其子蔣經國宣布將在五年內完成十大建設，若以現在的眼光來看，十大建設對台灣社會影響不言而喻。在這之後，一九七〇、八〇年代，台灣社會各方面快速發展，《流》故事展開一、兩年後中壢事件爆發，起因是地方選舉過程引起的抗議事件，深深影響日後台灣街頭運動。接著，蔣經國接任總統，再來中美斷交、美麗島事件、解嚴。相對於政治，文化上，蔣介石過世月餘，校園民歌隨著楊弦、胡德夫、李雙澤等人提倡而興起。楊弦的民歌發表會，在校園帶起民歌風潮。除了民歌，文學上亦有事件。中壢事件爆發前，台灣文壇掀起鄉土文學論戰，此後，以本土為關懷的文學蔚為風潮。

以上事件看似互不相關，但卻是台灣社會演變歷程，也與《流》故事軸線同時前進。然而，人們身處在這時代，又是如何自處呢？而這也是閱讀《流》這本書樂趣所在，透過作者筆觸，彷彿回到過去。

《懸案追追追》(尖端，2016)
天地無限

豁出去了！我乾脆把上衣脫了，像是示威似地朝永貞大樓敲著胸膛，不斷地豎起中指。混蛋！有種就開槍啊，對著我這一身不設防的肌肉，儘管放馬過來！

獨腳猴戲耍了五分鐘，我望穿秋水的ＢＢ彈終於迎面飛來了！因為受到膠膜阻擋，所以失了準頭，從我頭上飛過。我一個箭步躲往柱子後，緊接著像是炮連響，膠膜上劈里啪啦地被連打出十多個孔洞，數秒後狙擊手停火了。

幹得好！我開心地掏出口袋內的雷射筆，對準一組被貫通的槍孔投影過去。接著是第二組、第三組……非常好！反推這些槍孔的最終落點，都指向五樓的樓梯間！

本作是《第四名被害者》前傳，但寫作順序則在前者之後，並以前者的配角李宗唐為主角，採第一人稱局內視點，帶讀者領略不得志作家如何在現實與夢想之間掙扎，以及如何在不理想的現實情況下，竭盡所能破解案件、維護正義。

在主線大案之外，另有數件獨立小案穿插其中，此種以長篇串連短篇的架構，考驗作者設計謎團和掌控節奏的能力，成功帶給讀者不同的閱讀樂趣及豐富的智性挑戰。而作者天地無限一貫的正義之筆亦在本作發揮得淋漓盡致；除了以幽默自嘲的筆法帶出庶民生活的無奈之外，描寫小人物自身難保時的挺身而出亦讓人動容。

如本場景之中，主角身陷被分手危機，仍頂著可疑份子的標籤、挨著皮肉痛，絞盡腦汁想找出早餐店狙擊案的凶手——那股不顧自身的癡傻勁，透過作者生動的文字呈現在讀者面前；真相大白之後，這位癡傻主角卻也未打著所謂正義的大旗將凶手繩之以法，而是以同理心和包容心，實踐另一種、也可以說是讀者心目中的真正的正義。

此外，我們還可以發現，本場景中的凶器B B彈、背景早餐店，以及社區大樓間鄰居的互動等等，這些我們習以為常的台灣文化，做為本案件血肉的存在，如此自然不可分割，不啻是天地無限書寫台灣日常、文本在地化的實力展現。

《跛鶴的羽翼》(要有光，2017)
舟動

父親站在母親的身後，握起酒瓶高舉起來，忽然朝她的肩膀猛力地一次次來回砸擊。任何人都無法忍受這種疼痛，更何況是母親。她痛得淚流滿面，實在忍不住了，一路逃上樓梯……

忽然間，他的脖子被橫向劃出一道深刻的傷痕。頓時，那道長形傷口噴散出殷紅的血霧，他緊急用雙手摀住遭劃破的頸動脈，可是止不住泊泊的血流。血液不斷從他的指間泌淌，覆滿手背，胸前的衣衫沒多久便滴滿了一片猩紅。他不禁跪倒，雙眼瞪得大大的，直盯住母親手上的碎酒瓶……

「只有這樣做……我才能終結一切不幸！」

本作是作者舟動「靈術師偵探」系列的第二作，從《慧能的柴刀》開始，作者便創造出截然不同的偵探類型，並結合本土民俗、妖異傳說，在推理的類型框架下，開展出獨到且迷人的民俗文化、地方習俗、知識系譜建構。

本作在相應的主題上，亦有更具延伸性的精采描寫，但更為突出的，是更具有明顯深刻的社會關懷，舟動以「家暴」作為切入點，連結他所擅長的靈魅、附身、驅妖等敘事，創造出對一般讀者而言既疏離卻又真實的世界觀，在玄異詭譎的氛圍中，體認與感知生活中的日常、社會事件裡的每個遺憾。

其中，靈術師偵探宋劍軒在與江秦川（與被創造出的妖鶴）對峙時的場面描寫，一方面殘忍且深刻地寫出川仔在長期家庭暴力下所遭受的生理與心理創傷，另一方面描繪出「妖物」想像的原型與淵源，在滿布傷痕的敘述中，通過四處迸發的血液與痛，燒灼讀者的眼。然而，更令人動容之處，是川仔對家人的罪惡感以及歷經變故後，仍舊堅定不移的愛。

《歡迎光臨康堤紐斯大飯店》(尖端・2017)
李柏青

一月一日清晨，一間位於高山湖泊畔的飯店——康提紐斯大飯店董事長白維多的屍體被發現在懸崖下的湖畔步道上，死因是槍擊。唯一的線索是那枚留在死者體內6.5×50㎜的友坂子彈的彈頭。

在警方調查下，無法祝福新婚好友的名偵探、執著於減肥與保護流鶯的離職警察、苦惱於是否和小男友去墾丁跨年的離婚女律師，以及神祕的怪盜「英特爾先生」，因為各自的原因被捲入白維多的命案……究竟他們所看到的是案件的真相，或者僅僅是冰山一角而已？

乍看之下，《歡迎光臨康堤紐斯大飯店》只是一部由眾多偵探角色接力解開飯店老闆被槍殺之謎的故事，然而圍繞著本書事件核心的場景康提紐斯湖（Lake Candidius），正是取自十九世紀外國人對日月潭的稱呼。從周邊的山景水流、棲息的鳥類生物、環境保護歷史沿革、土地開發背後的利益糾葛、傳教士帶來台灣的寶藏傳說……可以說，只有對應到「日月潭」這個地景環境，一切的詭計與人事物，才能讓這個故事成立。

除此之外，本作最具特色之處在於複雜而環環相扣的人際關係圖，書中重要的登場人物至少超過十六位，因為各自的原因來到這間康堤紐斯大飯店跨年。特別是主線視角由四位不同的偵探展開，分別引自古典神探、冷硬私探、神偷怪盜等令人會心一笑的設定，穿插在地名產與美景簡直人間至高享受，這種在一本書中融合不同風格的寫作方式，又很本格解謎的故事，一直受到海外市場的青睞（特別是日本人）。

最終，隱藏在一聲槍響底下的，是台灣城鄉發展無可避免的悲劇——自然祕境帶給人們原生的、神聖的震撼，是上天賜予的寶藏；卻也限制當地農漁產品銷售、醫療教育資源不足等問題。各方派系角力之下，也許就像四位偵探一樣，所提供的幫助僅僅只是冰山一角罷了。

《縛乩：送肉粽畸譚》(2018)
千晴

深紅之中，我定定看著頂上沉重的黑暗，雖然知道是供桌底下，但從來沒有看清過檀木的紋理。

這是第五次躺在神壇下，我不知道該換算成第幾天？金隆伯拿了一張草蓆鋪在這裡，說這是訓乩的傳統，有時候一個乩師出師前要躺上好幾年。

所有的窗格都糊上紅紙，所以後殿就算在白天裡也與黑夜難分，這也是一項傳統，乩身由「生童」轉變為「熟童」，要經過七七四十九天的坐禁，足不出禁房，連往地下室的門也被鎖上，只在後殿角落擺了水桶……

——睡不著嗎？

高中生謝志錚得知從小親近的姑姑自殺身亡，為了治喪而返回彰化老家。過程中他發現姑姑的死隱藏許多疑點，而一切似乎都和庄裡的特殊信仰「定海夫人」有關。隨著與真相的距離越來越近，他開始看見一位神似姑姑的少女，而少女口中訴說的，卻是百年來所積累的思念與孤獨……

本作以台灣特殊的喪葬習俗「送肉粽」為背景，結合宮廟文化與鄉野怪談，透過亦虛亦實的書寫，讓讀者跟隨謝志錚的腳步，在理性與虛幻的分野，猶如宿命般踏上成為定海夫人乩身的路。

透過宮廟內詭譎氣氛的描摹、庄內人對信仰的狂熱執著，以及志錚與定海夫人之間，現世與彼世記憶的相互交疊，民俗儀式的「奉獻」與「犧牲」精神在動與靜之間表露無疑。家族血脈締下的羈絆卻讓志錚被親人視為異類，橫跨三代人的悲劇都源自於信仰背後那一廂情願的美意，宿命論的枷鎖宛如詛咒般牽繫著每一個人，但在褪下傳統外衣的枷鎖後，卻是彼此相互理解後所迎來的真正自由。

《山怪魔鴉》(要有光．2019)
牧童

「你們不要不相信。這裡為什麼被稱為魯凱聖地，而且人煙罕至，就是因為祖靈守著這裡，不讓世俗汙穢了這片山林。入山的人是誰，祖靈會指派鳥來看、會派霧來考驗、會派山怪來把祂不喜歡的人趕出去。剩下能平安抵達大鬼湖的，必須是蒙祖靈所喜悅的。」

「山怪……」喉嚨發乾，我實在忍不住了：「長老，牠是不是長得全身漆黑，有一對很大的翅膀，兩個眼睛像在燃燒的火焰？」

杭長老結實壯碩的身軀剎時止住，立刻返頭盯著我：「你看到了？」

「呃……」宋念卉睇著我一臉狐疑，我努力控制想說出的衝動：「沒、沒呀，我是在一本書上看過的。」

「每個人看到的山怪邪靈形貌未必一樣，就如每個人心中的邪念都不同。」長老像鬆了口氣般說：「如果你有看到，那我們這趟就完蛋了。」

「附會傳說殺人」是日本犯罪推理暢銷至今的拿手招牌菜，無論是旅情推理正盛年代的西村京太郎與內田康夫、或是從小看《金田一少年之事件簿》與《名偵探柯南》長大的讀者，那些結合在地傳說、未知怪物、鬼祟氛圍、不可能犯罪的附會殺人是難以忘懷的甜美鄉愁。

即便多年來專注塑造文石這位名偵探的生平經歷，牧童卻絕非獨沽一味地只能寫法庭犯罪。在《山怪魔鴞》這部前傳性質的短篇合輯裡，便揭開了文石之所以性格異於常人的身世祕密，以及高中生活的奇妙往事。牧童更趁這位主角尚未遭受職場束縛的年少時代，設計了台灣原民文化特有的附會傳說事件。

日本因許多偏遠祕境具有保守未開發的特性，而能特別強化傳說場景的塑造，如淺見光彥遠赴青森辦案的《十三冥府》便附會東北信仰「荒霸吐神」與「津輕王國」之傳說。要在小說裡連結這類「真實存在過的傳說、怪談」作品通常需要詳盡的田調考證，慣常採用新本格「憑空搭建一棟怪奇建築」的台灣二〇〇〇年本格復興世代對此路線難有涉及。

直至十六年後的新世代沙棠《沙瑪基的惡靈》得以於小琉球靈異故事創立附會殺人的典範。而〈山怪魔鴞〉背景設定於高雄茂林大鬼湖，這座位於海拔兩千公尺以上的高山湖泊，是魯凱族的祖靈祕境，如果進入後激怒祖靈，會有「山怪邪靈」降災是長久以來根深蒂固的原民信仰。而從天而降，襲擊文石登山隊的「魔鴞」是真正邪靈的現身、還是尚未被發現捕獲的巨大品種貓頭鷹？抑或是幕後凶手刻意偽裝的怪物，又為何要這麼做？在大霧與叢林層層封困的深山絕境裡，無疑刻劃出專屬於台灣犯罪史的附會傳說殺人名場面。

《沒有神的國度》(尖端，2020)

楓雨

「……在都市計畫之中，畸零地幾乎擁有了絕對的否決權。」張文芳附和了謝怡婷的說法，接著又說：「不過我爸不是為了取得這樣的否決權，才去持有畸零地，是因為前兩次的道路拓寬，才會造成這樣的結果，我們也是受害者。」

「可是，為什麼不接受都市更新呢？」何弘正直白地問出敏感問題。

「我可以很明白地告訴你，我爸不是要錢，我們從來都不想當釘子戶。」張文芳也坦率地回答：「我爸就是想繼續經營他的小店，可是接受了都市計畫，他就必須搬到高樓大廈裡，儘管房價會比現在高，那也不會是他要的。」

台灣社會在解嚴後的數十年間，歷經了多次政黨輪替，人民逐漸擺脫了昔日在威權政府控制下消極、噤聲不語的生活方式，以集會、遊行的權利表達意見，參與社會運動，運用自由、民主機制試圖修正過去的沉痾，改善現狀。這是一個波瀾動盪、眾聲喧嘩的過程。原有的政治結構、法律規章，隨之新陳代謝，變得更好，或是變得更糟，無論如何，人民獲得了決定權。

《沒有神的國度》的劇情主軸，是一個年輕的社運工作者呂俊生，滿懷抱負地投身社運工作，從而崛起、殞落的經緯。其間，他與野風社、冤案家屬楊曉薇密切往來，讓鎂光燈聚集在自己的身上，獲得巨大的動能，終於站上社會運動的浪頭，但最後也被這股能量反噬。誠如作者的自述，書中指陳了政治只是一場又一場的造神運動。

本作呈現了台灣當代青年希望貢獻一己之力參與社會、熱情投入集會活動的積極樣貌——特別是故事中所談到的司法正義、土地正義，兩個與生活息息相關的議題。青年們的全心奉獻，不但是來自於對理想的渴求，同時也是來自於對未來的焦慮。為了這場衝撞發生效力，他們也必須學習成人世界的遊戲規則，例如法律、例如媒體，隨著操作手段日益熟稔，他們如果有所回顧，恐怕將發現自己也被大人所同化了。因此，若以此角度觀之，本作或許可視為一部台灣社會的「成長小說」。

《團圓》(尖端・2020)

王少杰

阿母話才說完，車頭突然碰地一聲，冒出了火花。我還沒反應過來，就讓趕來的學校老師強行架著，往後頭拉去。我感到阿母還想對我說什麼，可是我完全聽不到，我離阿爸阿母越來越遠，越來越遠。

「放開我！放開我！」

我大叫道。就在這時，阿爸的車又傳出了爆炸聲響，原本只是車頭起火，現在整輛車都陷入了火海，滾滾黑煙直衝天際，一旁圍觀的人都尖叫了起來。我跪在地上，已經喊不出聲音了，我望著眼前的大火越燒越旺，阿爸阿母就在裡面，可是我卻無能為力。濃煙夾帶著熱氣，往我臉上身上陣陣刮來，不一會兒我也支撐不住了，整個人倒在地上。朦朦朧朧間，我聽見消防車跟救護車的聲音從遠方而來，接著好像有人把我抬到了救護車上，往附近的醫院送了過去。

《團圓》一本書中，兼顧了推理的邏輯趣味、議題的社會關懷和人文的情感縱深。在推理性的部分，作者看似平鋪直敘的故事中，埋藏了十分巧妙的布局，並有兩次十分精采的反轉，而且兩次反轉都能做到邏輯的自洽。在議題方面，主要也有兩個面向，一個是兒童失蹤的問題，這個部分談得比較淺，大部分是因應劇情需要；另一個是都市更新及土地正義的議題，這部分就談得比較深，並且相當具有現實感。

而在情感縱深的部分，每個角色都因為某些原因失散了家人，並期待著團圓的一天。除了作為全書主線的陳秋琴和許平，作為偵探角色的林怡芬，一開始以近乎不合情理的執著在探索著男童失蹤案的真相，到故事中段時，讀者才發現他之所以如此執著，是因為過去的心魔。上段所節錄的名場面，便是林怡芬記憶中的場景，作者透過短短幾行字的敘述，就勾勒出了那種極度絕望的心境，是家人近在眼前受苦卻無能為力的情景。

《團圓》最讓人驚豔之處，不僅僅是在推理、議題、情感三個維度上能達到巧妙的平衡，更重要的是這三個面向都緊緊圍繞著「團圓」這個主軸走。除去前面提到情感縱深的部分，在議題上，無論是兒童失蹤或土地正義都和團圓有關，一個是血親上的團圓，一個是地理上的團圓。而在詭計設計上面，這裡為了避免破壞讀者樂趣就按下不表，不過相信讀者在閱讀完全書過後，一定會深深同意，最後的那兩個反轉也是緊扣著「團圓」兩字，不得不佩服作者的功力。

《浮動世界》(要有光，2020)
提子墨

台北一〇一大樓依舊遠遠地佇立著，彷彿是這一座海島永遠的性象徵，一如繼往像假陽具般堅挺地豎立在地平線上，不知名的樹蔓爬籐早已從許多樓面竄出，如長長的水母觸角隨著風流瀉而下。曾經高聳的巨根，如今看來卻宛若雪糕般正逐漸潰融著。（節錄自第一章　消失）

有些人，臨死前仍改不了抗議的習性，在早已更名為「三戰紀念場」的廢棄廣場前，對著人去樓空的磚紅色建築物絕食靜坐，抗議早已不存在地表的政府、聯合國或安理會？抗議自己並不是方舟上的勝利組？抗議第三次世界大戰是不公平的？抗議傲骨的我們怎麼可能淪為戰敗國難民？抗議大自然無情的反撲與滅絕？卻壓根子忘了自己曾是汙染、毒害這顆星球的一份子。（節錄自第八章　閃焰）

繼太空議題的《熱層之密室》、異國傳說的《水眼》，在地歷史情懷的《火鳥宮行動》，提子墨靈活地遊走於多樣化的主題詮釋。過去其作品的特色就是嵌入豐富的娛樂性。然而以末世世界觀為主題的本作卻沒有置入太多類似議題的定型要素，但針對人性與世界的本質進行了更深切的探討。當以往在相關作品中為我們所熟悉的衰敗廢土情景，轉化為我們熟悉的地景時，那些世界觀構成要素，頓時便和我們的人生與價值觀有了連結。

人類活動與自然運行的失衡，其嚴重後果並不只是影響那些總是成為科幻世界觀要角的大國。作者讓台灣進入了這樣的世界觀，並融入環境地景的今昔對照描寫。作為都市發展象徵的繁華商圈，在劫難後仍以另一種「聚集地」形式成為人們的依附場域；讓國民引以為傲、象徵文明進步的摩天樓，即使荒廢卻還是眾人仰望、遙想當年的精神寄託。

熟悉的一切已然崩解，但人們依舊在災厄後的艱難處境中，追逐著彷彿仍殘存過往風華的象徵，與此同時，浩劫有如天擇再現，將人們區分為兩大類型。一種讓自己既有的人性缺陷更加外顯，以暴戾、哀傷等負面情緒存活下去；一種則是逐步將精神面昇華到更高的層次，在已經陷入衰敗的世界中找尋新的秩序和可能性。

這不僅凸顯了台灣在全球性災害下也無法倖免的現實。架空的要素，或許有一天會成為駭人的現實。閱讀過程中，相關的感觸也逐漸地加深。

本作要旨並非著重於末世的英雄救世情節，亦不是以浩劫事件予以恫嚇。即便是描寫到危急或驚悚的情境，提子墨的筆法仍然在虛無感之中帶有漸進性的秩序律動，讓讀者不僅僅只著眼於目前的事件，還能向外延伸，擴展到更深遠的層次。

彷若收到祕密結社的想像邀請函

簡君玲（中原大學兼任助理教授）

一、祕密結社的邀請暗號

上天的啟示隨時都會從天而降，以複雜糾結的暗號出現。我活在世上，就是每天破解這些暗號。（島田莊司，2012，頁267）

《詭祕客》創刊面市，對於喜愛犯罪作品類型小說的台灣讀者來說，應是極為振奮人心的消息了！特別是在紙本與文藝市場看似式微的今日，《詭祕客》見證台灣在後現代時代，純文學與通俗文學界線模糊的文學場域中，始終有讀者守著一份喜愛與癡心，期待收到得以進入以文字構築打造的文學聚會的想像邀請函，隨著本刊的面世，祕密讀者的聚會結社，隱隱然流傳騷動。

英雄般的聰慧獨特名偵探讓你動心？還是溫暖的小人物笨拙而堅持模樣讓你感動？在教室的課堂中，偶爾總能見到幾個埋首書刊的身影，在社交軟體頻繁，手遊與網路影片唾手可得的今日，這樣的身影總引起我格外的好奇。每每靠近一探問，發亮的眼神閃爍，小心翼翼地遞出封面，確認是否得到彼此品味的認可。一遇到安心的回應，便瞬間變得滔滔不絕，直到上課鐘聲再度響起。

在沒有公開出版的可信刊物前，犯罪小說的神祕讀者群過往或許只能口耳相傳，或於社群平台發表心得，或偶爾串聯交流訊息，零星的火花固然燦然，但少了一點可期的儀式感。而如今地下社員有了專屬的園地，活如既晴老師於創刊語所言：「《詭祕客》則更能專注經營這一隅台灣犯罪文學的發生園地，成為讀者、作者、論者最有力的支援。」嚮往的、陌生的，已知未訪的作家或作品，有了更多的星圖，如《詭祕客》創刊號「在地視野」專題中對台灣本土犯罪文學的引薦與耙梳，若按圖索驥，或有更多驚喜的可能等待著讀者。

二、經典聖地的迻譯串聯

> 等明後年入手藍光BOX，與《名偵探福爾摩斯》、《假面騎士BLACK》、《海底兩萬浬》並列在書架上，年少時代的回憶就全部到齊了！（既晴，2021，頁218–219）

「犯罪作品場域的ＤＮＡ」專題的精彩作品，也勾勒起許多讀者心中「聖地」的召喚。曾在島田莊司老師〈ＵＦＯ大道〉作品的相關導讀附註（陳國偉，2017，頁31）中，驚喜見到學者因為小說的場景，走訪鎌倉江之電的「極樂寺站」一帶，不禁會心一笑。對於受到日本文化影響長大的我輩，鎌倉曾經是《灌籃高手》動漫那片頭曲的想像，晴子的側面笑臉迎來我們的青春。而同樣的鎌倉江之電鐵道，或許因為犯罪小說的專業愛好者而有了不一樣的地景風貌詮釋。在旅行移動曾經如此容易的世代，在國外譯作與影音取得相對輕鬆的此刻，讀者們心中往往有自己對書中文字世界的投射想像，而在領域裡的閱讀挖掘，空間的意象疊上歷史的軌跡，或有更豐富的文化迻譯。

既晴老師於〈詭祕客沙龍的款待〉透露自己期待蒐集的福爾摩斯影劇，正是楓雨在〈台灣的貝克街２２１Ｂ——廖氏徵信社〉一文將既晴老師筆下的張鈞見系列類比的對象。楓雨的點評進一步召喚出這個兩個推理系列同樣的迷人之處，「在那個退無可退的境地中，還能給出希望和解答的人」（楓雨，2021，頁48-57），引人入勝的不僅是推理小說的技藝，還有小說中那一點期盼解答終能現身的相信。

推理迷心中或多或少都想像過福爾摩斯雙手手指輕碰，坐在沙發上與華生共同對話推理的畫面，而楓雨在本文更將無論是小說或影視化的福爾摩斯粉心中的聖地倫敦貝克街２２１Ｂ，與《沉默之槍》影視化的拍攝場景社子島的特色咖啡廳對舉，實地走訪的娓娓道來搭配照片的圖說，豐富了讀者的想像。而社子島的咖啡店，河濱之處步行者、自行車族口耳相傳的休憩地，如今也多了一個推理迷的小小指涉，地景與文字的對讀，精采交鋒。

III、人生學徒的迷霧修鍊

無論再小的事件，我都想描繪出其中能窺見人類的業障，或社會黑暗面的一個個插曲。（獨步文化bubu貓、Openbook編輯部，2017）

生活實難，日常挑戰的逼仄，親近關係的驟變，疫情迅疾的流布，遠方的戰爭砲聲震天，現實的挑戰往往來得讓人措手不及，每每要直到轉折局面出現，這才恍然自己是否漏接那一個個早已埋伏的預警啟示。從天而降的線索複雜糾結，而這一次、下一次，我們是否有機會早一步辨識出那破解的暗號？環繞自身難解的糾葛或許不若犯罪小說創作者精心設計的謎團，巧妙的機關算盡，但當局者迷，近身的自己偏偏難以看清曾經深陷的泥淖，或根本來自自身的小小執迷吧。

正因現實或難，鑽進犯罪小說的天地裡構築的一方天地，則讀者即可隨著章節推展辦案的推理樂趣，嘗試接住一個個暗號，嘗試一點點破解，直至最終章節。享受最終梳理謎團、解決難關的暢快，為我們喜愛並為其揪心的某個書中人物，一舒愁眉。更或者，我們也嘗試在書中角色嘗試走出人生黑霧時，跟著做一次人生挑戰的學徒吧。

《詭祕客》前承林佛兒老師的《推理雜誌》（1984~2008）的初步推廣類型小說奠基，更添一份對台灣犯罪小說創作、評論、出版之間彼此繫連更有系統化的推廣與支持的信念，在首刊的編纂中展現了不容小覷的企圖心！在價值離散的今日，有一群人，以極認真的姿態做一件心中覺得有意義的事情，守護比你經常宣稱的喜愛更衷心喜愛的園地，這近乎一種信仰，那耕耘的姿態讓人分外感動。在小說之外，更加動人。祝福《詭祕客》的出版更加豐盛美好，為每一個在角落裡祕密破解暗號的同好們，主持一場又一場精采的主題結社！

引用資料

既晴（2021）。〈詭祕客沙龍的款待〉。載於台灣犯罪作家聯會（編），《詭祕客》（頁218-219）。尖端。

島田莊司（2012）。〈舞蹈症〉（王蘊潔，譯），載於島田莊司，《御手洗潔的舞蹈》。皇冠。

陳國偉（2017）。〈在本格Mystery與二十一世紀本格之間的異色風景〉。載於島田莊司，《折傘的女人》（高詹燦，譯）。皇冠。

楓雨（2021）。〈台灣的貝克街221B——廖氏徵信社〉。載收錄於台灣犯罪作家聯會（編），《詭祕客》（頁48-57）。尖端。

獨步文化bubu貓、Openbook編輯部（2017年11月1日）。〈張亦絢X宮部美幸：行走在現實的黑霧中，我們都是人生的學徒〉。Openbook閱讀誌。https://www.openbook.org.tw/article/p-848

《詭祕客》創刊號讀後，兼論《華燈初上》

劉建志（國立台灣大學兼任助理教授）

犯罪文學的影視化趨勢

台灣犯罪文學專刊《詭祕客》於二〇二一年面世，為台灣犯罪文學的重要里程碑，一如推理作家既晴在創刊語中所述，台灣犯罪文學已立足出版，更向影視、遊戲改編邁進。創刊號中，更有四篇專文討論「螢幕中的犯罪名場面」，內容觸及台灣犯罪電影、《沉默之槍》、《複身犯》等作品，可見犯罪文學的影視改編的確是不容忽視的趨勢。

在歐美或是日本的影集、電影、動畫中，以犯罪為題材的劇集不勝枚舉。舉其要者，光是以偵探夏洛克·福爾摩斯為主角的改編劇集、電影就成果豐碩，如以二十一世紀現代英國為背景的推理電視劇《新世紀福爾摩斯》便頗獲好評；日本推理小說家東野圭吾的名作，經改編為電視劇、電影、舞台劇，更是族繁不及備載，其中名作如《嫌疑犯X的獻身》、《解憂雜貨店》、《白夜行》等，除了在日本拍攝外，更翻拍成中國、韓國等不同語言版本的電影。凡此種種，皆可看出以犯罪為題材的影視作品，不論在歐美、亞洲，皆有不容忽視的傳播與接受。

《華燈初上》中的懸疑手法

若聚焦於台灣影視，二〇二一年年末，《華燈初上》（Light the Night）在Netflix全球獨家上線，引發許多話題。這部電視劇以一九八〇年代台灣日式酒店「光」（ヒカリ）為背景，帶出酒店媽媽桑、酒店小姐與客人間的愛恨情仇。因劇情一開始就出現一起謀殺命案，使這齣劇在第一季便有熱烈討論、推測死者是誰的話題性。隨著劇情推展，角色彼此間的衝突也更劇烈，使犯罪文學中不可或缺的「動機」更加立體。

亦有人注意到，這齣劇的懸疑手法很像一部韓劇：二〇一九年上映的《山茶花開時》。這部韓劇在第一集，便拍出戴著手環喪生的女子。這個手環在劇中是女主角吳東白（孔曉振飾演）的重要物件，且在劇中刻意拍攝手環配戴於她手上的畫面，整部戲營造出「女主角會喪生」的緊張感。此外在劇情故事推展時，每個角色呈現出可疑之處與犯罪動機，並適時在劇中揭露凶手特徵的線索，使觀眾在品味浪漫愛情劇的同時，亦能享受緊張、懸疑的推理過程，更使此劇的結局獲得二〇一九年韓國迷你劇的最高收視率。

《華燈初上》營造相似的懸疑感，在第一季也是以「紅鞋女」的喪生，帶出「紅鞋」這個重要物件，這樣的安排頗似《山茶花開時》女主角配戴的手環。此外，《華燈初上》更藉由時空跳躍的拍攝、剪接手法，拍出酒店「光」中錯綜複雜的人際關係，在短短八集裡便成功建立角色性格。為了妥善鋪陳動機，在第一季結尾揭露的死者蘇慶儀（酒店老闆）更與劇中主要角色都曾發生齟齬，使得案情更顯撲朔迷離。

若以「犯罪」為切入點，這部劇除了以命案帶出懸疑感外，劇中更有販毒、強暴、暴力、愛情詐欺等不同的犯罪形式，一方面具現酒店環境龍蛇雜處的複雜性，一方面也在這些真情假意之中，刻畫條通女子如「雨夜花」一般的人生際遇，餘韻不絕。

《華燈初上》解謎過程

《華燈初上》第二季聚焦在刑警潘文成的辦案經過，藉由一層一層抽絲剝繭的偵查、問案，使得謀殺命案、黑道犯罪、暴力、販毒等犯罪行為交織在一起，並藉由如「羅生門」一般的限縮視角，帶出每個相關人物所見、所知的片面事實，與極有限的線索。情殺、仇殺、財殺的可能性，在警察辦案、調查的過程中都言之成理，使真凶的面目藏而不顯。在第二季上映後，雜誌、網路平台、娛樂新聞中，更不乏熱烈討論，諸如「網友揭露10個線索」、「疑點整理」、「角色關係解析」等相關文章更如雨後春筍般冒出，可見懸疑劇的魅力所在。

若引述推理作家既晴的推理小說創作觀：「正統的推理小說，即是以解謎為主，且必須有解謎的過程。」《華燈初上》這齣犯罪電視劇，即為觀眾準備了解謎的空間。觀眾在品味電視劇的劇情外，也能享受推理的樂趣。劇情中更細心鋪設種種線索，使觀眾對凶手的認知隨著線索揭露而不斷更新，在第二季的終結，留下許多懸念。

懸疑之外，人性之內

這齣劇在調查案情之外，亦融入許多深刻的議題——如何面對失去？如何面對死亡？在第一季揭露的命案，衝擊到了第二季中的角色們。死去的人已解脫，活著的人處於地獄。酒店「光」在媽媽桑去世後生意蕭條，且面臨新的勁敵在對面開業，這家酒店如何絕處逢生？酒家女子間內部的衝突隨著命案激化，且各自有著不同的人生盤算，這樣的衝突如何消解？被指控為凶手的女主角羅雨儂，如何在鋪天蓋地的攻擊中洗刷嫌疑？更進而主動出擊，找尋凶手的蛛絲馬跡？這些議題，都在充滿犯罪事實的劇情推展中持續深化，使得這部犯罪電視劇不僅訴說懸疑，更訴說了堅韌與複雜的人性。

回應到考究詳實的一九八〇年代日式酒店設定，這齣劇在懸疑推理外，必然有更多關於人性的故事想要陳述。以販賣曖昧的酒店為背景，呈現的核心主題正是「真情」：糾葛的愛情、友情、親情，與人性百態，在劇中藉由立體的人物持續展演。劇中的多角戀情關係，在媽媽桑、酒店小姐、編劇、大學生、女星、刑警、客人中錯綜複雜發展，其中有純情、有虛以委蛇、有欲擒故縱、有默默守護，呈現戀情的種種型態。歌手陳昇在歌曲〈舊愛七條通〉這樣刻畫酒店小姐的愛情：「問天明時夜裡的霧／到底要飄向何處／街燈下留著迷亂的腳印／恍惚中想起的名字／真心就算了吧」，而「歡場裡怎會有真愛」的質問，彷彿也一直在這齣戲中頻繁上演。當華燈初上，「ヒカリ」的紅色招牌在條通亮起，我們便知道，有太多故事將在這家酒店裡面發生。

儘管《華燈初上》仍未完結，犯罪文學最精彩的解謎也還在第三季等著，我們卻已經能夠相信，在「犯罪文學的影視化」中，《華燈初上》的確形構了一個迷人的小小世界，在人物構設與背景營造中，留下了台灣一九八〇年代條通的特殊光韻。這樣的影視作品，更具體實踐了台灣犯罪影視作品的在地化。而《詭祕客》這本犯罪文學專刊，推廣台灣犯罪文學的在地化不遺餘力，一如華燈初上，閃耀著動人的風采。

推理從「大一國文」開始

陳俊偉／國立金門大學兼任助理教授

《詭祕客Crimystery2021》（以下簡稱《詭祕客2021》）的出版係屬台灣犯罪文學的一大盛事，透過專刊定期面世，維持媒體、網路能見度，增進社群內部交流資訊與培養凝聚力。另外，還包含知識推廣、智性培養，以及提供表演舞臺等功能性，這兩者對於大專院校必修課「大一國文」的師生來說，格外有其意義與價值。

從學生端思考，十八歲以前面對的都是考試為唯一重心的國語課本，即使現代文學比例抬高，兼及教科書選錄的文章也不再限於一般的文學作品，依舊無法擺脫「大考」的桎梏。大學畢業以後，各式國家公職考試還是導致考生自動返回五指山下，心念佛祖加持，持續精進考試技術。因此大專院校時期的國文課反倒成為唯一具備彈性教學的空間，甚至為教育體制唯一的救贖機會。

兼容純文學、大眾文學的「犯罪文學」更彷彿一道輸入新鮮空氣的門窗。閱讀《詭祕客2021》時，筆者重溫陳國偉《越境與譯徑：當代台灣推理小說的身體翻譯與跨國生成》（2013）、洪敘銘《從「在地」到「台灣」：本格復興前台灣推理小說的地方想像與建構》（2015）兩本以台灣推理文學為研究主題的學術著作。卻難免距離一般大眾較遙遠，反倒《詭祕客2021》專刊裡面提供的文章明顯較為親民。

例如，該書〈二〇〇〇年後台灣犯罪電影10大精選片段〉一文聚焦在十部作品中令人印象較深的螢幕中犯罪名場面，還列有一百二十部符合定義的犯罪電影片單（當中包含作者自己特別解釋的《大尾鱸鰻》），雖然篇幅僅五頁，卻足以提醒讀者該如何重新觀賞這些電影。很多部電影的片段平常看過就忘記了，這篇文章彷彿一個引子、一個魚鉤，能夠重新調動讀者的記憶片段，注意的重點不同，觀賞文藝作品便容易有橫看成嶺側成峰的趣味。更不用說二〇〇〇年後的台灣犯罪電影伴隨七、八年級成長，溫故知新，「以前怎麼沒有想過這個問題」，新的知識與體會，總讓人的智性、心理都得到滿足與愉悅。

閱讀的期間為了看懂專刊裡面的內容，筆者也試圖透過網路書店，嘗試尋找一些屬於知識推廣類型的書籍。這些書籍的內容也反過來給筆者一些精神建設，例如《通往謀殺與愉悅之路》（2019）說：「只要確實養成閱讀習慣，詞彙就會增加，表現力也會更上一層樓，文藝出版的未來也前景可期。」（本書副標太長，請容許省略）這本翻譯著作在台灣正式出版，剛好對「犯罪文學」的能見度產生推波助瀾的效果，同時鼓舞筆者向學生介紹一些平日消遣閱讀的書籍。

這些面向一般大眾的書籍，自然存在它的定位，尤其適合給予剛進入大專院校的大一學生閱讀。無論對方是否為人文社會學院的學生，都不妨礙這些書籍被當成現有的教材進一步使用。

台灣年輕世代的學子，得益於《名偵探柯南》的長期陪伴（當然還有《金田一少年之事件簿》），長大以後補充電影影劇的洗禮，例如《X檔案》、《CSI犯罪現場》、《神探伽利略》、《掟上今日子的備忘錄》等，一些關於犯罪文學、推理小說的規則、內容實已默識於心。

即使這樣一來，難免對於刑案調查的實際工作內容存在理解、認知的落差（據說大部分相關人員的大部分時間都過得很無聊），長期累積的成果，對於一些名詞，或者偵探、推理故事裡面的世界觀都容易異樣地熟悉。包含犯罪動機、犯罪道具（釣魚線、氰酸鉀這類有杏仁味的神藥該怎麼使用）、鑑識人員的工作內容、如何推斷屍體的死亡時間、如何製造不在場證明等都如數家珍，熟悉度遠超過過往的任何一個世代。

文學傳承經常透過一些難以進行學術論述的方式完成，學生不必坐著好好閱讀完經典著作，僅僅只是斷斷續續接觸過一些內容，無論載體、管道為何，潛移默化，已經是一位潛力無限的寫作者、評論者。外部環境的刺激、影響，終究超乎人們的想像，學生唯一缺少的東西僅僅是一把鑰匙、一個契機而已。

若再從教師端思考，一開始的時候不免對於文學式的誇張寫法抱持懷疑態度。例如，按照「犯罪學」的研究成果表示，人類實在很不擅長犯罪、暴力、戰鬥，近期很夯的《人慈》（二〇二一年，請容許刪除副標題）這本書同樣說明人類已經算是非常友善、拙於說謊的物種。

真實生活的犯罪率偏低，無論從人數比例、或者犯罪時間檢閱（「壞人」真正犯罪的時間大多相當短暫，平日正是我們生活裡面經常遇見的好鄰居、好朋友），答案皆無疑如此。台灣本身的治安績效，更是逐年呈現進步的曲線。既然「犯罪」這一件事情本身屬於極端案例，俱備故事性的優秀犯罪無疑屬於鳳毛麟角，那麼一個「不真實」的東西，對於讀者又有什麼樣的啟示呢。直到閱讀《詭祕客2021》專刊，不難從中聯想到答案應該要從讀者的心理需求進行思考。

這又讓人想起《超棒推理小說這樣寫》（2015年，同樣刪除副標）一書，裡面出現一些觀念讓筆者不免有一些驚愕，例如：「儘管以角色而論，他們深度不夠，和信用卡一樣扁平，但他們具體呈現了普識共通的英雄神話價值……在推理作家間有個口耳相傳的理論：淺薄的角色自有吸引讀者的奇特方式。原因是這類角色少有（或沒有）自己的內在生命，所以讀者會把自己的性格投射在他們身上。」現代的偵探、推理小說如果出現類似正義、睿智、勇敢的英雄擊敗邪惡一方的神話傳統模式，自然容易俱備吸引讀者持續閱讀的魅力。務使讀者從小說獲得極大的滿足感、愉悅感，甚至將自己投射入某一些較扁平的角色（一般說來，角色「扁平」應該屬於負面評論之時使用的詞彙）。

站在讀者的角度思考文學作品的價值，某種程度矯正學院裡面評論文學作品的慣性思維。

一些較為冷僻的觀念倘若需要得到發揚，勢必要經常維護、經常灌溉，是故長期以往必然導致部分內容一直重複出現在相關刊物上。幸虧，今時今日筆者已經懂得站在讀者的立場思考問題：不同的閱讀情境、不同的文字脈絡都可以觸發、滋長閱讀大眾的靈魂。「脆弱的想法需要每天灌溉」，適用於每一位作家、評論者，同樣適用於讀者。

當初收到邀稿的時候，筆者立刻下單補充大量的「犯罪文學」相關書籍，替整個產業貢獻一些產額。書架一整排的書籍無疑為一筆非常危險的投資。什麼時候才能賺回當初投入的時間、心力與金錢呢？或許，該建議出版社盡量向年輕、貧困的大學國文教師邀稿，對於這些人來說，就成為一個很好的閱讀動機了。

猶記《通往謀殺與愉悅之路》論及作者在大專院校講授推理小說時，曾經說出：「我的考量是，那必須是文章易讀，並且能『一讀必殺』，讓讀者成為推理小說魅力俘虜的作品」如果是這個考量，即使是剛接觸該領域不久、對於相關知識的理解尚屬淺薄如筆者，從《詭祕客2021》的〈台灣犯罪文學精選十三作〉一文得知該選取那些著作、該如何講課。如果要讓學生「考試」，陳述發展軌跡是必須的（人們總是喜愛線性史觀），這樣的話《詭祕客2021》的〈台灣本土犯罪小說的發展軌跡〉一文就馬上可以現學現賣，無痛接軌。這樣說來，類似的好讀專刊越多，反倒備起課越來越輕鬆。

人類為了生存，隨時隨地都在權衡利益，投入相當程度的成本在某一件事情上面以後，基於「損失規避」（Loss aversion）的心態作祟，大概率將投入更多的資源，期望回收報酬的一天到來，產業就這樣莫名其妙地擴展。筆者正在修改下學期預期的課程課綱，心想：「竟然已經備課好了，為什麼不好好運用呢？」因此，與其說出「推理從大一國文開始」的豪語，更精準的說法應該是：「推理從入坑開始」。

追溯最初的起點，一切都不外如是。

推理素材在課堂中的運用：以極短篇與筆記小說的閱讀書寫為例

陳嘉琪（國立台灣師範大學兼任助理教授）

推理小說又稱為偵探小說，最初源於西方通俗文學的體裁，主要具備「罪案、偵查、解謎、破案」的敘事模式，描述主角的觀察與破案過程的分析。讀者往往能透過推理小說的閱讀享受解謎的樂趣，同時或強化思維的縝密性。雖然日治時期日本「探偵小說」已傳入台灣，但至一九九〇年代，台灣的推理小說市場仍屬小眾，直至千禧年前夕日本推理漫畫《少年金田一之事件簿》與《名偵探柯南》引介入臺，才真正在台灣颳起一陣推理旋風，名偵探「柯南」幾乎成為家戶通曉的漫畫人物。拜影音與圖像之賜，推理題材以漫畫的形式推廣至台灣家庭，讀者群也隨之大眾化與年輕化。

二〇二一年由台灣犯罪作家聯會編輯製作，城邦文化出版的犯罪文學專刊—《詭祕客》的誕生，無疑標誌著台灣本土犯罪文學的發展，正式邁向新的里程碑。《詭祕客》創刊號不僅拓展了推理迷讀者的視野，對於一位有心成為推理作家或編劇的創作者來說，更是一本難得的教戰手冊。創刊號專訪了台灣導演與編劇，揭示了台灣本土懸疑電影的發展潛力，也細部談到了影視圈中將小說創作改編為劇本的種種考量。另外也娓娓道來「歐美加臺」知名犯罪作家與新銳小說家對於寫作的想法，以及寫作技巧的蛻變。可以看出《詭祕客》的發行，有意將台灣的犯罪文學推向國際化的野心。

即便台灣犯罪、推理文學的本土作家與讀者群，日益茁壯。近年許多優良的課後閱讀書籍，也不乏各類推理文本。然而就中學教材來看，或受限於文本篇幅，推理小說進入教材的比例可說是寥寥可數。然而推理素材在教學上，往往能引發極好的反饋，其原因如下：一、優秀的推理小說必然具備閱讀的趣味，引發同學的閱讀動機。二、推理小說能培養敏銳的觀察力，引導讀者透過事件的蛛絲馬跡，一同偵探案情的發展。三、讀者除了透過推理小說，思索情節安排的意義與合理性，亦能進一步學習小說伏筆的運用。四、延伸思考案件背後的社會議題。近年來台灣優秀的影視作品如：《血觀音》、《返校》、《誰是被害者》、《複身犯》等，皆運用了推理、懸疑的敘事手法，強化觀影的趣味性，同時也藉由歷史與社會議題，拉近推理影視與社會脈動的關係。

在大學課堂中，以推理影視為文本素材，進行影評與議題探討的教學，應能有效提升同學的寫作與思考力。然而受限於教材文本的篇幅，將推理小說納入大學一般的文學課程，仍有一定的困難度。但值得留意的是，推理小說謎團的設置和懸疑性，與極短篇結尾的反轉性及伏筆運用，有異曲同工之妙。若以推理小說的敘事手法作為授課重點，教師或可借助極短篇與古代筆記小說的素材作為媒介，向同學引介推理筆法的寫作，進行文本的再創作。以下將就極短篇與筆記小說兩個面向，分享推理素材在大學課堂的教學運用。

極短篇中的推理

鍾玲曾將長篇小說與極短篇的關係比喻為：「一桌國宴水準的大酒席」與「一道陳列得賞心悅目的水果盤」。這樣的比喻或許也適用於推理小說與極短篇的關係。推理小說首重謎團的設計，作為一本能讓讀者享受閱讀樂趣的推理小說，謎團是否引人入勝，結局是否出人意表，再者小說的懸疑度、緊湊度與人物刻劃等，皆是創作時所必須考量的面向。推理小說的長篇幅，往往是建構在人物刻畫及故事布局的需求性。然而極短篇受限於篇幅的長度，必須以簡單的人物、情節編織一個完整的故事，相較於推理小說，更適合用於課堂教學。極短篇往往於開頭便埋下伏筆、懸念，並在結尾給出爆發性的解答，以出人意表的方式收場。因而其所帶來的閱讀樂趣，乃停留在解開謎團的瞬間，利用小說結尾的餘韻給予讀者想像空間。極短篇的寫作筆法可說是擷取了推理小說的精華之處。

課堂上，筆者曾以弗雷德里克・布朗的〈敲門聲〉「地球上最後一個人獨自坐在房間裡，這時忽然想起了敲門聲……」為例，有以下的教學引導。

一、分析極短篇的伏筆：請同學尋找作品的伏筆，思考地球上最後一個人與敲門聲的關係。

二、分析作者如何經營懸念：作者以敲門聲收尾，並利用刪節號營造出一個開放性的結局。課堂上，或可引導同學思考：若地球上僅存一個人類，為何會有敲門聲？是另有倖存者抑或其他的可能性？而地球又怎會僅剩最後一個人？

透過故事所給予的想像空間，或可引導同學進行極短篇的續寫，再次經營故事的伏筆與懸念。同時亦可藉由故事仿寫，指導同學進行極短篇的圖文創作。下方兩件作品正是課堂引導下，同學的創作：

作品一：

國立台灣師範大學國文系　賴栯慧

女人的最後一滴血
落在地毯上。
這時，一群男人帶著
相機走進來……
國文系　賴栯慧

作品二：

國立台灣師範大學台灣語文學系　夏琳

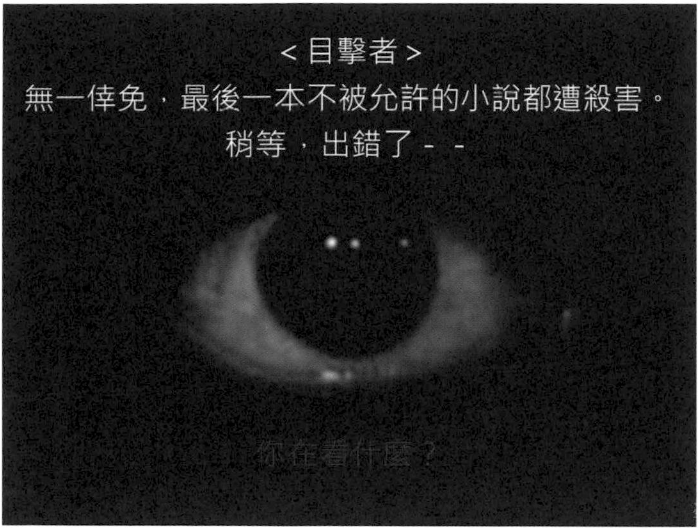
< 目擊者 >
無一倖免，最後一本不被允許的小說都遭殺害。
稍等，出錯了 - -
你在看什麼？

同學援引了〈敲門聲〉中「最後一個」的概念，經營作品的伏筆。進而利用圖文的相輔相成，帶出故事的懸念。作品一以女人的血以及男人的相機，暗藏媒體追逐腥羶的省思。而作品二則以「你在看什麼？」收尾，暗示了圖片的眼睛不僅是目擊者的，同時更是凶手的，以此營造故事的驚悚性。兩則作品對於伏筆及懸念的運用，與近年所流行「兩句話恐怖小說」的創作概念十分接近，僅用寥寥數語建構一個故事，並利用前後語意的反差，營造故事的懸念與出人意表的結尾。

除了「兩句話恐怖小說」，尚有源於歐美「十字小說」的創作，皆相當適合作為課堂推理文本的閱讀素材。《聯合副刊》「文學遊藝場」曾於二〇一〇年舉辦過十字小說的徵文比賽。當時所刊出的作品中，不少作品亦利用了推理小說的懸疑性來進行創作。如：

與死亡比鄰而居／Fanze

「不要殺了我。」那隻鸚鵡說

該作品藉由標題與文本的互文性，與「鸚鵡」模仿人類說話的特點，暗示鸚鵡曾目睹了一件謀殺案件。作者利用「鸚鵡」的符號性，作為該故事的創意點，同時也營造了一個供讀者完成故事想像與推理的完美留白。「十字小說」因篇幅簡短，相當適合用作課堂討論的文本素材，引導同學思考故事情節安排的創意點在哪裡？進而推敲並想像故事的原貌。而這樣的討論過程與思考推理小說所設置的謎團，十分接近。除了能提升同學鑑賞小說的能力，同時也在鍛鍊思考與推敲線索的能力。

從古典作品中尋找推理素材

事實上，只要故事留有供讀者想像的伏筆，皆是很好的推理素材，讓同學化身為偵探發想故事，破解謎團。以《世說新語・支公好鶴》為例，其本身雖與推理小說無涉，但小說中所設置的伏筆，可作為線索，供同學練習進一步拆解謎團。

> 支公好鶴，住剡東岇山，有人遺其雙鶴，少時翅長欲飛，支意惜之，乃鎩其翮。鶴軒翥不復能飛，乃反顧翅垂頭，視之如有懊喪意。林曰：「既有凌霄之姿，何肯為人作耳目近玩！」養令翮成，置使飛去。

〈支公好鶴〉源於真實史事，可與釋慧皎《高僧傳》互為對讀。《世說新語》以百字內的篇幅，描寫支道林出於對鶴的癡迷與執著而鎩其翮，最後因體悟鶴的感受，選擇放鶴歸林，不強求將所愛留在身邊。若仔細推敲小說行文，作者於開篇留有「有人遺其雙鶴」的伏筆，或可視為小說的謎團。引導同學思考：為何文本強調支公受贈了「雙鶴」？而故事看似僅寫了一隻鶴的遭遇，並沒有交代另外一支鶴的下落。另外一支鶴發生了什麼事？

筆者曾以此伏筆作為課堂討論，引導同學進

行故事續寫。同學在寫作過程中一一化身偵探，進行解謎，有人黑化支公，認為支公放鶴只是顧及眾人眼光，實際上偷偷留下了一支鶴。有人將故事重心放在雙鶴歸林後的種種遭遇，反思放鶴歸林真的是好的選擇嗎？不論何者，能引發同學進行思辨，皆是一種正向的教學引導。

事實上，不少優秀的古典文學作品，都留有供讀者想像的空間，教師若能妥善利用，皆能成為推理素材，將課堂轉變為辦案現場，讓學生成為偵探，進行文本的深度閱讀與再創作。而這樣的推理精神，相信能賦予文學文本更多的想像空間與詮釋角度，也讓師生透過推理的視野，使課堂的討論與教學，碰撞出更多精采的火花。

詭祕客的一年

既晴

《艾爾登法環》是我期待已久的遊戲，但發售日剛好工作太忙，沒有在第一時間預購，後來又過了一個多月才入手。在等待的期間，剛好碰上《黑暗靈魂》一到三代數位版有特價活動，我也都下載了。接著，連它們的遊戲設定集也全買了。說起來，這幾款遊戲我也知道這輩子無法全破吧，但是，仍然喜歡裡頭神祕而深邃的世界觀。一收到遊戲後安裝完便開始玩，很快地就遇到「大樹守衛」，然後就被各種斬殺了數十次（說好的盾反呢？）。對，就是這個死了又死、死了又死、永遠死不停的衝擊，令人感受到生命的脆弱。

林庭毅

過去只是聽說，從來不知道原來有了小孩後，人生可以有如此翻天覆地的轉變。從前寫文、追劇、或到書店翻翻最新的作品，看起來都是簡單不過的日常，怎知家裡多了一隻小生物以後，奶瓶刷取代了手機，就連開啟紫外線消毒鍋的次數都比電腦還多，不過也不是沒有好處的地方，例如，我單手打字的速度變快了，就像在寫這篇文一樣！噢，我又要去餵奶了。

牛小流　疫情圍繞的二〇二二年，依然是不平靜的一年。日子不是工作還是顧娃，閱讀和創作量都不如往年，聽到周杰倫久違的新歌，不禁眼眶一熱，最偉大的作品往往出自孤單，淡出是為了日後的繼續活躍！

軸見康介　不久前關注美國推翻墮胎權的新聞時，碰巧發現了一則有趣的推文。推主的本意是諷刺最高法院的決定，卻意外地提出了一個頗有智慧的觀點。

「其實男性結紮是可逆的。如果想從源頭達到避孕目的，先讓所有年輕男性接受結紮，直到在財務及心理方面都被認證過有資格成為人父後，才允許他們解除結紮。（下略）」

暫且不論實行的可能性，這或許是最適合人類的控制人口方式了。我又想起一部主角是遠遠比人類優越的外星智慧體的老電影，在他的星球如果要進行繁殖行為，「就像不斷被人用力踢生殖器，再加上劇烈的頭痛和噁心感」，因此只有真正想要繁殖的人才會做這件事。

真不愧是高等生物。不過人類絕對會拒絕這種進化，還是結紮比較好。

葉桑　今年七月二日，我應邀擔任第五屆林佛兒獎評審，於是搭台鐵去台北。一上車，車廂人滿為患。可是在最角落的雙人座卻空著，我像摩西，穿過人海，當仁不讓地靠窗坐下。火車抵達桃園，車廂的乘客少了三分之一，隨即又上來三分之二。我正想閉目養神，驀然感覺有些不對勁，為何我旁邊的位置沒有人要坐？

是不是座椅底下有異物，我卻毫無知覺地坐下來？除了視覺，我還運用嗅覺去探索，沒有。經過鶯歌、樹林、板橋，直到台北，鄰座都沒人坐下來。這是一個非常詭異的經驗。難道我身邊已經坐了一個（東西），大家都看見了，獨獨我視而不見。

喬齊安　二〇二二年至今在公司正式賣出了七本小說的影視版權，想想數年後如果全數搬上大小銀幕，是多麼不可思議的一件大事。另外，經過三年在ＯＫＡＰＩ上投注的努力，今年也收到了許多翻譯重點書的書評邀請、以及對我來說別具意義，在信函上註明「您對類型文學有深入研究」的《皇冠雜誌》恐怖文學專題邀請。不知不覺間成為了那個理想中的自己。無論如何相互抬轎，人終究要靠實力決定你能抵達的高度。

戲雪　今年青蘋果斑馬魚剩兩隻，蝦蝦的數量也明顯減少，不過再怎麼樣還是比我手滑帶回家的六顆（昔）苔球（今）棕球狀況好——室溫顯示為37度。合氣道則可喜可賀地跳級為藍帶，張弛之間的力道拿捏、各種技法的身形轉換，看起來容易做起來難，需要恆心與毅力，可是非常好玩，明年繼續朝黑帶邁進！

這一年因各種忙碌，看書和寫作的時間都大幅減少，七月換新工作，希望更有餘裕和心力做自己想做的事。這之中，書還是要買的，酒也還是要喝的，新入手的紅心芭樂米酒和荔枝高粱，還沒開瓶，誠徵酒友！

白羅　疫情持續延燒，不適宜跟以前的室友進行定期聚會。後來決議出一個替代方案，在彼此的生日當天做線上慶生，在臉書發動態互相標記在食物上，例如去年是買麥當勞而今年換成肯德基。

一開始實行的時候因尷尬而感到抗拒，後來習慣之後反而爭先恐後的搶著認領。這當中最熱門的項目是飲料，有一個很少出聲的室友每次都被我們其他人標記在番茄醬上。

這個儀式聽起來很蠢很幼稚，但是也反映了

我們之間的交情可以超越旁人的眼光，自得其樂的把我們的幼稚昭告天下。

貝爾夫人　一場下大雨的尋常日，本想直接在家當阿宅，但記憶很奇妙，靈感一閃而過：「何不試試看從沒體驗過的VR遊戲？記得那裡有開一間專門店。」立刻約好朋友，一同前往。

一進到包廂，裡頭除了螢幕和地上的VR設備，剩下則是偌大的空間，心想就算在裡頭小跑步都沒問題。現場工作人員小心翼翼，將我和朋友的頭罩上有趣的VR眼鏡，手裡握緊圓形的控制器後，遊戲就開始了。

從空蕩蕩啥都沒有的空間，穿越時空來到古埃及金字塔的底層。一開始什麼都不適應，工作人員明明叫我不要移動，我卻可以在什麼都看不到的情況下，撞到在我身後的朋友，還真是天才。

幸好之後一切順利，從解謎、射箭到攀岩，原本四人的遊戲，我們兩人就破關了，最後爬上金字塔頂端，逃脫成功。

八千子　星街彗星超級可愛。因為想學會她每一首歌，所以買了麥克風外加三個月的Joysound季票。結果實際唱之後只覺得太噁心了吧，這真的是我的聲音嗎？不說還以為是哪裡來的跟蹤狂在別人耳朵旁邊吹氣呢。真的不該買季票的，別說三個月，唱很爛這種事情只要給我三分鐘就明白了。

蘇那　面對抗疫的疲勞，今年學會了發呆。

有次在咖啡室，望著街外的英式建築，籐蔓在紅磚牆上攀爬，竟不自覺「入定」了，回復意識時已過了一刻，完全沒半點思緒，是大腦一種愉悅的休眠。

之後不斷嘗試如何達到這種狀態，一種完全放空的享受：

一、在書店裝著看書，沒人打擾，視線漸次

模糊，身邊無人無物。

二、在大賣場裝購物，靈魂出竅嘛！不過購物車撞到了位阿嬤。

三、把桌面的圖標，由左邊逐個拉到右邊，注意：龜速。很快便會到達「呆」的境界。

四、把車子輪胎拆下，前後對調，不滿意？左右再調換一次。出了一身汗，什麼成果也沒有，真爽！

有些苦，是要含笑渡過的，不是嗎？

海盜船上的花　今年好像做了很多事，又好像什麼事都沒完成，不過倒是挑戰了一些沒做過的事，像是第一次畫油畫、第一次一個人看電影、第一次上阿里山看日出、第一次嘗試吃木耳（好吧，應該也就那一次）。

最有成就感的事，大概是買了一株小變葉木的盆栽種在家裡，非常隨性的澆水，到現在還沒枯萎。

疫情下又過了一年，已經很習慣戴著口罩到處趴趴走，人類果然是很容易適應改變的生物。雖然如此，不過還是天天盼望著可以出國玩的日子啊！

楓雨　兩千年出生的孩子都已經大學畢業了，忽然意識到自己是上個世紀的老人了。年紀大有很多徵兆，開始放棄探索新歌，歌單裡永遠都是老歌，開始跟人爭論《范特西》才是周杰倫最偉大的作品，想來《范特西》也已經是二十年前的作品了。

廖弘欣　寬闊的心胸、白爛的行動，一直是我在人生道路上自我砥礪的方針。在終於解決耗時三年、宛如國土大長征的某電視劇劇本後，為了調劑身心，也為了吸收南國陽光好解決編劇常見的骨質酥鬆症，我參加了台灣文學館與衛武營國家藝術文化中心的文學劇本改編工作坊，其目的是改編台灣經典文學以作為青少年戲劇教育的讀本教材。可是於我，最誘人的是可以在衛武營的表演廳看自己的本上演（雖然只有六分鐘）。於是乎我改編日治時期作家翁鬧的《天亮前的戀愛故事》成為《天亮前的戀愛相談所》，成功地讓一名現役數學老師（俊佑～感謝你！）在回聲效果絕佳的表演廳舞台上按下尖叫雞——當「啊～嗯」的聲音響起，我也完成了畢生想打破「藝術殿堂」次元壁的悲願。

王元　農曆新年期間我撿到一隻滿面鬍鬚、臉長得很好笑的褐色小狗。說撿不太正確，是它硬鑽進門內，強迫我中獎。從那刻起，我走上了修行之路。在經歷被牠摧毀掉拖鞋、車牌、車門防水膠條，以及兩度咬斷自動門電線害車子出不去等劫數後，我終於被渡化得大徹大悟，邊拈花微笑，邊替小狗取了名字，正式邀請它成為家庭成員。

前幾天出門遛狗，鄰居問起小狗的名字。「Chewie」我說。鄰居看了看它的臉，心領神會地大笑，「StarWars 那個吧?長得很像!」回家途中，我內心充滿隨手埋下的彩蛋被找到的愉悅。

「Chewie 我跟你說，我們作家可是很會起名字的喲。」我對小狗說。大概是看到我又升起了傲慢心，它完全不理我。

黑燕尾　赴日旅遊解禁前，透過直播觀賞寶塚歌劇團公演也成為台灣塚飯重要的生活調劑。其實相較於劇，我更期待的是可以欣賞到許多華麗呈現的歌舞秀，因此觀劇時也更偏好「二本立て」（公演上半場為戲劇、下半場為歌舞秀）型的作品。近期去看了本命之一星組的《再次相逢 Next Generation—深夜中的委託人》，便是一次很好的觀劇體驗。情節簡單但可愛逗趣的戀愛冒險劇搭配下半場以西班牙傳統祭典為主題的歌舞秀《Gran Cantante!!》，讓觀眾在整場表演中前後經歷了甘甜與熱情氛圍的洗禮，是能夠從中感受到星組ＴＯＰ禮真琴變化多端、極富層次魅力的演出組合。

此外，近期也公布我的另一個本命宙組將要於二〇二三年演出改編007原作小說的《皇家夜總會～我的名字是龐德～》。消息發表時，據說推出原作日文版的東京創元社內的眾多寶塚粉們立刻陷入一片瘋狂。對喜愛動作諜報作品的我來說當然也是無比興奮。過去曾在寶塚版《瞞天過海》演出Daniel Ocean、舉手投足都散發震懾人心魅力的宙組TOP真風涼帆，究竟她會詮釋出什麼樣風格的龐德呢？

Katniss 蕭瑋萱

我的好運和機智似乎全用在創作裡。朋友說，離開小說的我是失水的魚，要怎麼生活，如何游泳都遺忘了。

昨天自潛，一隻僧帽水母纏住了手。

毒性蔓延得很快，急診室醫生們不知所措地團團轉，查被水母螫傷的醫療代碼，緊急消毒，給藥，打了一針。

老醫生難置信地說：「哎呀，全世界第三毒的水母都給妳遇上啦？」

我忍不住笑了起來，說我總是這樣子的，甚麼神奇的事都會發生。

有意無意地用身體記住這個世界，有點疼痛，但不會遺忘。我喜歡。

提子墨

今年四月開始，鎖國封城兩年多的加拿大，在三劑疫苗施打率達到80%後，終於陸續解封開禁！進入餐廳、賣場或瞎拚魔，不再需要排隊量體溫或出示接種證明了！五月起，也逐漸恢復「無罩」與「裸臉」上街的正常生活。

本以為歐美的疫情一結束，我就可回台灣探親與掃墓了，誰知道反而輪到台灣的確診數字節節攀高！我調侃地告訴台灣家人，現在終於體會到當年榮民老杯杯們，隔著海峽有家歸不得的鬱悶與焦躁。

唯一慶幸的是，在漫長的疫情期間，我重拾年少學過的鋼琴課程，三十多年後指尖再度回到黑白鍵上，不再是機械化地勤練巴哈或卡農練習曲，而是自娛娛人學習著彈唱女神卡卡、愛黛兒、紅髮艾德或山姆·史密斯的流行歌曲！

艾德嘉 疫情肆虐之際，讓我更有藉口安心做自己，宅在家防疫也不擔心被人議論。近來我重開《模擬市民4》，創立了一個黑道家族，讓無辜市民們體驗一下什麼是「聽～海哭的聲音」。這個家族無惡不作，種大麻買賣、偷竊搶劫、謀殺獄警樣樣都來，更不用說一定要來個婚外情跟私生子，還有近親通婚。我一直在思考，他們哪一代的繼承人會大澈大悟，決心率領家族成員洗白？不過目前還沒有這個fu讓他們洗白，就讓他們繼續在惡有惡報的輪迴悲劇中混亂地繁衍下去吧，接下來應該會開個脫衣舞俱樂部，敬請期待。

M. S. Zenky 深怕再繼續延期就人老珠黃了——於是今年卯起來準備婚禮。許多親友也是因為疫情，婚宴還沒辦孩子都生了第二個（我沒有）。

地點在和洋折衷的百年古蹟，規劃上享很大的自由度（與疲勞度成正比），所有印刷品、禮物、甚至迎賓版都自己設計和手工，累歸累但超省錢！

至今仍無辦婚禮的實感，除了無法申請政府補助外（？）大概和平常辦音樂會八七分像，唯一差別就是得拋頭露面吧，而我為了穿上古董婚紗居然減了十幾公斤，才發現自己原來也有意志力這玩意兒啊。

左手的圓 近幾年很少看漫畫，更別提買漫畫，但今年年初不知何故，加入臉書幾個以漫畫為主題的社團，看漫畫和買漫畫的念頭也因此大爆發，在網路上尋找各種二手港漫（因為想買的都已經絕版，只能買二手），同時也發現這幾年有許多過往的經典日本漫畫以完全版、典藏版、愛藏版……等各種不同版本復活再出發。雖然過年後我新添了三個書櫃，但很快就被我成套成套買來的漫畫給塞爆，如果稿費的調漲可以和我灌爆書櫃的速度一樣快，那該有多好。

市營鷺　二〇二二年無論工作或家庭都有點空轉，假日為了轉換心情，開始清理書櫃。發現幾十年來，有些書已經完全忘記內容，可以當新書讀了。一邊斷捨離一邊體悟人生苦短中。

陳力航　這年工作繁忙，需要調劑。我除了每天關心MLB洋基隊的戰況之外，也把吉卜力的《貓的報恩》、《紅豬》等經典動畫補完。還重玩光榮公司的《信長之野望　列風傳》、《大航海時代2》等遊戲。老遊戲果然有其魅力所在，去年暴雪娛樂《暗黑破壞神II》重製版上市，我決定重新入坑，練以前練過的法師和死靈法師，看著他們走在熟悉遊戲場景，真是爽。之後在想入手《世紀帝國一》來玩，然後一邊放林曉培第一張專輯，重現上個世紀末的氛圍。

戴維森　我喜歡在工作之餘，DIY手工皂、UV膠飾品、半寶石手鍊、戒指、香氛蠟燭等生活小物，我家裡也因此堆滿各種手作材料，沒事時看著它們，想著要怎麼運用這些材料，變化出新花樣。去年疫情三級警戒期間，在家百無聊賴的時間裡，我個人的手作生涯因此被磨出了新的高度：用朋友贈送的大量黃豆，與網路購買的木模、鹽鹵，做出一板貨真價實的豆腐！

惡之根Troy　從來沒有想過自己可以堅持一件事情那麼久，經營惡之根這個podcast頻道也已經快要兩年了。除了自己的頻道終於單集突破萬人收聽，覺得很有成就感之外，更意外的是，Podcast也大大改變了我的生活，通勤、健身甚至睡眠，這個不傷眼力又可以增添新知的聲音夥伴，讓日子過得不無聊。同時也是透過Podcast，讓我認識了許多熱愛聲音的好朋友，除了互相到彼此的節目上玩耍外，甚至走出錄音間，一起參加實體的活動，還到KTV飆歌。這不禁讓我期待未來Podcast又會帶來哪一種意想不到的人生轉折呢？

賴特　最近時常看到一些至理名言的廢話，例如，「只要你不在乎，對方都傷害不到你。」嗯，其實也挑不出什麼毛病，這句話便與主管共勉之好了。

川千文　最近終於決定下載steam，只為了把仙劍奇俠傳四、五、五前傳、六，還有七陸續通關。

隨著工作時間拉長和接案量增加，能利用的空閒真的不多，每次想拿來打遊戲時，只要想到得先從我那號稱「黑洞」的房間找出光碟機和遊戲片，乾脆直接放棄，沒辦法，非工作時間的我，向來把「懶惰」貫徹到底。

買好了steam版的仙四，進入主頁面後聽到熟悉的BGM時，瞬間響起N年前能熬夜打遊戲，打到隔天直接翹課的學生時代。

現在多了責任、多了壓力、多了非你不可的項目，卻也多了挑戰困難的興奮、成就解鎖的痛快，和目標達成的滿足。

各有好壞，只是我更喜歡現在，也期許能成為更好的自己。

繼續突破，繼續挑戰，繼續親手實現當初訂下的每一個目標。

如何申請加入「台灣犯罪作家聯會」

下一個犯罪作家就是你！
誠徵才華洋溢的小說家、評論家、以及熱愛犯罪小說的未來新星。　台灣犯罪作家聯會，是一個以台灣犯罪文學的創作、評論、出版、活動為主要事務的互助組織，發展方向共有四大主軸：深耕創作、建構評論、發展閱讀、締結國際。

詭祕客俱樂部－詭迷（讀者會員）註冊

凡購買《詭祕客》任一期，至「台灣犯罪作家聯會」官網上的「詭祕客俱樂部」單元，在右上角註冊連結中，填寫基本資料並上傳購買證明，經審核通過後就可成為俱樂部「詭迷」（Crimi），享有一年期的詭迷資格。

第八屆島田莊司獎 －徵獎辦法

犯罪文學的閱讀風靡全球，為振興屬於華文世界的犯罪小說創作、培育未來的創作能量、推動閱讀及評論的深度與廣度，展現犯罪小說的多元可能性，台灣犯罪作家聯會（CWT，Crime Writers of Taiwan）在日本本格派大師島田莊司先生的支持下，舉辦【第八屆 · 島田莊司獎】

讀者書評投稿辦法

台灣犯罪小說的說讀感受，是品味多元、充滿各種可能的。為了更了解讀者們的想法，《詭祕客》提供讀者們一個欣賞創作的發表園地，長期徵求台灣犯罪小說的說讀心得、評論，讓我們一起讓台灣犯罪小說的未來變得更好。

逆思流

詭祕客CRIMYSTERY2022

作者／台灣犯罪作家聯會
執行長／陳君平　　榮譽發行人／黃鎮隆
協理／洪琇菁　　國際版權／黃令歡、梁名儀
執行編輯／呂尚燁　　美術總監／陳聖義
企劃宣傳／洪國瑋
發行／英屬蓋曼群島商家庭傳媒股份有限公司城邦分公司　尖端出版
台北市中山區民生東路二段一四一號十樓
電話：（〇二）二五〇〇—七六〇〇（代表號）
傳真：（〇二）二五〇〇—一九七九
中彰投以北經銷（含宜花東）／楨彥有限公司
電話：（〇二）八九一九—三三六九
傳真：（〇二）八九一四—五五二四
雲嘉經銷／威信圖書有限公司　嘉義公司
電話：（〇五）二三三—三八五二
傳真：（〇五）二三三—三八六三
客服專線：〇八〇〇—〇二八—〇二八
南部經銷／威信圖書有限公司　高雄公司
電話：（〇七）三七三—〇〇七九
傳真：（〇七）三七三—〇〇八七
香港總經銷／城邦（香港）出版集團有限公司
香港灣仔駱克道193號東超商業中心1樓
電話：（八五二）二五〇八—六二三一
傳真：（八五二）二五七八—九三三七
E-mail：hkcite@biznetvigator.com
馬新經銷／城邦（馬新）出版集團　Cite(M)Sdn.Bhd.
E-mail：Cite@cite.com.my
法律顧問／王子文律師　元禾法律事務所
台北市羅斯福路三段三十七號十五樓
二〇二二年九月一版一刷

■中文版■

郵購注意事項：
1. 填妥劃撥單資料：帳號：50003021戶名：英屬蓋曼群島商家庭傳媒(股)公司城邦分公司。2. 通信欄內註明訂購書名與冊數。3. 劃撥金額低於500元，請加附掛號郵資50元。如劃撥日起 10～14日，仍未收到書時，請洽劃撥組。劃撥專線TEL：(03) 312-4212 ・ FAX：(03) 322-4621。E-mail：marketing@spp.com.tw

國家圖書館出版品預行編目資料

詭祕客 Crimystery. 2022 / 台灣犯罪作家聯會 著 ;
-- 1版.　--臺北市：尖端出版, 2022.09
面 ; 公分.--(逆思流)
譯自:
ISBN 978-626-338-392-0 (平裝)

863.27　　111012072